A PROPOS DE L'AUTEUR

C'est parce que la fin d'un roman emprunté à la bibliothèque l'avait déçue que Denise Lynn résolut un beau jour de se mettre à l'écriture. Une décision dont se félicitent ses lectrices depuis lors.

Une indomptable captive

DENISE LYNN

Une indomptable captive

Les Historiques

HARLEQUIN

Collection : LES HISTORIQUES

Titre original : THE WARRIOR'S WINTER BRIDE

Traduction française de PIERRE ALEXIS

HARLEQUIN
83-85, boulevard Vincent-Auriol, 75646 PARIS CEDEX 13.
Service Lectrices — Tél. : 01 45 82 47 47
www.harlequin.fr
ISBN 978-2-2803-3120-3 — ISSN 1159-5981

Pour maman, avec tout mon amour.

Chapitre 1

Château de Warehaven — Automne 1145

Les hommes ne valent pas mieux que des crapauds. Comme eux, ils avancent par bonds saccadés, et changent de direction sans prévenir.

Isabella de Warehaven s'en était toujours doutée. Maintenant, elle en était sûre.

Elle joua des coudes pour se frayer un chemin à travers la foule rassemblée dans la cour du château de son père. La fraîcheur de la nuit, entretenue par une petite brise persistante, ne contribuait guère à apaiser la colère qui bouillonnait en elle. Avant de gagner le donjon où la célébration était imminente, elle avait besoin d'un moment de solitude.

Après des mois de discussions fastidieuses, ses fiançailles et son mariage avec Wade de Glenforde avaient finalement été programmés. Chaque détail avait fait l'objet de la plus grande attention et d'une organisation soigneuse afin de préparer au mieux son avenir.

Pourtant, dans quelques instants, elle allait réduire tous ces efforts à néant.

Bien sûr, ses parents allaient terriblement lui en vouloir et elle détestait l'idée de les décevoir, mais elle n'épouserait pas Wade de Glenforde. Il n'avait qu'à se marier avec la catin ricanante et excitée qu'elle venait de le voir embrasser puis entraîner vers une alcôve discrète.

A l'époque où elle avait atteint l'âge de se marier, ses parents lui avaient octroyé le très rare privilège de choisir son prétendant ; ils avaient fait de même avec sa jeune sœur Béatrice. Mais elle avait tellement traîné que, à bout de patience, son père avait décidé de lui trouver lui-même un mari. Son choix s'était arrêté sur Glenforde. Malgré cela, elle était certaine qu'il ne lui demanderait plus de l'épouser lorsqu'elle l'aurait éclairé sur les agissements de ce triste sire.

Elle accéléra le pas tandis que sa colère montait encore d'un cran. Ce Glenforde... Comment avait-il osé inviter sa catin le soir même de ses fiançailles ? Une telle vulgarité dépassait les limites de l'acceptable !

S'il s'autorisait un tel comportement aujourd'hui, jusqu'où irait-il quand il serait marié ? Isabella préférait ne pas le savoir.

Dès qu'elle aurait tout expliqué à ses parents, ils la comprendraient, la soutiendraient et reporteraient leur fureur sur sa tante qui s'était trompée en leur assurant que Wade de Glenforde était un bon parti pour leur fille. Car l'impératrice Matilda avait beaucoup insisté auprès de son demi-frère. Selon elle, Wade de Glenforde était à la fois le parti rêvé et l'homme idéal. En réalité, il se contentait d'être jeune et en bonne santé. Pour le reste, il avait surtout, aux yeux de l'impératrice, le mérite de la soutenir dans sa revendication au trône en lieu et place du roi Stephen. Pour achever de convaincre les parents d'Isabella, Matilda leur avait même promis de doter Glenforde d'un vaste domaine comprenant terres et château, et d'un titre digne de sa future épouse. Dans ces conditions, ils n'avaient eu aucune raison de rejeter le prétendant.

Poings serrés, elle allongea la foulée pour s'éloigner au plus vite des invités qui se pressaient vers le donjon. Elle avait envie de hurler.

Elle marcha dans une flaque et la sensation désagréable de l'eau glacée dans ses mules brodées lui arracha une exclamation excédée.

Dieu du ciel ! se dit-elle, *Combien d'épreuves vais-je encore subir ? Cette journée est vraiment maudite !*

Relevant le bas de sa robe à pleines mains, elle se mit à courir, comme nulle dame de son rang ne s'autorisait jamais à le faire, vers les écuries, à l'autre extrémité de la cour. Là, au moins, personne ne l'entendrait exprimer sa fureur.

Lorsqu'elle atteignit son but, elle s'arrêta, hors d'haleine.

Elle s'apprêtait à libérer enfin sa colère et à se répandre en invectives lorsqu'une large main se plaqua soudain sur sa bouche, l'obligeant à ravaler ses imprécations.

Ses yeux s'agrandirent démesurément sous l'effet de la surprise.

— Eh bien, eh bien…, fit doucement une voix masculine dans son dos. Qu'avons-nous là ?

Ignorant ses efforts pour se libérer, il ajouta :

— Qu'est-ce que la progéniture de Warehaven vient donc faire toute seule ici ? Et dans cette obscurité, qui plus est !

Isabella sentait l'homme derrière elle, son souffle brûlant contre son oreille.

— Sans escorte ni protection… Tttt… Ce n'est guère prudent…

Le timbre grave de sa voix fit courir un frisson de terreur le long de son dos. Quelle folie de s'être éloignée de la sorte ! Tout cela parce qu'elle ne savait pas maîtriser son impulsivité ! Sa famille l'avait pourtant maintes fois mise en garde, lui contant des légendes plus effrayantes les unes que les autres à propos de jeunes filles tragiquement disparues pour n'en avoir fait qu'à leur tête.

Qu'allait-il lui arriver, maintenant ? Allait-elle payer de sa vie l'imprudence qu'elle avait commise ? Mourir pour n'avoir pas tenu compte des avertissements de ses proches… c'était vraiment trop bête !

L'étrange et doux petit ricanement de l'inconnu derrière elle acheva de la terroriser.

Il la serra davantage contre lui et posa la lame froide d'un couteau sur sa joue.

— Avez-vous peur, Isabella de Warehaven ?

Bien sûr qu'elle avait peur ! Quantité de rôdeurs, voleurs et criminels avaient sûrement profité du nombre impressionnant d'invités aux fiançailles pour s'infiltrer dans la forteresse.

Dans ces conditions, enlever la fille du seigneur du château promettait d'être relativement simple tout en assurant à son ravisseur une belle rançon.

Isabella eut l'impression que le sol se dérobait sous ses pieds.

Impossible de respirer avec la main du maraud plaquée contre sa bouche et son autre bras qui lui emprisonnait la taille !

Elle entreprit néanmoins de se débattre avec l'énergie du désespoir. Il fallait qu'elle échappe à son agresseur. C'était peut-être une question de vie ou de mort.

0C'était donc dans ce but qu'il s'était introduit dans la forteresse avec quelques-uns de ses hommes en profitant de l'afflux d'invités. Ensuite, il avait réfléchi au meilleur moyen d'enlever la future femme de Glenforde à l'issue de la cérémonie de fiançailles.

Escorté par son second, il s'était rapidement éloigné de la foule pour longer le mur d'enceinte. Et c'est là que, quelques minutes plus tôt, il avait surpris une conversation. Postées juste au-dessus d'eux sur le chemin de garde, deux sentinelles discutaient de la sécurité de lady Isabella. Etait-elle suffisamment protégée ? demandait le premier factionnaire. Bien sûr, répondait l'autre. Avec le nombre d'hommes en armes présents au château, elle ne risquait rien. Qui, en effet, serait assez inconscient pour s'en prendre à elle ?

Oui, qui ?

Lord et lady de Warehaven avaient deux filles, et il ne les avait jamais vues. Or, il ne pouvait prendre le risque de se tromper de cible. Brûlant d'obtenir l'information qui lui manquait pour la reconnaître, il avait très attentivement prêté l'oreille. Grâce aux échanges entre les deux sentinelles, il avait immédiatement compris que la femme richement vêtue qui, au même moment, se dirigeait en courant vers les écuries était lady Isabella.

Les sentinelles s'étaient ensuite séparées pour reprendre leur ronde. L'œil de Richard avait étincelé dans l'ombre. C'était le moment ou jamais. Attendre l'issue de la cérémonie alors que sa proie se trouvait à quelques pas ne rimait plus à rien. Une occasion pareille ne se représenterait pas. On aurait presque dit un signe du ciel, comme s'il l'encourageait dans son entreprise en plaçant cette femme quasiment entre ses mains.

Plus tard, il tuerait Glenforde. C'était son but. Mais, avant de mourir, Glenforde allait souffrir…

S'il aimait sa fiancée, il souffrirait de toute son âme à l'idée de la savoir malheureuse et captive.

Et s'il ne l'aimait pas, il souffrirait en songeant à toutes les richesses qu'il perdait en ne l'épousant pas.

Car lord Warehaven possédait de l'or à foison et des terres à perte de vue. Sa fortune et son nom lui ouvraient toutes les portes, et il était probable que Glenforde comptait là-dessus pour embrasser une carrière politique.

Son orgueil et son avidité le pousseraient forcément à commettre une erreur dont il ne se relèverait pas. Il viendrait à Dunstan pour tenter de reprendre sa fiancée sans savoir qu'il se jetterait dans la gueule du loup. Et quand il le comprendrait enfin, il serait trop tard. Le piège serait refermé sur lui. Non seulement il trouverait sa bien-aimée mariée, mais la lame de l'épée de Richard serait là pour l'accueillir.

Celui-ci sourit. Il serait alors vengé. Il aurait attiré Glenforde sur le lieu de ses crimes, et l'esprit de ses innocentes victimes pourrait enfin précipiter son âme damnée dans la bouche béante de l'enfer.

La femme qui se débattait toujours dans ses bras le ramena au présent. L'espace d'un instant, sa jeunesse lui fit presque regretter le traitement qu'il lui réservait, mais un souvenir précis revint danser devant ses yeux et balaya ses scrupules. Celui d'un beau visage blême, encadré de boucles blondes, et aux yeux fermés pour l'éternité.

La fille de Warehaven allait devoir accepter son sort ou périr. Ce serait à elle de choisir.

Il n'était pas allé aussi loin et n'avait pas pris autant de risques pour reculer maintenant. Cela faisait des mois que, négligeant ses devoirs et ses responsabilités, il ne vivait plus que pour préparer sa vengeance.

Maintenant que l'arme de sa revanche était solidement retenue entre ses bras, il était résolu à aller jusqu'au bout.

De son côté, elle devait évidemment le prendre pour un maraud cherchant à abuser d'elle, et elle avait raison. Sauf qu'elle se trompait sur la véritable nature de cet abus.

— Nous allons passer le mur d'enceinte, la prévint-il à voix basse. Si vous criez ou si vous tentez d'attirer l'attention sur nous, je vous tranche immédiatement la gorge.

Il marqua une petite pause pour laisser à ses mots le temps de cheminer dans la tête de sa prisonnière, puis reprit :

— Me suis-je bien fait comprendre ?

Il attendit qu'elle ait hoché la tête avant de l'entraîner lentement à reculons vers l'arrière de l'écurie où l'attendait son second.

Derrière lui, quelqu'un lui toucha l'épaule, tandis que l'éclat d'une torche transperçait l'obscurité.

Il se raidit, prêt à l'attaque, sans pour autant lâcher sa captive.

— Tout est prêt, lord Richard.

Matthew. Tout allait bien. Il se détendit tandis que, *a contrario*, la fille de Warehaven se raidissait contre lui. Il augmenta la pression de sa main sur sa bouche et lui toucha la gorge avec l'extrémité de la dague qu'il tenait dans son autre main.

— Votre fiancé n'a pas hésité à tuer une innocente petite fille de six ans, lui chuchota-t-il à l'oreille. De mon côté, je n'hésiterai pas à vous tuer si vous vous avisez d'émettre le moindre son.

Sa captive ne bougea pas. Guettant sa réaction, il diminua légèrement la pression de sa main. Elle demeura silencieuse.

— Tant que vous garderez le silence, ajouta-t-il à voix toujours basse, vous garderez la vie.

Après avoir observé une nouvelle pause pour lui laisser apprécier l'importance de l'avertissement, il ajouta :

— Hochez la tête si vous avez entendu.

Elle s'exécuta, mais une certaine raideur de tout son être lui fit comprendre qu'elle ne serait peut-être pas aussi coopérative qu'il l'espérait. Il s'occuperait de cela plus tard. Dans l'immédiat, la réduire au silence était tout ce qui comptait.

Matthew lui tendit une longue cape avec une capuche.

— Pour la lady.

Très ample, le vêtement permettrait de recouvrir les vêtements richement brodés trop facilement identifiables de la captive. Quant à la capuche, elle dissimulerait son visage.

En même temps qu'il retirait complètement sa main de sa bouche, Richard poussa sa prisonnière dans l'ombre, loin de l'éclat de la torche de Matthew.

— Ne bougez pas, ordonna-t-il en lui posant la cape sur les épaules.

Puis il lui ramena les cheveux en arrière, rabattit la capuche sur sa tête et ferma soigneusement le vêtement avant d'étudier attentivement le résultat. La fille de Warehaven ne devait être reconnaissable par personne. A aucun prix.

L'examen lui parut satisfaisant. Il pointa son épée vers elle.

— Vous ne vous sentez pas bien et vos frères vous raccompagnent chez vous. Compris ?

Elle acquiesça de la tête en silence.

— Si vous donnez l'alarme de quelque manière que ce soit, vous paierez votre trahison de votre vie avant que les gardes aient eu le temps de prendre la mienne.

A sa grande satisfaction, elle hocha la tête pour signifier qu'elle avait compris sans qu'il ait besoin de le lui demander.

Il se posta à sa gauche tandis que Matthew se plaçait de l'autre côté.

— A présent, lui dit-il, laissez-vous aller contre moi comme si vous étiez malade.

Il attendit qu'elle s'exécute. A présent, il ne lui restait plus qu'à espérer qu'elle ait assez peur de lui pour obéir à ses ordres. Il n'eut cependant pas le loisir d'en juger. A peine eurent-ils fait un pas qu'elle se prit les pieds dans sa trop longue cape.

Glissant rapidement sa dague dans sa botte, il la souleva alors dans ses bras. Comme elle laissait échapper un cri, il lui lança sans douceur :

— Posez votre tête sur mon épaule et taisez-vous ! Je ne vous le répéterai pas.

Avec un regard à Matthew, il ajouta :

— Allons-y.

Isabella ne savait plus qui méritait le plus de recevoir les violentes invectives qui lui montaient à la bouche. Wade de Glenforde ? Oh ! bien sûr, il n'avait rien d'un galant chevalier, mais elle ne le croyait pas assez vil pour tuer une enfant ! C'était pourtant ce que prétendait son ravisseur. Que s'était-il passé exactement ? Il devait y avoir une explication rationnelle à tout cela.

Quoi qu'il en soit, elle aussi méritait sa part de reproches. N'était-ce pas à cause de son imprudence qu'elle se trouvait dans cette situation ? Si elle n'avait commis l'énorme sottise de s'éloigner sans escorte, jamais elle ne serait tombée entre les mains de ce rustre.

Un rustre ? Pas si sûr. Son homme de main l'avait appelé « lord Richard ». Ce n'était donc pas un valet. Il avait un rang et savait manier les armes. Isabella se demanda comment il était parvenu à entrer dans le château avec une dague. La plupart des ripailleurs, invités ou non à la célébration, avaient déposé les leurs dans les tentes dressées à l'extérieur du mur d'enceinte. Et comme il est plus facile de surveiller une foule désarmée, surtout aussi importante que celle-ci, ceux qui ne l'avaient pas fait se les étaient tout de même vu confisquer avant de franchir le mur d'enceinte.

Pourtant, son ravisseur l'avait menacée d'une arme. Il était clair qu'au moins un garde avait mal fait son travail lorsque lord Richard s'était présenté à l'entrée de la forteresse. Manquement grave dont elle songea que son père devrait être prévenu tôt ou tard.

A mesure qu'ils se rapprochaient de la grille, l'homme resserra son étreinte. Elle comprit l'avertissement silencieux. Si quelqu'un leur demandait de s'arrêter, il mettrait sa menace à exécution et lui trancherait la gorge, elle n'en doutait pas une seconde. Elle prit une profonde inspiration pour refouler sa peur. Car nul doute non plus qu'il interpréterait le moindre tremblement de sa part comme une faiblesse et chercherait à l'exploiter.

Prier pour qu'il la libère avant que ses tremblements deviennent trop forts pour être maîtrisés était donc le seul espoir qu'il lui restait.

A son grand soulagement, personne ne leur prêta la moindre attention. Pour autant, l'homme ne relâcha pas sa vigilance quand ils s'engagèrent dans le champ à découvert occupé par des tentes de tailles variables.

Son ravisseur dépassa les tentes en la serrant encore plus fort. Si fort qu'elle percevait les battements de son cœur contre son oreille et sentait chacune de ses respirations contre sa joue.

Il n'y eut bientôt plus personne autour d'eux. L'homme ne

relâcha pas son étreinte et accéléra encore le pas. Effrayée, elle ne put retenir une petite exclamation. Même à travers l'épaisseur de la cape, elle percevait la chaleur de son corps. Cette proximité la mettait mal à l'aise, et décuplait son désir de lui échapper.

Elle se redressa un peu.

— Où m'emmenez-vous ? Lâchez-moi !

Richard s'arrêta. Ils étaient arrivés au sentier menant à la plage. Si la fille de Warehaven criait maintenant, il aurait le temps d'atteindre son navire avant que quelqu'un puisse se porter à son secours.

C'était là le point capital de son plan : faire en sorte que Warehaven apprenne que c'était lui qui avait enlevé sa fille — sans, évidemment, se faire prendre par ses hommes — mais, surtout, il fallait que Glenforde connaisse l'identité du ravisseur de sa fiancée. C'était en effet le seul moyen pour que ces deux hommes sachent où la retrouver. Sans cela, tout son stratagème s'écroulerait.

Le moment était venu de remettre sa captive sur ses pieds.

Il la fit glisser le long de son corps jusqu'à ce qu'elle soit debout. Pour autant, il n'était pas question de la lâcher.

— Où je vous emmène ? répondit-il sur un ton faussement badin. Disons que vous allez être mon invitée pendant quelque temps.

Elle fronça les sourcils.

— Votre invitée ?

Soucieux de rejoindre son navire sans tarder, il fit signe à Matthew de les précéder sur le sentier avec la torche. Puis il poussa la fille de Warehaven devant lui, lui passa sans prévenir les bras autour de la taille et se plaqua presque contre son dos avant de répondre :

— Vous venez avec moi sur l'île de Dunstan.

Le cri de détresse qu'elle poussa alors ne le prit pas par surprise, pas plus que la façon dont elle planta ses talons dans le sable en une vaine tentative pour freiner leur avancée. Il savait qu'elle essaierait de s'opposer à leur départ lorsqu'elle connaîtrait leur destination.

— Dunstan et Warehaven ne sont pas amis, dit-elle sans rien lui apprendre qu'il ne sût déjà. Pourquoi m'emmener là-bas ?

Chaque mot avait été prononcé plus fort que le précédent, la fin de la question presque criée.

Comme il ne répondait pas, elle reprit son souffle avant de poser une nouvelle question. Celle qui se trouvait au cœur du problème.

— Qui êtes-vous ?

Il la souleva de nouveau dans ses bras et poursuivit ainsi son chemin vers la plage. L'anxiété contenue dans sa voix indiquait qu'elle connaissait déjà la réponse à sa question.

— Qui je suis ? demanda-t-il en baissant la tête vers la sienne pour pouvoir lui parler à l'oreille.

Il lui effleura le lobe de ses lèvres.

— Eh bien, ma chère, je suis Richard de Dunstan.

Elle se mit à trembler.

— Pourquoi faites-vous cela ? Pourquoi m'enlevez-vous ?

— Parce que Glenforde doit payer pour ses crimes, dit-il sur un ton plus dur. Et grâce à vous, sa promise, je vais m'assurer qu'il le fera.

Il fallait à présent passer quelques rochers. Pas question de s'y risquer avec elle dans ses bras. Il la reposa à terre, mais elle bascula brusquement la tête en arrière pour le frapper en plein visage. Peine perdue. Il esquiva le coup avec une facilité déconcertante.

— Je suis sûr que vous êtes capable de beaucoup mieux, lança-t-il d'un ton ironique. Venez à présent…

Un rude coup de talon dans le tibia fut tout ce qu'il obtint comme réponse. Si elle continuait ainsi, ils allaient se retrouver tous deux par terre. Or, il n'était pas quest…

Le hurlement strident qu'elle poussa le prit, cette fois, par surprise. De toute évidence, il ne parviendrait pas à l'emmener où que ce soit sans qu'elle résiste. Aveuglée par la rage et la terreur, elle était à présent capable de tout.

La soulevant avec une promptitude qu'elle ne put anticiper, il la chargea sur son épaule comme un sac et reprit son chemin en criant à Matthew :

— Plus vite ! Avant que les hommes de Warehaven nous rattrapent !

Tout avait été scrupuleusement planifié pour que les cris de la captive puissent être entendus depuis le château tout en leur laissant le temps d'atteindre le navire et de se mettre hors de portée avant l'arrivée des gardes. Quoi qu'il en soit, ce n'était pas une raison pour prendre des risques inutiles.

— Par ici, lord Richard !

La voix de Bruce venait de déchirer la nuit.

Le jeune homme, originaire de Dunstan, sortit brusquement de la végétation luxuriante. Il alluma sa torche à celle de Matthew puis la leva très haut, éclairant un nouveau sentier plus étroit qui serpentait le long de la falaise déchiquetée, face à la mer.

— Ce sentier est plus abrupt que l'autre, annonça-t-il en regardant Richard et son étrange charge sur l'épaule. Mais il est plus court, nous gagnerions…

— Allons-y, dit Richard sans avoir besoin d'entendre la fin de la phrase.

Juste avant qu'ils atteignent la plage, il marqua un arrêt en entendant du bruit derrière lui. Les cris désespérés de la femme avaient été entendus, et les gardes de Warehaven étaient arrivés plus rapidement que prévu.

Il ravala un juron.

— Plus vite, voyons ! cria-t-il à ses hommes.

— Les voilà ! cria en écho l'un des gardes qui se rapprochaient.

Matthew et Bruce lâchèrent leurs torches et se lancèrent comme des cabris à l'assaut des derniers récifs. Richard, quant à lui, posa à terre la femme qui gigotait sur son épaule et la prit sans douceur par la main.

Lorsqu'il lui eut fait gravir le petit promontoire rocheux et voulut la soulever de nouveau, elle se laissa tomber à terre et roula au loin en criant :

— Non ! Au secours !

Richard voulut la relever, elle repoussa son bras avec violence.

— Warehaven ! A moi !

On entendait maintenant le bruit des hommes d'armes qui se précipitaient au secours de leur lady.

A bout de patience parce qu'il savait qu'il ne pouvait se permettre de perdre une seconde supplémentaire, Richard saisit les pans de la cape et les referma étroitement autour de sa prisonnière comme une camisole.

Furieuse, elle se démena pour se dégager, serra le poing et, sans cesser d'appeler à l'aide, visa son nez. Le coup partit à la vitesse de l'éclair. Il se détourna, mais un peu tard. Son petit poing atterrit sur le haut de son nez.

Il jura, plus vexé que meurtri. Comment avait-il pu se laisser surprendre par cette femme sans expérience ?

Sans prendre le temps d'essuyer les larmes qui lui brouillaient la vue, il la souleva et la chargea de nouveau, enroulée dans sa cape, sur son épaule.

— Fichons le camp d'ici ! cria-t-il à l'adresse de Bruce et de Matthew qui poussaient l'embarcation qui les attendait vers le large.

Les deux hommes se jetèrent presque dans l'esquif. Bruce saisit les avirons tandis que Matthew attrapait une flèche dans son carquois et tirait en direction des silhouettes qui approchaient en courant.

Richard entra dans l'eau à toute vitesse et jeta sa captive sans cérémonie dans le bateau avant d'y grimper à son tour.

— Un peu plus de nerf ! ordonna-t-il à ses hommes.

Quand la femme fit mine de se lever, il l'obligea à s'asseoir à même l'embarcation.

— Ne vous levez pas. A moins que vous teniez vraiment à recevoir une flèche lancée par votre propre camp.

Là-dessus, il se tourna, toujours courbé, vers la plage.

Un juron lui échappa lorsqu'il reconnut, au milieu des tireurs, lord Warehaven. S'il mourait ce soir, cela pourrait retarder, voire compromettre définitivement, la venue de Glenforde à Dunstan.

Une flèche siffla à son oreille ; il se baissa. Sa propre vie et celle de ses seconds étaient en jeu. Agir restait la seule chose à faire. Il arma son arc et tira, ajoutant sa propre flèche à celles de ses hommes.

— Non ! Oh ! Seigneur ! Non ! cria alors la fille de Warehaven, toujours blottie dans le fond de la barque.

L'une des flèches venait de se planter dans la poitrine de son père qui tomba sur le sable.

Richard sentit qu'elle le saisissait par la jambe. Il se retourna brusquement et c'est alors qu'une flèche des archers de Warehaven se ficha dans son épaule. La douleur lui fit faire un bond en arrière. La femme resta accrochée à sa jambe.

Chapitre 2

— Tenez-le !

Isabella fixait le soldat de Dunstan comme si elle cherchait à distinguer ses traits à travers un épais brouillard. Ils avaient tué son père. La tension qui lui nouait la gorge et lui serrait le cœur se fit plus douloureuse. Elle pensa immédiatement à sa mère et au calvaire que celle-ci allait maintenant devoir endurer. Que faire ? Et comment faire ?

— Aidez-moi ! dit l'homme balafré penché sur Dunstan, étendu, inerte sur la couchette de sa cabine.

L'aider ?

Avait-il perdu la tête ? Il ne pouvait sérieusement imaginer qu'elle allait l'aider à soigner ce Dunstan !

Elle secoua la tête et répondit dans un souffle exténué :

— Non.

Cent fois non ! C'était impossible. Elle n'apporterait son aide ni à Dunstan ni à aucun de ses hommes. Ils l'avaient enlevée, arrachée à Warehaven, traînée dans un canot sous le tir nourri de flèches, ils avaient tué son père devant ses yeux. Et lorsqu'elle avait voulu sauter par-dessus bord pour regagner le rivage et porter secours à son père, cet homme — ce rustre aux cheveux en broussaille, cet affreux balafré — avait osé l'en empêcher.

— Aidez-moi, satanée femme !

— Non. Vous n'avez qu'à demander à l'un de vos hommes.

Elle n'ajouta pas que ce serait d'ailleurs plus sûr pour lui que de lui demander *à elle* son assistance…

— Vous savez bien qu'ils sont tous occupés.

Evidemment qu'elle le savait. Et bien sûr que l'on avait besoin de tous les hommes en cet instant crucial.

Installés aux avirons, ils ramaient comme des forcenés dans le but de mettre rapidement le navire hors de portée des flèches à présent enflammées que leur décochaient les archers de son père.

De son côté, elle priait de toutes ses forces pour que l'une d'elles embrase ce navire de bois ou l'impressionnante grand-voile.

Si le feu prenait à bord, ils seraient obligés de regagner le rivage de Warehaven. Là, elle retrouverait les siens et ils la sauveraient.

— Venez ici, reprit le rustre, et aidez-moi ou je vous envoie rejoindre vos ancêtres.

— Ne vous gênez surtout pas, répliqua-t-elle en le toisant. Au moins, ce sera une bonne chose de faite.

Car elle préférait réellement périr que devoir accoster à Dunstan.

La dague dans la main de l'affreux homme trembla un instant. Et soudain, plus rapide qu'un serpent qui mord sa proie, il la saisit par le bras.

— Vous êtes beaucoup trop impétueuse. D'après ce que j'ai compris, ça ne collera pas du tout avec ce que Dunstan a prévu pour vous.

— Il a assassiné mon père ! rétorqua-t-elle en dégageant son bras d'un geste sec. Alors, vous pouvez tous faire ce que vous voulez, cela m'est égal !

— Assassiné ? Non. Il s'agissait de légitime défense. De plus vous ignorez s'il est mort ou vivant. Peut-être n'est-il que blessé, comme lord Dunstan.

Il le désigna du bout de sa dague et ajouta :

— Quoi qu'il en soit, si Sa Seigneurie meurt, c'est à moi que vous appartiendrez.

Ses yeux se plissèrent jusqu'à n'être plus que deux fentes tandis qu'il poursuivait :

— Et je m'assurerai de faire de chaque instant de votre existence un enfer.

Ses menaces l'atteignirent à peine. Se pouvait-il vraiment que son père soit encore vivant ? Une lueur d'espoir était née au fond de son cœur, mais si frêle qu'elle préféra ne plus y penser. Car, si elle apprenait ensuite qu'elle s'était finalement trompée, son désespoir serait insupportable.

Non. Comment son père aurait-il pu en réchapper ? N'avait-elle pas vu de ses yeux la flèche transpercer sa poitrine ? Ne l'avait-elle pas vu s'effondrer sur le sable ? De plus, il ne portait pas de cotte de mailles en ce jour de fiançailles. Dans ces conditions, comment aurait-il pu survivre ? Elle retint un sanglot.

— C'est ce que vous voulez ? insista le gredin en s'approchant d'elle, ce qui eut pour effet de faire paraître la cabine encore plus exiguë. Estimez-vous que votre vie vaille si peu ?

Comme elle ne répondait pas, il reprit sur un ton plus dur encore :

— Si la pensée de devenir mienne ne vous effraie pas comme il se devrait, n'oubliez pas que, sur ce navire, une demi-douzaine d'hommes seraient heureux de vous faire subir toutes les horreurs imaginables si lord Dunstan venait à disparaître…

La sécheresse et la précision de sa voix lui firent comprendre qu'il ne s'agissait pas d'une simple menace. Presque en même temps, les rires gras des hommes sur le pont et le bruit des grands avirons que l'on remontait anéantirent ses derniers espoirs.

Elle entendit que l'on ordonnait de hisser une seconde voile. Celle-ci prit aussitôt le vent pour l'emmener loin de sa maison et des siens. Sa frayeur décupla et un froid terrible s'immisça en elle. Seul son instinct de conservation l'empêcha d'éclater en d'irrépressibles sanglots.

Et quand ce même instinct lui conseilla de se rendre au chevet de son ravisseur allongé sur la couchette construite dans le flanc même du navire, elle lui obéit.

L'homme avait utilisé sa dague pour débarrasser Dunstan de ses vêtements. Elle considéra fixement le sang qui recouvrait son torse et maculait le drap. Comme son père, il n'avait pas revêtu sa cotte de mailles ni son armure et s'était donc rendu vulnérable à la moindre flèche. Si personne ne faisait rien, il mourrait d'hémorragie.

Non que cette pensée la troublât outre mesure — il ne méritait rien d'autre — mais s'il mourait alors qu'elle se trouvait sur ce navire…

Pour cette raison, elle devait accepter d'aider à lui prodiguer les soins dont il avait besoin. Elle s'assurerait de son parfait rétablissement. Sinon comment pourrait-elle, plus tard, profiter pleinement de sa vengeance ?

Résolue à se montrer ferme et à ne jamais perdre son but de vue, elle demanda :

— Que voulez-vous que je fasse ?

— Je lui ai fait boire une potion pour qu'il dorme, répondit l'homme à la balafre Maintenant, il faut que vous le teniez pendant que je retire ça.

Ce disant, il prit entre ses doigts le fût de la flèche plantée dans l'épaule de Dunstan. Isabella frémit. Peu importait le nombre de fois où elle avait vu sa mère se pencher sur des morceaux de flèche incrustés dans la chair de son mari, les attraper avec précaution pour les arracher ensuite brusquement ou, au contraire, essayer de les réduire en miettes. Chaque fois, cela l'avait rendue malade.

Bien qu'elle connût la réponse, elle demanda :

— Ne pouvez-vous pas juste tirer dessus ?

Le grognement qu'émit l'homme valait une longue phrase... La flèche avait presque traversé le corps de Dunstan. Sans instrument adéquat pour l'extraire, ils pourraient la briser à fleur de peau, mais un morceau du fût et la pointe resteraient en place. Une autre solution consistait à finir de faire traverser cette pointe en espérant ne toucher aucun organe vital. Enfin, ils pouvaient essayer de l'arracher avec les moyens du bord mais, dans ce cas, il faudrait écarter les chairs qui entouraient la pointe.

Quelle que soit l'option choisie, quelqu'un allait devoir maintenir fermement Dunstan durant cette délicate opération. Malgré la potion de pavot qui l'avait plongé dans le brouillard, la douleur serait assez violente pour le faire bouger et compromettre ainsi le succès de l'intervention.

Bien sûr, Isabella doutait d'avoir la force nécessaire pour l'immobiliser, mais elle préférait encore s'adonner à cette tâche que devoir retirer la flèche. En outre, elle se trouvait complètement livrée à elle-même sur ce navire, avec personne pour la protéger. Dieu seul savait ce qu'il adviendrait d'elle si Dunstan mourait par sa faute.

Chassant ces pensées, elle prit une longue inspiration et s'agenouilla sur la couchette. A deux, ils parvinrent à tourner sans peine Dunstan sur le côté. Très vite, elle sentit la chaleur de son ventre contre ses genoux repliés.

L'homme à la balafre attrapa une fiole et versa un peu plus de potion dans la gorge de son maître, puis il s'attela à sa tâche.

Au grand soulagement d'Isabella, Dunstan ne sursauta qu'une fois quand l'homme tira une première fois sur le fût de la flèche. Presque aussitôt, d'ailleurs, elle le sentit se détendre comme s'il comprenait que cela allait faciliter l'extraction.

Elle, en revanche, était de plus en plus tendue. Elle s'attendait même à voir Dunstan passer de vie à trépas à tout instant.

Que sa douleur soit intolérable, c'était tout ce qu'elle lui souhaitait, afin qu'il endure une souffrance égale à la sienne. Et même ainsi, ils ne seraient pas quittes, car rien ne pouvait venger la mort de son père.

Il lui fut toutefois difficile de ne pas fermer les yeux lorsque l'homme balafré tira une seconde fois sur la flèche plantée dans le torse de Dunstan. A son cri de victoire étouffé, elle comprit qu'il avait réussi. Au même moment, les muscles de Dunstan se contractèrent contre elle et sa respiration devint irrégulière. Il n'avait pas opposé la moindre résistance. Dormait-il ? Cela signifierait que la potion de pavot avait eu un effet extrêmement puissant. Ou alors, savait-il se maîtriser mieux que les autres ?

L'intervention était terminée. Isabella allait se retirer quand le balafré l'arrêta d'un geste.

— Restez ici. Je dois encore recoudre sa blessure.

Elle lui retira d'autorité l'aiguille de la main.

— Voulez-vous le tuer ?

— Si je ne le recouds pas, il va se vider de son sang.

Elle reporta son regard sur la blessure de Dunstan et l'étudia plus attentivement. La flèche qui l'avait atteint s'était fichée à hauteur de son épaule, plus près de son bras que de son cou.

Avec le bas de sa robe, elle essuya le sang qui couvrait la plaie et secoua la tête.

— Il saigne moins. Je doute qu'il meure de cela. En revanche…

Elle darda sur l'homme un regard de feu.

— … Si vous refermez la blessure maintenant, elle va s'envenimer et c'est *cela* qui entraînera sa mort.

— Que suggérez-vous, dans ce cas ?

Plusieurs idées traversèrent l'esprit d'Isabella, dont certaines si peu charitables qu'elle préféra les garder prudemment pour elle.

— Avez-vous de la cire ?

Comme il fit un signe de dénégation, elle reprit :

— Dans ce cas, vous avez au moins du vin et de l'achillée pour soulager sa douleur. J'aurais également besoin de linges propres.

Elle avait parlé sans hésitation, certaine que, parmi les hommes présents sur le navire, plus d'un avait de l'achillée dans sa poche. Cette herbe était connue de tous les combattants pour arrêter les saignements et faciliter la guérison.

L'homme se dirigea vers un coin de la petite cabine, fouilla dans une sacoche pendue à un clou et revint avec une outre de vin et une tunique propre.

— Vous n'avez pas d'achillée ? lui demanda-t-elle.

Il haussa les épaules sans répondre.

— Dans ce cas, reprit-elle sans se troubler, allez demander aux autres.

Elle fronça les sourcils en remarquant qu'il était visiblement pris de court avant de comprendre la raison de son hésitation.

— Même si ce n'est pas l'envie qui m'en manque, dit-elle alors avec un mouvement de tête vers Dunstan, je ne lui ferai pas de mal.

Comme l'homme ne bougeait toujours pas, elle ajouta :

— Sachez que je préfère qu'il soit parfaitement remis et en pleine forme le jour où j'extirperai son cœur d'assassin avec une cuillère.

Elle pensait chaque mot qu'elle venait de prononcer. Sauf un… car, quand le moment viendrait, ce ne serait pas une cuillère qu'elle utiliserait pour lui arracher le cœur, mais sa propre épée qu'elle retournerait contre lui. Détail qu'elle préférait conserver secret.

Malheureusement, elle ne le convainquit pas. Elle le comprit tout de suite à la façon dont il plissa la bouche et secoua la tête en silence.

Que faire, à présent ?

Elle savait que sa mère lavait au vin les blessures souillées de sang avant de les fermer avec de la cire, non sans avoir préalablement pris soin de créer un petit trou dans le bouchon ainsi formé pour permettre aux humeurs liquides de s'évacuer. Ce n'était que lorsque plus rien ne suintait qu'elle comblait le trou et recousait ou cautérisait la blessure. Etant donné l'odeur de suif qui régnait dans la pièce, elle aurait dû comprendre tout de suite que la cire manquait sur ce navire. Que faire alors ? Par quoi la remplacer ?

— Qu'allez-vous faire, maintenant ? lui demanda l'homme.

— La seule chose qui soit en mon pouvoir : fermer la blessure. Mais pas avant de l'avoir lavée. Et pour cela, je vais avoir besoin d'eau.

Comme il tendait la main vers une cruche, elle secoua la tête :

— D'eau de mer.

Elle se rappelait que sa mère préférait toujours utiliser de l'eau salée pour laver les blessures, affirmant qu'elle était beaucoup plus efficace que l'eau douce des rivières.

L'homme la dévisagea pendant un long moment puis, finalement, quitta la cabine.

En son absence, Isabella versa du vin sur l'épaule de Dunstan pour ôter le reste du sang et utilisa la tunique propre pour sécher sa peau.

— Voilà…

Il y eut derrière elle le son caractéristique d'un seau en fer heurtant le sol. Un filet d'eau glacée en déborda, mouillant ses chaussures et la faisant frissonner, mais elle se garda bien de protester.

Lorsque la blessure de Dunstan et sa peau furent aussi propres que possible, elle souffla un peu d'air chaud sur ses doigts transis et demanda :

— Pourriez-vous me donner une autre tunique ou un linge propre ?

— Non. Je n'en ai pas.

Elle jeta un regard à la dague que l'homme portait à sa ceinture.

— J'ai besoin de votre poignard.

Il écarquilla d'abord les yeux, puis plissa les paupières, jusqu'à ce que, comme quelques minutes plus tôt, ses yeux ne soient plus que deux fentes.

— Pour quoi faire ?

Elle lui avait déjà exposé son plan : attendre que Dunstan soit complètement remis pour le tuer. Apparemment, il ne l'avait pas crue.

Avec un soupir, elle expliqua :

— Je dois bander sa blessure et, pour cela, il me faut des linges propres…

Elle suspendit sa phrase, attrapa le revers de son premier jupon de lin et termina :

— … que je prendrai là.

L'homme hésita, sourcils froncés, puis lui tendit lentement son arme avec une réticence non dissimulée.

Elle se leva, souleva ses jupes, mais les laissa aussitôt retomber en entendant, à sa grande surprise, l'homme à la balafre pousser une exclamation offusquée.

Le regardant durement, elle lança :

— Tournez-vous !

Comme il s'exécutait sans discuter, elle se figea, brusquement traversée par une idée saugrenue. L'homme de main de Dunstan lui tournait le dos. Lui échapper ne serait donc pas difficile. Cependant, elle réalisa vite l'inanité de son plan. Une fois hors de la cabine, elle ne serait pas plus avancée. Les membres de l'équipage la bloqueraient en comprenant immédiatement ce qui se passait. Comment leur échapperait-elle alors ? Sur un navire, on ne pouvait aller loin… A moins de plonger dans l'eau glacée.

Soulevant de nouveau ses jupes, elle attrapa son premier jupon et, au regret de devoir le sacrifier, en préleva un généreux morceau.

— Tenez-le assis, s'il vous plaît, demanda-t-elle à l'homme de main.

Il s'exécuta et elle s'assit sur le bord de la couchette pour bander le torse de Dunstan.

Ce ne fut qu'après s'être acquittée de sa tâche qu'elle reporta son regard sur son vis-à-vis.

— J'ai terminé. A présent, il ne nous reste plus qu'à attendre et à espérer.

L'homme étendit Dunstan sur le dos et dit :

— Et prier, aussi.

Un bref haussement d'épaules lui répondit. Si elle avait des raisons très personnelles de vouloir contribuer à la guérison de Dunstan, prier pour lui était en revanche totalement hors de propos. Le blasphème n'avait pas sa place dans son plan.

Elle allait se lever pour partir quand, sortant soudain de sa torpeur, Dunstan la saisit par le poignet et l'attira vers lui. Elle poussa un petit cri. Il fixait sur elle ses yeux aux pupilles dilatées par la potion de pavot.

Probablement ne savait-il pas ce qu'il faisait et n'avait-il aucune conscience de ce qui se passait autour de lui. Cependant, lorsqu'elle tenta de se dégager, il emprisonna sa main entre les siennes et l'amena contre son torse.

Derrière elle, elle entendit l'homme rassembler les linges épars et prendre le seau.

— Je reviendrai bientôt voir comment évolue votre blessure, dit-elle à Dunstan en essayant en vain de libérer sa main.

Malgré son épuisement, il avait une poigne de fer.

— Attendez, fit-il d'une voix enrouée. Vous ne pouvez pas me laisser seul dans cet état. De toute façon, vous voyez bien que je suis trop faible pour vous faire du mal. Si mon état empirait, en revanche, soyez sûre que c'est vous qui en subiriez les conséquences.

L'homme de main avait fini de ranger. Avant de s'en aller, il moucha la mèche de la lampe principale, ne laissant allumée que la plus petite, suspendue près de la porte. Isabella se trouva seule avec Dunstan dans la cabine plongée dans la pénombre.

Le souffle brûlant de Dunstan lui caressa le visage.

— Je ne vous ferai pas de mal, répéta-t-il. Même si je le voulais, je n'en aurais pas la force.

Sa voix était profonde. Sous sa paume, elle percevait les battements réguliers de son cœur, et le contact de son corps — si chaud — contre le sien lui coupait le souffle. Il n'était pas pensable de rester une minute de plus seule avec lui dans cette minuscule cabine.

— Laissez-moi partir, s'il vous plaît.

Dunstan laissa aller son front contre le sien.

— Trop tard.

Il observa un silence puis murmura :

— Vous avez intérêt à vous montrer digne de tout cela.

Que voulait-il dire ? Isabella ne comprenait pas. Elle ouvrit la bouche pour lui poser la question puis se ravisa. A quoi bon ? Dans son état, il ne pourrait formuler de réponse compréhensible.

Elle s'écarta de lui autant qu'elle le put et s'efforça d'ignorer l'homme dont le corps était trop près du sien.

Tout à coup, sans qu'elle puisse l'empêcher, une larme roula le long de sa joue suivie d'une autre puis d'une autre encore. Le besoin de pleurer, d'exprimer enfin sa douleur, la dépassait. Non seulement elle avait été arrachée à son foyer et avait perdu son père, mais elle devait soigner son ravisseur. Loin des siens et de sa terre, elle se sentait sombrer. Elle avait beau se débattre tant qu'elle pouvait, son esprit la ramenait sans cesse aux mêmes questions et aux mêmes inquiétudes, plus déchirantes les unes que les autres.

Qui allait dorénavant apporter aide et assistance à sa mère dans sa tâche ? Qui aiderait cette femme à présent veuve à guider l'âme de son mari vers le repos ? Qui lui tendrait une main secourable durant ses longues veilles ? Qui se tiendrait à son côté, au milieu de la nuit, pour essuyer ses larmes et balayer ses craintes de l'avenir ? Béatrice ? Sa sœur avait dû s'enfermer dans sa chambre pour laisser libre cours à son désespoir. Et il se passerait probablement des jours avant qu'elle reprenne contact avec l'extérieur.

Jared ? Non plus. Son frère allait être trop occupé à rassembler des troupes pour se lancer à sa recherche — et à celle de l'homme qui venait de faire basculer le destin de leur famille — pour s'inquiéter vraiment du devenir de leur mère.

Quant à Léa, elle ferait sans doute de son mieux. Mais la femme de Jared avait beau n'être entrée dans la famille que récemment, elle avait déjà compris que, lorsqu'elle outrepassait son rôle, elle ne parvenait qu'à mettre sa belle-mère en colère. Chaque fois qu'elle avait tenté d'intervenir aussi peu que ce soit dans l'organisation de la vie du château, elle s'était attiré les foudres de lady de Warehaven.

Pour sa part, Isabella n'ignorait évidemment rien de l'importance qu'accordait sa mère au fait de tout diriger et superviser elle-même.

Elle savait depuis toujours que celle-ci n'autorisait personne à se mêler de ses affaires. Lady de Warehaven se trouvait *chez elle*, dans *son* donjon, sur *son* domaine et ne supportait aucune ingérence.

Même quand celle-ci était proposée avec les meilleures intentions du monde…

Mais tout avait changé aujourd'hui, et elle se demandait avec inquiétude ce qu'il allait advenir de sa sœur et d'elle.

Car Béatrice aussi était en âge de se marier. Son choix s'était porté sur Charles de Wardham. Or, Isabella savait que ses parents n'aimaient pas cet homme et n'avaient pas autorisé ce mariage.

Et Jared, qu'en pensait-il ? Accepterait-il le choix de Béatrice ? Et en ce qui la concernait ? Elle n'avait pas eu la possibilité d'expliquer à sa famille les raisons pour lesquelles elle allait renoncer à épouser Glenforde. Son frère, comme les autres, ignorait donc tout. En devenant le nouveau lord de Warehaven, déciderait-il de la contraindre au mariage ?

En des circonstances ordinaires, la réponse à sa question aurait été un non retentissant. Jamais son frère ne l'aurait obligée à rien.

Hélas ! les circonstances n'étaient précisément *pas* ordinaires et elle n'avait aucun moyen de savoir ce qu'il allait faire. Il pouvait aussi bien désirer la voir épouser Glenforde que lui présenter un autre homme. Un homme de *son* choix. Elle serra les dents. Si elle n'en avait pas fait qu'à sa tête comme d'habitude, rien de tout cela ne serait arrivé. Elle n'en serait pas là et son père ne serait pas mort. Tout était sa faute.

A l'époque où ses parents lui avaient accordé la permission rare de choisir elle-même son futur mari, leur proposition n'avait pas été guidée par la seule certitude que leur entreprise aboutirait ainsi plus facilement. Ils connaissaient en effet suffisamment leur fille pour savoir que, quelles que soient les qualités de l'homme qu'ils lui choisiraient, elle le rejetterait au seul prétexte qu'ils cherchaient à la soumettre.

L'expérience personnelle de son père avait aussi pesé dans la balance. En tant que fils illégitime du vieux roi Henry, il avait été condamné à épouser la fille du propriétaire d'un vaste domaine conquis par les troupes royales. Par chance, cette union forcée ne l'avait pas empêché de s'épanouir dans son mariage. Le couple s'était cimenté grâce à l'amour sincère qui s'était rapidement établi entre eux. C'était donc dans l'espoir que leurs enfants connaissent le même bonheur que lord et lady de Warehaven avaient désiré pour eux un mariage d'amour. Aussi, même si leur attitude avait semblé un peu singulière, ils avaient donné à leurs filles comme à leur fils, la possibilité du choix.

Elle savait tout cela ; son père n'en avait jamais fait mystère. Tout comme elle savait qu'il lui aurait suffi de rapporter tout simplement à son père la conduite de Glenforde pour qu'il annule sur-le-champ fiançailles et épousailles.

Au lieu de quoi elle s'était abandonnée à la colère et avait quitté le donjon comme une furie.

Quel gâchis ! Tout cela à cause de sa stupide impulsivité.

Elle serra les dents de plus belle pour ne pas laisser échapper les sanglots qui l'étouffaient.

A présent, son père était mort et sa mère se retrouvait seule.

Ses yeux brûlaient de larmes contenues, mais jamais elle ne laisserait le meurtrier allongé près d'elle deviner la douleur et l'affliction qu'il lui avait causées.

Elle sauterait du navire et se précipiterait dans les eaux noires et glaciales plutôt que de lui offrir le spectacle de son désespoir et le plaisir de s'en réjouir.

Oui, si quelqu'un devait souffrir, ce serait lui, Richard de Dunstan ! Il avait pensé pouvoir la séparer de son foyer, de sa famille, de ses terres, puis tuer son père et rester impuni ?

Eh bien, non. Elle ne le laisserait pas s'en sortir ainsi. Pas tant qu'il lui resterait un souffle de vie.

Pour commencer, elle allait s'assurer qu'il se remette parfaitement de sa blessure.

Et, ensuite, elle lui apprendrait le sens profond du verbe souffrir…

Chapitre 3

Les craquements du bois, le balancement au-dessous d'elle et le bruit des vagues s'abattant sur la coque du navire arrachèrent Isabella à ses songes. Où était-elle ? Pourquoi son lit avait-il changé de place ? Quel était ce bruit ?

Le retour à la réalité fut brutal. A peine eut-elle ouvert les yeux que son cœur se mit à battre la chamade. Elle se trouvait toujours à bord du navire de Dunstan qui maintenait, vaille que vaille, le cap vers son île et vers une forteresse qui allait devenir, elle le savait, sa prison.

Cela faisait à présent trois jours qu'ils se trouvaient en mer, qu'elle campait dans la cabine de Richard Dunstan et dormait sur une couchette improvisée juste en face de son lit. Les trois jours les plus longs de toute son existence. Au cours de sa vie, pourtant, il lui était arrivé d'exécuter de lourdes pénitences, mais aucune ne lui avait paru aussi pénible que ce voyage.

Seul le sommeil lui permettait d'échapper à ses peurs et aux soucis qui la tourmentaient et menaçaient de se traduire en cris de colère ou en larmes d'impuissance. Aussi tentait-elle le plus souvent possible de s'y réfugier.

Elle savait très bien ce qui faisait battre son cœur et accélérait son souffle. Elle avait parfaitement conscience de la situation.

Elle avait été enlevée et avait vu son père se faire tuer sous ses yeux. Et puis, il y avait le corps brûlant de son ravisseur tout près du sien, et la chandelle principale qui avait été mouchée, plongeant la cabine dans une obscurité presque totale… Cependant, elle sentait qu'il y avait autre chose. Mais quoi ? Et d'où venait cette étrange impression que les murs se resserraient inexorablement, la privant de sa capacité de penser et de faire appel à son bon sens ?

Cette impression était probablement due à l'exiguïté de l'endroit. Son atmosphère confinée s'apparentait plus à celle d'une cellule que d'une cabine de bateau. Ici, tout la ramenait à Richard Dunstan, au devoir qu'elle avait de veiller à son rétablissement, tout en lui rappelant à chaque instant son état de captive.

Elle ferma les yeux et chercha dans sa mémoire l'image de sa chambre si spacieuse de Warehaven. Les détails se présentèrent l'un après l'autre à son esprit : la senteur des herbes qu'elle allait cueillir elle-même avant de les faire sécher aux quatre coins de la pièce, la douceur de son oreiller quand il accueillait sa tête, le soir, et celle de l'édredon quand elle s'en recouvrait les jambes avant de s'abandonner au sommeil.

Comment faire pour chasser son angoisse ? Un souvenir lui revint brusquement. Elle inspira profondément, sentit ses poumons se gonfler et ne s'arrêta que lorsqu'elle eut l'impression qu'ils allaient exploser. Alors, seulement, elle laissa l'air s'en échapper tout doucement, jusqu'à ce que le stratagème — celui que lui avait enseigné son père des années plus tôt pour calmer ses craintes de petite fille et lui apprendre à se maîtriser — fonctionne et qu'elle recouvre un minimum de sérénité.

Lorsqu'elle fut certaine de pouvoir agir avec raison, elle s'assit sur sa couchette.

La porte de la cabine s'ouvrit au même instant, laissant passer, en même temps que le second de Dunstan, un rai ténu de lumière et un courant d'air glacé. Matthew… « Sir Matthew », ainsi qu'elle avait entendu les membres de l'équipage l'appeler.

— Avez-vous faim ?

Sans attendre la réponse, il lui tendit une assiette remplie de nourriture peu appétissante.

Elle fronça les sourcils en frissonnant. La chaleur qui régnait sous ses couvertures ne l'avait pas du tout préparée à la bouffée d'air froid qui avait pénétré dans la cabine en même temps que Matthew.

Son regard se posa un instant sur Dunstan et son cœur manqua un battement.

Posant brusquement à terre l'assiette, elle repoussa sa couverture d'un geste.

— Qu'est-ce qui ne va pas ? demanda-t-il en la regardant se précipiter vers Dunstan comme une mère au chevet de son enfant malade.

— Je ne sais pas… Je ne suis pas sûre, marmonna-t-elle en s'asseyant à côté du blessé.

Elle lui posa la main sur le front, puis sur la joue, et retint une exclamation. Il avait la fièvre.

— Approchez la lampe, ordonna-t-elle.

Matthew leva le bras au-dessus de la couchette. La lumière tomba sur le visage blême et luisant de sueur de Dunstan. Il jura avant de demander :

— Qu'allez-vous faire ?

Sa voix était tendue, son intonation très inquiète.

Elle leva la main.

— Laissez-moi réfléchir.

— Il est évident que sa blessure est en train de s'infecter, dit-il sans respecter le silence qu'elle venait de réclamer.

A grand-peine, elle retint un soupir agacé. La dernière chose dont elle avait besoin était qu'on lui serine des évidences. Elle eut soudain très envie de voir Matthew quitter la cabine pour aller faire, de préférence, quelque chose d'utile.

— Apportez-moi un couteau et faites chauffer de l'eau, fit-elle sans le regarder. Ensuite, trouvez assez de tissu propre pour me permettre de faire un nouveau bandage. Et si personne, sur ce bateau, n'a d'achillée ni d'herbes médicinales, vous devrez accoster pour vous en procurer.

— Nous serons à Dunstan dans deux ou trois jours.

Elle tourna la tête vers lui pour le regarder, cette fois, bien en face.

— Peut-être. Mais alors, il sera mort.

Sans un mot, Matthew lui remit sa dague, posa la lampe sur un tabouret près de la couchette et se retira, au grand soulagement d'Isabella.

A présent, elle devait se concentrer sur sa tâche, pour que vive Richard Dunstan. C'était la seule façon pour elle de s'assurer de pouvoir le faire souffrir avant de le tuer.

Son élimination serait une mission dont elle s'acquitterait au moment où elle le déciderait, et de la façon dont elle l'entendrait. D'ici là, pas question qu'il lui échappe.

Elle s'assit sur la banquette à côté de lui, glissa la dague sous l'épais bandage, puis hésita. Qu'allait-elle découvrir ? Et si…

— Vous n'arrivez pas à vous décider ?

Elle sursauta. C'étaient les premiers mots que Dunstan prononçait depuis trois jours. Comme la pointe de la dague effleurait sa peau, il referma les doigts sur son poignet et poursuivit :

— Je préfère mourir d'une infection, merci.

Elle soutint tranquillement son regard.

— Vous êtes réveillé…

Ses yeux étaient rouges et cernés, mais son regard ne vacillait pas. L'espace d'un instant, d'un très bref instant, elle regretta de ne pas l'avoir rencontré en d'autres circonstances.

Avec son menton volontaire, son nez légèrement busqué, ses dents régulières et ses lèvres bien dessinées, il n'aurait eu besoin que d'un bon bain et d'un rasage pour devenir ce que Béatrice appelait « un magnifique spécimen mâle » avant de partir d'un grand éclat de rire.

Sa beauté était telle que même le bleu résultant du coup de poing qu'elle lui avait asséné près de l'œil et la petite cicatrice courant sur sa joue ne parvenaient pas à l'altérer.

Quant à sa voix, rauque et grave, elle lui caressait toujours les oreilles avant de lui toucher le cœur. Elle était si belle que même la plus chaste des femmes aurait jeté au feu ses principes sacrés pour entendre un seul mot sortir de sa bouche.

Il arqua les sourcils sans cesser de la considérer comme s'il devinait où ses pensées étaient en train de l'entraîner. Elle sentit ses joues s'empourprer de gêne et aussi, compte tenu des circonstances, d'une certaine honte.

Doux Jésus, jusqu'où oserait-elle aller ?

Cet homme n'était qu'une bête sauvage. Il l'avait enlevée, arrachée à son foyer, à sa famille, à la terre où elle était née, avant de causer la mort de son père. Et voilà qu'elle se pâmait presque à la vue de son visage et au son de sa voix.

Le visage et la voix de l'assassin de son père…

— Vous êtes toujours là., dit-il d'une voix étouffée.

Elle cligna les yeux. Oui, et elle savait exactement pourquoi.

— Depuis le moment où j'ai compris que sauter par-dessus bord ne rendrait pas mon père à la vie mais décuplerait le chagrin de ma mère, répondit-elle pour évacuer toute possibilité de quiproquo, je ne puis me trouver ailleurs.

Il tira légèrement sur son bras.

— Qu'est-ce que c'est ?

Mon bras, voyons !

Avait-il des hallucinations ? Que… Oh ! sans doute parlait-il de la dague !

— Le poignard de Matthew. Je dois retirer votre bandage pour le refaire.

Il lui libéra le poignet et hocha la tête.

— Cela signifie, je suppose, que je peux continuer, murmura-t-elle.

— Si vous voulez.

— Justement, je ne *veux* pas. Il n'y a absolument rien que je veuille faire pour vous.

Un bref regard vers la porte restée entrouverte lui assura que Matthew ne se tenait pas dans l'embrasure.

— En fait, je n'ai tout simplement pas le choix.

— Non, bien sûr, vous…

Comme la fin de sa phrase mourait sur ses lèvres, elle comprit que la potion de pavot n'avait pas encore fini de faire effet.

Elle poursuivit son intervention. Le bandage s'ouvrit sous la lame de la dague et Isabella retint sa respiration avant de l'écarter.

A son grand soulagement, elle vit tout de suite que, si la peau était gonflée et rouge, il n'y avait aucune trace d'infection avancée et que les chairs restaient saines.

Il suffisait donc d'ouvrir de nouveau la blessure en deux points et de la laisser suppurer jusqu'à ce que tous les mauvais fluides s'en soient échappés. Après quoi elle la nettoierait très soigneusement avant d'y apposer des herbes médicinales. A condition, bien sûr, que Matthew parvienne à s'en procurer. Dans le cas contraire, peut-être que le verjus, qu'ils qualifiaient hâtivement de vin sur ce navire, serait capable de brûler toutes les humeurs indésirables.

Le seul vrai problème restait donc la fièvre.

— Qu'est-ce qui vous inquiète à ce point ?

Dunstan sortait de nouveau de sa torpeur. Elle aurait voulu l'agonir d'injures pour ce qu'il lui avait fait ainsi qu'à son père, mais elle savait que, dans quelques secondes, il sombrerait de nouveau dans la léthargie et ne se rappellerait même pas leur échange.

Aussi se contenta-t-elle d'une réponse sibylline.

— Vous avez de la fièvre et il semble qu'il n'y ait rien, sur ce navire, à même de la combattre.

— Sous ma cotte de mailles.

Elle le considéra avec attention et vit qu'il ne délirait pas. Après quoi, elle chercha des yeux la cotte de mailles dans la pénombre sans la distinguer.

— Je ne la vois pas. Où est-elle ? Avec votre armure ? Où est votre armure ?

— Pourquoi voulez-vous le savoir ? demanda à cet instant Matthew en entrant dans la cabine avec un seau d'eau fumante, un morceau de lin et une seconde outre de vin. En quoi l'endroit où se trouve l'armure de lord Dunstan vous regarde-t-il ?

— Il prétend y avoir placé des herbes médicinales.

Avec un borborygme incompréhensible, Matthew déposa ce qu'il tenait et quitta de nouveau la cabine.

Elle se pencha sur la blessure de Dunstan. A l'irrégularité de sa respiration, elle comprit qu'il flottait dans une région crépusculaire à la frontière du sommeil et de l'éveil.

— Pouvez-vous vous mettre sur le côté pour que j'ôte votre bandage ? lui demanda-t-elle en espérant qu'il entende.

Il grogna mais fit ce qu'elle demandait. Lorsque Matthew revint, elle avait presque terminé.

Il posa un petit sac de cuir sur la table de la cabine.

— Voilà tout ce que j'ai trouvé.

Un peu de sable tomba du sac lorsqu'elle l'ouvrit, mais elle ne s'en étonna pas. Elle savait depuis longtemps, par son père et son frère, que les guerriers entreposaient leur armure dans des tonneaux de sable lorsqu'ils se trouvaient en mer. Les herbes médicinales, pour leur part, avaient été enveloppées dans un étui en cuir scellé par de la cire qui les avait protégées de l'humidité.

Elle en mit une pincée dans un gobelet qu'elle tendit à Matthew.

— Versez un peu de vin dessus, je vous prie.

Tandis qu'il obtempérait, elle versa une quantité plus importante d'herbes dans un bol et utilisa le pommeau de la dague pour les réduire en poudre. Puis elle y ajouta un peu d'eau de mer encore chaude. Quelques minutes plus tard, elle appliquait sur la blessure la pâte ainsi produite et la faisait adhérer à l'aide du morceau de lin qu'elle avait préalablement découpé en lanières.

Lorsque le bandage fut fait et que Dunstan eut retrouvé sa position sur le dos et ses couvertures pour le protéger du froid, elle lui souleva la tête pour lui faire boire la décoction d'herbes et de vin.

— Je n'en veux pas, grommela-t-il avec un geste de refus de la main.

Il était trop faible pour repousser vraiment le gobelet, mais assez fort pour serrer les lèvres afin d'empêcher le liquide de passer.

Matthew lui prit la main.

— Milord, vous devez boire ce breuvage.

— Je n'en veux pas, répéta-t-il.

Isabella avait remarqué qu'il portait sur le corps plusieurs cicatrices, souvenirs des flèches Warehaven. Il n'en était donc pas à sa première blessure. Mais lui avait-on déjà fait boire de la décoction de pavot auparavant ? Elle gagea que non pour avoir vu son frère refuser d'en boire après y avoir été obligé une première fois. Affolé par les conséquences que cela avait eu sur sa conscience, il avait en effet préféré souffrir que devoir en ingurgiter de nouveau.

Il n'était pas impossible que Dunstan ait pris la même décision.

Elle se pencha vers lui, le gobelet à la main.

— Il ne s'agit pas de la potion au pavot qui vous a été administrée pour dormir, mais d'un tout autre remède pour faire tomber votre fièvre.

Il détourna la tête.

— Il sent mauvais.

Cette fois, c'en était trop.

— Ecoutez, Dunstan, repartit-elle sèchement, soit vous le buvez de votre plein gré comme un adulte, soit je vous le fais avaler de force comme à un enfant. C'est vous qui choisissez.

— Non.

— De toute façon, reprit-elle en lui soulevant la tête, vous l'avalerez, que vous le vouliez ou non ! Et vous ne mourrez pas parce que c'est moi qui déciderai de la date et de l'heure de votre mort. Et je peux vous assurer que ce n'est pas prévu pour aujourd'hui.

— Malchanceuse épouse que vous êtes...

Bien qu'il ait juste murmuré, elle avait tout de même entendu. Il la confondait manifestement avec une autre.

— Vous délirez... Je ne suis pas votre épouse.

— Vous le serez bientôt.

Elle resta tétanisée tandis que, débitant un chapelet de jurons, Matthew attrapait le visage de Dunstan, l'obligeait à desserrer les lèvres et lui versait d'office le breuvage dans la bouche.

« Vous le serez bientôt »... Elle se leva d'un bond et recula vers le fond de la petite cabine jusqu'à ce qu'elle heurte les lattes de bois de la paroi. Les yeux agrandis par un mélange de terreur, d'incrédulité et de rage, elle serra les bras autour d'elle comme si ce geste pouvait la protéger de quoi que ce soit.

— Que veut-il dire par « vous le serez bientôt » ? demanda-t-elle à Matthew.

Faussement appliqué à tendre parfaitement les couvertures sur Dunstan qui semblait s'être rendormi, il ne répondit pas.

— Répondez-moi ! cria-t-elle alors, à bout de patience. Malgré tout ce que l'on m'a fait subir, j'ai aidé à sauver cette vie pitoyable qui n'a pas la moindre valeur ! Cela me donne droit à une réponse ! Qu'est-ce que ce misérable gredin a voulu dire ?

Matthew baissa la tête afin de ne pas rencontrer son regard, quitta sa place à la tête du lit et murmura :

— Le prêtre de Dunstan attend le retour de Sa Seigneurie... en compagnie de sa future femme.

Le cri d'Isabella resta coincé dans sa gorge.

« Sa future femme » ? Ce n'était possible ! Elle craignait d'entendre la réponse à la question qui lui brûlait les lèvres.

Elle prit son courage à deux mains.

— Qui est cette infortunée ?

Le second de Dunstan fila en hâte vers la porte.

— Vous.

Et il disparut.

Chapitre 4

Richard grommela. Pourquoi se sentait-il flotter comme s'il dérivait sur un radeau livré à la houle ?

Parce qu'il se trouvait sur un navire, mais il ne le comprit qu'au bout de quelques secondes. Le sien ? C'était à espérer…

A part un drôle de rêve où il avait vu la fille de Warehaven pointer une dague sur son torse, ses souvenirs étaient confus. Il se revoyait sauter dans une barque, saisir un arc et viser les hommes de Warehaven. Puis une main avait agrippé sa jambe et il s'était tourné vers elle. Le feu, alors, l'avait traversé et il était tombé.

Il leva le bras et faillit crier. La douleur qui lui vrillait l'épaule était insupportable.

— Vous avez reçu une flèche dans l'épaule. Les archers de Warehaven ratent rarement leur cible…

Il ouvrit les yeux. Ebloui par l'éclat de la lampe, il cilla et reconnut avec soulagement la carte de navigation assez approximative qu'il avait fixée à la cloison de sa cabine.

— Sans moi, cette flèche vous aurait transpercé le cœur. Dommage qu'elle ne l'ait pas fait.

Il arqua un sourcil. La fille de Warehaven le dévisageait sans même chercher à dissimuler sa rage. Pourtant, si quelqu'un devait être en colère, n'était-ce pas lui ?

— A vous entendre, repartit-il, je devrais vous remercier de m'avoir distrait au bon moment.

Elle haussa les épaules.

— Comme si je l'avais choisi… Je vous rappelle que j'étais tapie au fond de la barque.

— Cela ne vous a pas empêchée de m'agripper la jambe.

— Aurais-je dû rester sans réagir pendant que vous visiez mon père et ses hommes ?

— A mon tour de vous rappeler qu'eux-mêmes me visaient ainsi que mes hommes !

— Cela ne m'intéresse pas. Je ne vous dois rien, pas plus qu'à eux.

Malgré sa faiblesse, il n'avait pas l'intention de laisser passer cela.

— Vous nous devez au moins de ne pas avoir été jetée par-dessus bord.

Balivernes ! N'eût-elle pas été pressentie pour l'épouser, ils se seraient débarrassés d'elle sans hésiter. Mais ce n'était pas le moment d'aborder le sujet.

Tout en parlant, elle s'était éloignée vers le fond de la petite cabine.

— Comment auraient-ils pu ? rétorqua-t-elle en revenant sur ses pas. Dans votre chute, vous étiez tombé sur moi.

A présent pleine d'aplomb, elle s'assit sur le tabouret à la tête du lit.

— Je ne dois donc rien à personne ici.

— Moi, je continue à penser que vous nous devez la vie.

La réponse tomba.

— Non ! C'est *vous* qui me la devez !

Cette fois, il décida de ne pas répliquer. Elle avait réponse à tout et prendrait un malin plaisir à le contredire jusqu'au bout.

En d'autres circonstances, une telle joute verbale lui aurait procuré une agréable distraction. Mais Isabella de Warehaven était sa prisonnière, pas son invitée, et ses reparties ne faisaient qu'ajouter au terrible mal de tête qui le harcelait.

Sans ménager son épaule, il s'assit et cria :

— Matthew !

Celui-ci apparut dans la seconde.

— Vous êtes réveillé, milord…

— Peux-tu trouver un endroit pour… pour que…

Il ne put terminer sa phrase. Malgré ses efforts, le prénom de sa captive lui échappait soudain, perdu dans les brumes qui finissaient lentement de quitter son cerveau.

Comme elle le considérait sans daigner lui rafraîchir la mémoire, il s'adressa à elle sans ménagement :

— Pour parler de vous, je peux dire soit « elle », soit « cette femme », mais un prénom simplifierait les choses.

— Isabella, grommela-t-elle entre ses dents. Isabella de Warehaven.

Elle avait prononcé son nom à contrecœur, comme s'il ne méritait pas de le connaître.

Vexé par sa trop évidente réticence, il se tourna de nouveau vers Matthew.

— Peux-tu trouver une cabine pour cette femme ?

Les lèvres d'Isabella se plissèrent avec dédain. Son soupir réprobateur s'éleva dans la cabine.

Matthew haussa une épaule incertaine.

— Comme elle s'occupe de soigner votre blessure, je pensais qu'il valait mieux qu'elle reste ici plutôt que de lui faire rejoindre les hommes sur le pont.

— Elle s'occupe de soigner ma blessure ?

Il était stupéfait et, à la surprise qu'il vit se peindre sur le visage d'Isabella, il s'aperçut qu'elle l'était autant que lui. Elle avait même écarquillé les yeux en l'entendant s'exclamer. Pourquoi ? Elle lui fournit immédiatement une réponse sans douceur :

— Si vous ne vous souvenez de rien, posez-vous donc la question de savoir qui pouvait vous soigner sur ce navire… à part moi.

Il se tourna vers Matthew.

— De quoi l'as-tu menacée pour qu'elle obéisse ?

Celui-ci répondit à contrecœur :

— J'ai entendu le Balafré lui promettre de lui exprimer sa reconnaissance… avec l'assistance de l'équipage, si vous mouriez.

Il hocha la tête. Qu'elle ne se soit pas jetée par-dessus bord face à une telle menace était instructif, car c'est ce qu'aurait fait n'importe quelle femme dans sa situation. L'autre possibilité étant de devenir muette et complètement prostrée. En effet, les hommes de l'équipage ne brillaient ni par leur raffinement ni par leurs bonnes manières. Loin s'en fallait. Donc, ou la fille de Warehaven était plus brave que les autres, ou elle était totalement dénuée de bon sens.

Quoi qu'il en soit, il avait à présent une dette envers elle. Et de taille, puisqu'il lui devait sa guérison.

— Je vous remerc…

— Inutile, l'interrompit-elle sèchement. Je…

Elle marqua un arrêt, cherchant visiblement la meilleure façon de poursuivre. Finalement, après avoir longuement froncé les sourcils, elle lâcha, directe :

— Je ne vous épouserai pas.

Il jeta à son second un regard meurtrier. Qui avait divulgué cette information secrète ? Déjà, Matthew amorçait un repli stratégique vers la porte. Avant de franchir le seuil, il jeta un bref regard par-dessus son épaule et dit :

— Nous arriverons à Dunstan dans un jour ou deux.

Un jour ou deux ? Richard resta médusé. Son île se trouvait à cinq, voire six jours de Warehaven. Cela signifiait donc…

— J'espère que vous m'avez bien comprise…

Isabella le fixait, des flammes dans les yeux.

Il secoua la tête et revint à son calcul. S'ils accostaient dans un jour ou deux, cela voulait dire qu'il était resté inconscient pendant…

— Vous n'obtiendrez jamais ma main ! A moins de la prélever sur mon cadavre !

La fille de Warehaven avait une opinion claire et tranchée sur la suite des événements, mais son opinion n'entrait pas en ligne de compte. Il ne la laisserait pas contrecarrer ses plans, et encore moins l'empêcher de prendre sa revanche.

— Les choses sont très simples, Isabella de Warehaven, vous ferez ce que l'on vous dira de faire.

— P… pardon ? fit-elle en le fixant comme s'il était devenu fou. Auriez-vous par hasard la prétention de croire qu'avoir tué mon père vous autorise à m'épouser ?

L'amertume contenue dans sa voix ne lui échappa pas et lui évoqua par ricochet le souvenir du jour où il l'avait enlevée. Puis d'autres souvenirs assaillirent sa mémoire défectueuse, comblant peu à peu les vides laissés par le pavot. Le père de sa captive avait, en effet, reçu une flèche sur la plage. Mais lui aussi avait été touché.

Or, il n'était pas mort. Pourquoi, dans ce cas, décrétait-elle que son père l'était ?

— Rien ne vous permet d'affirmer qu'il a trépassé. Comme moi, il peut n'avoir été que blessé.

— Je l'ai vu tomber, une flèche dans la poitrine, et il ne portait pas d'armure. Qu'en concluez-vous ?

Elle était au bord des larmes. Comment pouvait-elle se mettre dans un tel état à partir d'une simple hypothèse ? Il ne parvenait pas à le comprendre.

— Supposez-vous toujours le pire dans l'existence ?

Elle le considéra en silence pendant quelques secondes au cours desquelles il redouta de la voir éclater en sanglots. Mais son visage reprit peu à peu son air fier. La question provocante qu'il venait de lui poser avait eu sur elle l'effet escompté : transformer son besoin de pleurer un père dont la mort n'était pas avérée en colère contre le meurtrier présumé, à savoir lui…

— J'espère que nous découvrirons que je me suis trompée quand il viendra vous rendre une petite visite…

— C'est exactement pour cela que j'ai veillé à ce que nous soyons repérés avant de gagner le large. Pour attirer votre père ou votre frère sur mon île. Autrement, comment auraient-ils su où ils devaient vous chercher ?

Elle le fixa avec hauteur.

— Ordonnez immédiatement à votre équipage de faire demi-tour. De toute façon, je ne vous épouserai pas. Pas plus que je ne passerai l'hiver à Dunstan.

Mais si…, eut-il envie de répondre. *Vous en passerez même plus d'un…*

Une vague plus violente que les autres qui s'écrasa tout à coup avec fracas sur la coque l'en empêcha. Le navire tangua brusquement. Sans réfléchir, il lui posa les mains sur les épaules pour l'empêcher de tomber du tabouret.

Elle le repoussa d'un mouvement brusque.

— Laissez-moi. Je suis tout à fait capable de…

Avant qu'elle n'ait fini sa phrase, le navire se remit à tanguer, si fort cette fois qu'elle fut bel et bien éjectée de son siège et se retrouva à quatre pattes. Le fin cercle de métal qui retenait ses cheveux glissa de sa tête et tourna comme une toupie sur le plancher avant de s'immobiliser.

Elle le ramassa d'un geste rageur puis leva la tête vers la couchette avec un regard le mettant au défi de faire le moindre commentaire sur sa chute.

A son grand soulagement, elle ne tenta pas de se réinstaller sur le tabouret. Toujours à quatre pattes, elle gagna un coin de la cabine et s'assit à même le sol, bien calée dans l'angle des cloisons.

L'expression de son visage disait clairement qu'elle n'avait qu'un souhait, le voir passer par-dessus bord.

Qu'en serait-il quand elle se rendrait compte que sa situation était encore plus critique qu'elle le croyait ? Quels sommets atteindrait sa colère, alors ?

Elle se pencha en avant.

— Vous avez intérêt à ce que ma famille vienne me chercher rapidement, car je jure que rien ni personne ne me forcera à vous épouser.

— Qu'est-ce qui vous fait penser que vous avez le choix en la matière ?

— Ma famille…

Il l'interrompit.

— N'est pas ici. Et l'acte officiel de nos épousailles sera signé bien avant son arrivée.

Le sang quitta le visage d'Isabella.

— Pourquoi souhaitez-vous m'épouser ?

— « Souhaiter » vous épouser, moi ?

Il leva les yeux au ciel.

— Vous vous méprenez. Je ne souhaite épouser ni vous ni personne. Vous êtes juste pour moi le moyen de parvenir à mes fins. Un moyen que le mariage va rendre totalement et définitivement infaillible.

Elle arqua la jolie courbe de ses sourcils.

— Vos mesquins petits griefs ne m'importent pas, Dunstan.

Il la considéra avec attention. Ses yeux noisette soutinrent son regard sans ciller.

— « Mesquins petits griefs » ? Le meurtre d'une enfant sans défense n'est pas un mesquin petit grief !

Elle ne parut pas l'entendre.

— Tout le monde, à commencer par ma parentèle, pensera que l'immense fortune de ma famille est la véritable raison de votre acte insensé.

— Ce que penseront les gens m'est indifférent. Votre famille pourra faire de grands discours et clamer tout ce qu'elle voudra, cela n'aura aucune espèce d'effet sur moi. C'est Glenforde qui m'intéresse, et je me languis du jour où il se portera à votre secours.

Isabella fronça les sourcils.

— Vous m'auriez donc enlevée pour un crime qu'il aurait commis ?

Absorbé par ses pensées, il poursuivit :

— Quel meilleur moyen pour l'attirer à Dunstan, que de kidnapper sa fiancée et l'épouser alors qu'il était sur le point de le faire ?

— Ce ne sont que des suppositions ! Après tout, vous ne pouvez même pas être sûr qu'il viendra.

Richard laissa glisser son regard sur les longs cheveux emmêlés qui encadraient maintenant les joues d'Isabella comme des flammes et mettaient en valeur la délicieuse féminité de son visage en cœur. Il s'arrêta sur la rondeur de ses seins hauts, la finesse de sa taille, et ne cessa son examen qu'après être arrivé à ses mules maculées de boue séchée.

Réalisant un peu tard ce qu'il faisait, il releva les yeux et rencontra de nouveau le regard noisette. Elle détourna aussitôt la tête, mais il eut le temps d'apercevoir l'étrange roseur qui avait succédé à sa pâleur.

— Vous pouvez dormir tranquille, Isabella de Warehaven, Glenforde viendra.

Et quand cet assassin arriverait, il serait là pour l'accueillir…

— Trouver des filles à marier n'est pas très difficile, répondit-elle en entourant ses genoux de ses bras. De toute façon, je ne me fais aucun souci pour lui. Je suis sûre qu'il saura me remplacer sans la moindre difficulté.

Sa réponse autant que son ton pensif prirent Richard au dépourvu et l'étonnèrent beaucoup. Qu'avait donc fait ou dit Glenforde pour qu'Isabella pense avoir aussi peu de valeur à ses yeux ?

— Peut-être, répondit-il prudemment, mais c'est oublier un peu vite tout ce qu'il peut retirer de cette union. Glenforde est un homme avide. Il ne perdra pas une telle opportunité de s'allier à une personne de sang royal.

Isabella secoua la tête.

— Vous oubliez que mon père n'a jamais été reconnu. Le roi Henry a beau être son père, sa mère était une prostituée.

— Drôle de façon de parler d'une parente…

— C'était une servante qui se vendait contre un lit chaud et un quignon de pain. A peine mon père a-t-il été sevré qu'elle a disparu sans laisser de traces et que personne ne l'a plus jamais revue. Comment appelez-vous cela, vous ?

Comme il ne répondait pas, elle fixa son torse nu et détourna la tête.

Il attrapa alors une tunique pendue à côté de son lit.

— Une femme qui se vend contre un lit chaud et un quignon de pain n'est pas nécessairement une catin.

Isabella fut frappée par l'amertume de son ton. Pour quelle raison semblait-il aussi touché par le sujet ? Elle se tourna de nouveau vers lui. Il regardait sa tunique, les sourcils froncés, l'air profondément embarrassé. A l'évidence, il essayait de trouver comment la revêtir sans se faire mal à l'épaule.

Pour sa part, elle estimait l'avoir assez aidé. Et même plus qu'assez. Le fait qu'il ait oublié une bonne partie de ce qui s'était passé tombait finalement bien. Mieux valait pour elle qu'il n'ait aucune raison de la considérer autrement que comme une ennemie.

Plus important encore, il ne fallait pas qu'il croie qu'elle se souciait de son bien-être. Voilà pourquoi il était également impératif qu'il ne se méprenne pas sur ses motivations. Et s'il allait jusqu'au bout de cette farce qu'était leur supposée union, elle saurait la transformer en cauchemar.

De toute façon, elle veillerait avant tout à ce que le mariage ne soit jamais consommé. Sans cela, elle se retrouverait liée à ce gredin pour la vie, et elle n'avait pas l'intention de passer le reste de son existence avec un homme qu'elle méprisait.

En attendant, elle allait tellement lui faire mesurer l'étendue de son indifférence que, lorsque sa famille viendrait la délivrer, il serait secrètement soulagé de la voir partir.

Sa famille utilisait rarement ses relations avec Matilda ou Stephen, tous deux membres de la famille royale, pour obtenir des grâces. Mais, dans le cas présent, elle avait bien l'intention de profiter de tous les moyens à sa disposition pour faire annuler son éventuel mariage. Entre-temps, elle ne devrait laisser Dunstan l'approcher sous aucun prétexte.

Le maintenir à distance et le repousser chaque fois qu'il le faudrait s'imposait. Sans la moindre exception.

Comme il regardait dans sa direction, elle retint son souffle, certaine qu'il allait lui demander son aide. A son grand étonnement, il se contenta de serrer les mâchoires et de revêtir sa tunique tout seul.

Des gouttes de sueur perlaient à présent sur son front, mais elle repoussa immédiatement toute velléité de compassion. A côté de ce qu'il lui avait fait subir, son petit désagrément momentané était bien peu de chose. Il ne méritait pas d'être plaint.

A cause de lui, son univers avait basculé. Sa mère allait se retrouver désemparée, en proie à la solitude et à une inquiétude terrible. Quant à la colère de son frère, elle ne connaîtrait pas de limites. Oui, lorsqu'il apprendrait qu'elle avait été enlevée, séquestrée, et que leur père avait été assassiné, la terre tremblerait.

Sans parler de Glenforde. Mais c'était une autre histoire… Viendrait-il la chercher ou déciderait-il qu'il se trouvait finalement mieux sans elle ?

Car, après tout, elle ne croyait pas se tromper en pensant que Glenforde ne l'aimait pas plus qu'elle ne l'aimait, et qu'il n'avait même jamais éprouvé le moindre élan envers elle. Tout ce qui l'intéressait dans sa personne était ses terres, ses domaines et son argent.

Dès qu'il la saurait séquestrée sur une île lointaine, il se rappellerait — elle n'en doutait pas un instant — qu'il restait une héritière à Warehaven : Béatrice, détentrice de la même part de richesses familiales. Dans ces conditions, il n'était pas du tout exclu qu'il se tourne sans vergogne vers elle.

Elle retint un soupir. Dire qu'elle allait devoir payer toute seule les conséquences de l'arrogance de Glenforde qui avait invité sa catin le jour de leurs fiançailles ! Cette pensée distillait dans son cœur un véritable poison. Comment et où trouver la force de survivre ? Même si elle parvenait à faire annuler son mariage, saurait-elle conserver dignité et estime de soi ?

Pour chasser ces pensées désagréables, elle demanda :

— Vous trouvez donc bien qu'une femme se vende pour pouvoir survivre ?

Au fond, elle se moquait de l'opinion de Dunstan sur le sujet. Tout ce qu'elle voulait, c'était créer une diversion.

Penché en avant, les coudes sur les genoux, il plongea le regard dans ses yeux jusqu'à la mettre mal à l'aise. Jusqu'à ce qu'elle sente son ventre se contracter.

Non de peur, car Dunstan ne l'effrayait pas. Pourtant, une partie d'elle-même lui conseillait de se méfier. Après tout, elle se trouvait complètement entre ses mains. En même temps, s'il avait voulu lui faire du mal, n'aurait-il pas déjà commencé ? Rien ni personne ne l'en aurait empêché. Elle secoua la tête. La situation n'était pas aussi simple. La drogue qu'on lui avait administrée l'avait rendu plus qu'à moitié inconscient et incapable de causer le moindre tort à qui que ce soit. Mais maintenant que ses effets se dissipaient…

Elle déglutit. Peut-être n'aurait-elle dû jamais poser, et encore moins répéter, sa question sur les femmes aux mœurs légères. Surtout avec le regard appuyé qu'il avait posé sur elle lorsqu'il lui avait affirmé que Wade viendrait la délivrer.

« Vous pouvez dormir tranquille, Isabella de Warehaven, Glenforde viendra. »

En prononçant cette phrase, il avait brûlé d'un feu qui lui avait laissé entrevoir à quel point il la trouvait à son goût. Et cette flamme avait éveillé en elle une douce chaleur, qui se ravivait à ce souvenir…

Elle secoua de nouveau la tête pour dissiper la torpeur qui commençait à lui engourdir le corps autant que l'esprit. Dunstan venait de la regarder en plissant les yeux et, l'espace d'un instant, une interrogation avait flotté dans son regard. Parce qu'elle l'avait, justement, trop longtemps soutenu ? C'était plus que probable. Il avait parfaitement compris qu'il la troublait. Nul besoin, donc, qu'elle lui donne, en insistant maladroitement, de nouvelles preuves de son émotion.

— Si je trouve cela bien ?

Elle s'adossa plus fermement au mur, mais cela ne l'empêcha pas d'être la proie d'un long frisson. Oui, elle aurait dû avoir peur — très peur — de l'effet que lui faisait cette voix grave et chaude. Son trouble n'avait du reste aucun sens ! Combien de fois devrait-elle se répéter que Richard Dunstan l'avait enlevée, volée à sa famille et à sa terre, arrachée à tout ce qu'elle connaissait, et avait tué son père ? Et que rien d'autre ne pouvait compter ! Pas même cette chevelure d'ébène tombant comme la nuit sur son front mat…

Oui, il était malvenu et presque honteux de laisser la voix de cet homme, aussi belle soit elle, lui faire ainsi partir le cœur au galop.

Les cloisons de bois parurent se resserrer autour d'elle, rendant sa proximité avec lui plus tangible et leur intimité trop évidente. Elle leva une main tremblante qu'elle pressa contre sa poitrine à l'endroit où son cœur battait follement. Son souffle s'était fait court, sa respiration oppressée.

Oui, elle aurait dû avoir peur de lui.

Mais plus encore d'elle-même.

Un sourcil noir s'arqua au-dessus d'un œil vert comme la mer, lui donnant l'impression que Dunstan lisait dans ses pensées. Il ne fallait surtout pas tomber dans le piège, les conséquences seraient trop désastreuses.

Elle s'obligea à détourner les yeux.

— Disons, reprit-il, que je ne m'autorise pas à juger si ce que cette femme a fait était *bien* ou non. Les gens font ce qu'ils peuvent pour survivre.

Il se leva et elle sentit son regard se fixer de nouveau sur elle. L'air, autour d'eux, sembla s'épaissir. Quand elle tourna enfin de nouveau les yeux vers lui, il ajouta :

— Et c'est quelque chose que vous devriez peut-être garder à la mémoire.

Elle ne dit rien. Etait-ce une menace ? A quoi bon poser la question ? Elle n'était pas stupide. Bien sûr que Dunstan était en train de la menacer et de la prévenir que, un jour ou l'autre, elle aussi devrait peut-être faire quelque chose de terrible pour survivre.

Dans ces conditions, elle jugea plus prudent de garder le silence.

— Je dois aller voir mon navire et mon équipage, annonça-t-il alors. Vous, restez ici.

Comme elle ne répondait pas, il donna un petit coup de pied contre sa mule brodée salie de boue.

— Vous avez entendu ?

— Je ne suis pas sourde, ni pauvre d'esprit, moi..

A peine avait-elle répondu qu'elle le regretta. Le moment était vraiment mal choisi pour le vexer.

Il se pencha vers elle et, avec un parfait mépris pour son épaule douloureuse, la saisit par la taille et la souleva. Ils se retrouvèrent nez à nez, les pieds d'Isabella battant l'air.

— Trouvez-vous *bien* de provoquer son ennemi lorsqu'on en est la proie ?

— Peut-être pas, admit-elle en réfléchissant très vite à la meilleure attitude à adopter. Mais puisque je suis votre otage, vous avez tout intérêt à me garder en sécurité et à me préserver du danger.

— Je serai bientôt votre mari et saurai avoir assez d'honneur pour prendre soin de vous. Mais dites-vous bien que vos sentiments à mon égard n'auront strictement aucune importance.

Sur cet avertissement, il la lâcha sans douceur sur le lit et se pencha sur elle, un genou replié contre sa jambe et les mains à plat sur la couverture.

— En attendant, gardez votre bel esprit pour vous, Isabella de Warehaven. Certaines blessures sont invisibles, ne l'oubliez pas.

Il pesait de tout son poids sur ses mains à présent et son épaule devait le faire atrocement souffrir. Elle s'en aperçut à son front qui se couvrait de nouveau de sueur. En même temps, elle sentait sa cuisse musclée contre sa hanche.

Et elle était incapable de l'ignorer…

— Comment osez-vous parler d'honneur quand vous avez tué mon père, Dunstan ? repartit-elle en détournant la tête pour ne plus voir le vert de ses yeux brillant entre ses épais cils noirs.

Il lui prit le menton et l'obligea à le regarder de nouveau. Il était presque couché sur elle, maintenant. Elle se mit à trembler.

Son souffle était brûlant contre sa joue, ses lèvres se trouvaient à quelques centimètres des siennes. Il darda son regard dans le sien.

— Donnez-moi une seule bonne raison pour laquelle je devrais vous témoigner plus de respect que Glenforde n'en a témoigné aux miens lors de sa dernière venue sur mon île.

Elle sentit l'air lui manquer, l'affolement la gagner. Leur extrême proximité, le contact de leurs corps, tout cela rendait vaine toute tentative pour se concentrer.

— Je ne suis pas Glenforde.

Ce fut la seule réponse qui put se frayer un chemin au milieu de la peur et de la confusion qui noyaient ses pensées d'un épais brouillard.

Il se releva mais ne s'éloigna pas.

— Non, vous n'êtes pas Glenforde. Mais vous alliez devenir sa femme. A présent, vous vous trouvez en terre ennemie. Ne l'oubliez pas, Isabella.

Sur ces mots, il fit demi-tour et se dirigea vers la porte.

Elle le regarda quitter la cabine. Son soulagement fut tel qu'un sanglot lui échappa. Puis un autre. Jamais elle ne s'était sentie aussi épuisée, aussi terrorisée.

Et aussi perdue. Car Dunstan avait beau lui répéter que Glenforde avait assassiné quelqu'un sur son île — une personne jeune, apparemment, une enfant — elle n'avait aucune preuve que ce fût vrai, aucun moyen de savoir si cette accusation était fondée ou imaginaire.

Par ailleurs, elle ne comprenait pas pourquoi il n'avait finalement pas mis sa menace à exécution et fait preuve de violence vis-à-vis d'elle. Parce qu'elle lui avait rappelé qu'elle n'était pas Glenforde ? Ou parce qu'il avait perçu sa peur, sa confusion, et avait eu pitié ?

En tout cas, il n'était pas le rustre qu'elle avait tout d'abord imaginé. Il était également beaucoup plus dangereux qu'elle l'avait supposé, car il possédait le pouvoir de lui brouiller l'esprit et d'anéantir sa volonté d'un simple regard.

Elle n'arrivait pas à imaginer comment elle aurait réagi s'il était allé au bout de sa menace à peine voilée. Se serait-elle lancée dans un combat éperdu pour se défendre, ou aurait-elle obéi au désir languissant de son corps, ce traître ?

La seule chose dont elle ne doutait pas était qu'elle avait le devoir absolu de contrôler ses émotions. Sans quoi elle risquait de devenir sa pire ennemie et de causer sa propre perte.

Alors, sa chute serait inévitable.

Et fatale.

Chapitre 5

Le temps de reprendre son souffle, Richard s'était adossé à la porte avant de grimper à l'échelle menant au pont. Il se sentait soulagé. La partie la plus difficile de son aventure se trouvait à présent derrière lui. Il avait réussi à enlever la fille de Warehaven, à se faire identifier par le père de celle-ci tout en échappant à ses archers, et regagnait à présent l'île de Dunstan sain et sauf.

Enfin, presque… Car son épaule douloureuse lui rappelait qu'il ne rentrait pas vraiment sain et sauf… En cet instant, néanmoins, sa blessure était le cadet de ses soucis. Ce qui le perturbait davantage était le sentiment très désagréable de ne pouvoir accéder à sa mémoire et de devoir se contenter de lambeaux de souvenirs qui ne lui servaient à rien puisqu'il ne parvenait pas à les ordonner.

D'autre part, la sécheresse persistante de sa bouche lui rappelait que Matthew l'avait drogué. Quant au goût amer qui l'accompagnait, il l'assurait que ce même Matthew avait également puisé dans leur petit stock d'opium. Si l'opium était un antalgique infaillible, il laissait aussi ses utilisateurs avec l'esprit brouillé pendant plusieurs jours.

Pourtant, la sensation d'un corps tiède et doux contre le sien sur sa couchette était trop vive pour n'avoir été qu'un rêve. Pourquoi son esprit aurait-il inventé de toutes pièces le souvenir de mains délicates posées sur sa blessure ou celui d'un souffle rassurant qui le calmait lorsque la douleur menaçait de devenir intolérable ?

Son expérience passée avec les femmes ne l'avait pas porté à les trouver douces et réconfortantes. Impossible, par exemple, d'imaginer Agnès apaisant la douleur de quiconque, hormis la sienne propre…

Dans ses souvenirs, pourtant, c'était bien une femme qui lui portait secours et assistance. Or, il n'y en avait qu'une sur ce vaisseau : Isabella de Warehaven. L'avait-elle vraiment guéri ? Avait-elle vraiment atténué son besoin de crier quand la douleur le tourmentait ?

Impossible.

Tout cela n'avait aucun sens. Et c'était cette impression d'absurdité qui lui soufflait qu'un mariage avec elle serait beaucoup plus difficile que l'avait été son enlèvement.

N'aurait-elle pu être plus jeune ou plus âgée ? Cela l'aurait rendue moins attirante. Car aujourd'hui elle se trouvait dans la plénitude de sa beauté et — cet élément décuplait sa séduction — totalement inconsciente des désirs habitant son corps.

Il soupira. Partir guerroyer sans armes ni armure serait, à tout prendre, bien moins dangereux que demeurer seul avec elle…

Lorsqu'il s'était penché sur elle jusqu'à presque la recouvrir de son corps, il avait guetté un signe de frayeur au fond de ses prunelles noisette. Il en avait même rajouté avec une attitude exagérément menaçante. Or, son entreprise n'avait abouti à rien. Il avait vu le trouble monter en elle, et cela avait failli le perdre. Car la vision de leurs membres entremêlés et de leurs lèvres soudées l'avait alors assailli.

S'il l'avait prise à ce moment-là, personne sur le bateau n'aurait osé l'arrêter. Oui, s'il en avait été physiquement capable, il l'aurait facilement initiée aux plaisirs de la chair et aurait ensuite considéré son acte comme une revanche pour ce que Glenforde avait fait subir à sa famille. Et, là non plus, personne n'aurait rien osé lui reprocher.

Mais l'objet de sa vengeance n'était pas Isabella de Warehaven. Elle n'était que le moyen de parvenir à ses fins, et il ne devait jamais perdre cela de vue.

Quant au désir de luxure qu'elle éveillait en lui, il n'était rien de plus qu'un tourment supplémentaire induit par le pavot. Ce tourment passerait avec les jours, c'était inévitable et absolument indispensable. En attendant, il devrait refréner son désir autant qu'il pouvait. Jusqu'à ce que le moment de s'y abandonner vienne enfin le libérer.

Il soupira en cherchant un appui et s'adossa au bastingage. Si le petit effort physique qu'il venait de fournir depuis qu'il avait quitté son lit pour arriver jusqu'ici le mettait à ce point hors d'haleine, nul doute que cette même fatigue lui permettrait de maîtriser son désir et ses pulsions plus facilement.

Un éclat de rire de l'équipage rassemblé sur le pont le tira brusquement de ses pensées. Aux regards posés sur lui, il comprit qu'il était l'objet de toutes les conversations.

Il carra les épaules et quitta le bastingage, oubliant sa blessure dans la seconde. Ce n'était en effet pas le moment de se montrer faible devant ses hommes, qui risquaient de le croire incapable d'assurer le commandement de son navire.

Il décocha un regard dur à Théodore, le plus imposant de ses équipiers. Les ricanements cessèrent instantanément.

— Qu'est-ce qui t'amuse ? lui demanda-t-il, rompant le silence.

Celui-ci ramena ses pieds écartés l'un contre l'autre, jeta un coup d'œil à ses coéquipiers et répondit :

— Rien, milord.

Comme Richard arquait un sourcil, il ajouta :

— Nous sommes juste contents de vous voir debout et en pleine santé.

Certes, songea Richard, ils étaient probablement soulagés de le voir remis de sa blessure, mais les efforts trop évidents de Théodore pour s'attirer ses bonnes grâces lui donnèrent envie de conserver son air rogue. Juste pour prouver qu'il n'était pas dupe… Car il doutait fortement que sa santé ait été le véritable sujet de conversation de ses hommes et surtout la raison de leur hilarité.

Il les connaissait par cœur et savait qu'ils aimaient cancaner presque autant que combattre. A cette première occupation, ils rivalisaient sans peine avec les pires commères de Dunstan. Le plus souvent, il constatait qu'ils les surpassaient même aisément. En tout cas, il était facile de deviner que, depuis quatre jours, ils avaient dû se perdre en conjectures et en allusions sûrement explicites sur lui, mais surtout sur sa captive enfermée tout ce temps dans sa cabine.

Comme ils le connaissaient aussi bien qu'il les connaissait, ils n'essayèrent pas de jouer aux plus malins. De son côté, il n'essaya pas de se justifier. C'était le seul moyen d'arrêter les bavardages et d'obliger ses hommes au respect.

Alors qu'il ne s'y attendait pas du tout, ses pensées le ramenèrent à Isabella. Il ne lui voulait aucun mal mais, en même temps, ses sentiments ne lui importaient guère. Du reste, n'était-elle pas une inconnue pour lui ? Il ignorait tout d'elle.

Et il allait devoir combler ces lacunes puisque, dans quelques jours, elle deviendrait sa femme.

Il fit bouger son épaule avec précaution. Les hommes qui étaient à bord ne connaissaient pas grand-chose aux potions ni aux baumes. Elle, si. Et c'est parce qu'elle avait utilisé son savoir qu'il n'était pas mort. Pour cette raison, il devait à la fois oublier qu'elle était la fiancée de Glenforde et se souvenir qu'il avait contracté une dette envers elle.

Son regard se porta un instant vers le continent, au sud. Avec un lourd soupir, il se rapprocha de l'échelle. Toutefois, avant de descendre regagner sa cabine, il décida d'adresser quelques mots à l'ensemble de ses hommes.

Pour leur montrer qu'il était bien toujours le chef.

Isabella essayait tant bien que mal de retirer du bout des ongles la boue séchée maculant ses mules. Elles étaient très abîmées, certes, mais les perles qui les ornaient devaient être récupérables. Et elle y tenait beaucoup. Quelques mois plus tôt, en effet, son père lui avait offert un petit sac de perles à partager avec Béatrice.

Les soirs suivants, pendant toute une semaine, les deux sœurs avaient soigneusement incrusté ces petits joyaux sur le dessus de leurs mules. Isabella avait disposé les siennes de manière à former un cœur, tandis que sa sœur avait préféré former de longues spirales.

Quelques rais de lumière pénétrèrent tout à coup dans la cabine ; ils provenaient de l'avant du bateau. Elle resta interloquée. Tout à l'heure, le soleil se trouvait à tribord. Le navire avait donc changé de direction. Une lueur d'espoir s'alluma au fond de son cœur.

Au même instant, la porte s'ouvrit et alla heurter le mur, la faisant violemment sursauter. Dunstan apparut. Il lui jeta un bref regard avant de s'écrouler sur sa couchette et de s'absorber dans la contemplation du plafond.

Dans sa hâte de savoir s'ils avaient modifié leur cap, elle demanda sans détour :

— Avez-vous demandé à votre équipage de rebrousser chemin ?

— Non.

— Pourtant, le navire a viré de bord, insista-t-elle, sûre de son fait, en se représentant mentalement leur chemin.

Warehaven se trouvait sur la côte sud-est de l'Angleterre et l'île de Dunstan, d'après ce qu'elle savait, au nord-est du Danemark.

— Nous ne croisons plus vers l'est, reprit-elle sur le même ton, mais vers le sud.

Le petit sourire de Richard lui donna envie de crier. Ne voyait-il pas que sa patience était à bout ?

— Ne vous imaginez pas un instant que nous nous dirigeons vers une autre destination que l'île de Dunstan. J'ai simplement demandé à mes hommes de dévier sur quelques milles. Il y a un courant que je préfère éviter.

Elle était assez souvent montée sur des navires pour savoir combien les vents et les courants pouvaient être sources de contournements et de déviations.

— Je vois…

— Parlez-moi de vous.

La question la prit par surprise. Elle cilla.

— Quoi ?

Sans cesser de regarder le plafond, il répéta :

— Parlez-moi de vous.

— Pourquoi ?

Tournant enfin la tête vers elle, il lui adressa un regard suppliant.

— Parce que je suis blessé, que je ne me sens pas bien et que j'ai besoin de distraction.

Juste ciel ! Il utilise exactement la même tactique que mon père et mon frère quand ils se sentent faibles !

Et elle se rappela que, pendant des années, elle avait vu sa mère céder au regard d'enfant que l'un et l'autre lui jetaient quand ils voulaient se faire plaindre.

« Regarde comme j'ai besoin d'être consolé », disaient leurs yeux.

Sauf qu'elle n'avait pas du tout envie de plaindre Richard Dunstan. Il était blessé, et alors ? A qui la faute ? Il ne pouvait s'en prendre qu'à lui-même.

— S'il vous plaît…

Elle posa sa mule et soupira.

— Que voulez-vous savoir ?

Il reporta son regard vers le plafond.

— Je veux en apprendre un peu plus sur vous, puisque vous serez bientôt ma femme.

S'il mettait sa stupide menace à exécution, songea-t-elle en serrant les dents, s'il la contraignait vraiment au mariage, il apprendrait très vite à la connaître… et à le regretter.

Mais à quoi bon commencer une discussion maintenant ? Cela n'aurait aucun sens. Entre les effets de l'opium qui ne s'étaient pas totalement dissipés et la pâleur de son visage, il n'était à l'évidence pas dans son état normal. De plus, ses paupières à demi fermées et sa bouche légèrement entrouverte laissaient entendre qu'il n'allait pas tarder à sombrer dans le sommeil.

Elle pouvait donc l'entretenir pendant quelques minutes de généralités.

— J'ai un frère plus âgé que moi, une sœur plus jeune, ma mère et plus de père.

— Vous êtes donc toujours persuadée de sa mort. Pourquoi ? Le détestez-vous au point d'espérer secrètement le pire ?

Elle écarquilla des yeux horrifiés.

— J'aime mes parents. Tendrement.

— Vous les « aimez » ? Pour quoi faire ? L'amour ne sert à rien. Il vaudrait mieux qu'ils aient votre respect et votre obéissance.

Elle retint une grimace. Si Dunstan pouvait savoir à quel point il se trompait ! Car, que cela lui plaise ou non, elle aimait ses parents.

Cela ne faisait même aucun doute. En revanche, les respectait-elle autant qu'elle l'aurait dû ? Si tel avait été le cas, elle leur aurait obéi. Or, elle avait fait exactement le contraire, et elle le regrettait. Si elle s'était montrée plus respectueuse de leurs conseils, elle ne se trouverait pas aujourd'hui sur ce navire ennemi, en route pour l'île de Dunstan.

Pourquoi Dunstan avait-il une aussi piètre opinion de l'amour ? La question la taraudait.

— Vous n'aimez pas vos parents, vous ?

— Je n'ai pas connu ma mère. Elle est morte quand j'étais encore enfant. Quant à mon père, il a accompli son devoir envers moi.

— Son devoir ?

— S'assurer que j'aie un toit au-dessus de ma tête, de quoi manger à ma faim et me faire prodiguer un enseignement parfait des armes dès que j'ai été en âge de pouvoir m'en servir.

— Oh…

Si elle ne ressentait aucune pitié pour l'homme qu'il était aujourd'hui, elle se sentait triste pour le petit garçon qu'il avait été. N'y avait-il eu personne, à l'époque, pour lui manifester un minimum d'affection ? Pas de bras aimants pour le réconforter quand il avait fait un cauchemar ? Pas de lèvres douces pour l'embrasser lorsqu'il s'était écorché les genoux en tombant ?

Vivre une telle enfance lui paraissait presque impossible tant ses propres parents avaient été présents pour elle. Oui, ils s'étaient tendrement occupés d'elle, autant que de leurs deux autres enfants.

— Vous semblez surprise, remarqua-t-il. Votre frère n'est-il pas parti, à l'adolescence, apprendre le maniement des armes en d'autres contrées ?

— Bien sûr que si. Mais c'était dans le village de notre famille maternelle. Dès qu'il a accédé au titre d'écuyer, il a rejoint la cour de Matilda.

— Vous et votre sœur, je suppose, avez également rejoint cette cour.

— Non.

S'attendant à son incrédulité, elle pinça les lèvres.

Comme pour ne pas la décevoir, la remarque fusa dans l'instant.

— Non ? Vraiment ? Dans ce cas, vous aurez au moins passé quelque mois dans le domaine des Glenforde.

Pour se donner une contenance, elle récupéra l'une de ses mules et recommença à la débarrasser de la boue incrustée dans le velours. Cette occupation lui permit aussi de garder les yeux baissés et de ne pas croiser le regard de Dunstan.

— Vous voudriez me faire croire que vous, petite-fille du roi Henry et nièce de l'impératrice Matilda, n'avez pas passé de longues heures pendant votre enfance auprès de votre future belle-mère à apprendre comment devenir la lady digne d'épouser ce fils auquel vous étiez promise depuis votre plus jeune âge ?

— C'est ma mère qui m'a tout appris. Bien que la tradition veuille en effet que la fiancée reçoive cet enseignement de sa future belle-mère, ma mère n'aurait jamais accepté de déléguer cette tâche à une inconnue. De plus, je n'étais promise à personne. Aucune belle-mère ne se profilait donc à l'horizon.

Il se redressa, visiblement interloqué, et s'assit sur le bord de sa couchette.

— Promise à personne ? Auriez-vous un problème ? Quelque chose qui ne va pas ?

Elle resta un instant muette de surprise. Pourtant, la question de Dunstan était légitime. Béatrice et elle auraient dû être fiancées très jeunes, comme la coutume le voulait pour tous les enfants.

Le fait que cela se soit passé autrement avait paru parfaitement normal aux deux sœurs mais étrange, voire choquant, à leur entourage adulte.

A l'évidence, Richard Dunstan ne faisait, quelques années plus tard, pas exception à la règle et s'interrogeait sur la raison de cette exception. Comment lui répondre ? Une idée lui traversa l'esprit. Pourquoi ne pas en profiter pour inventer un mensonge qui pourrait la servir ? Lui raconter par exemple qu'un terrible défaut physique de naissance avait empêché ses parents de lui trouver un mari avant de longues tractations…

Ce défaut devrait bien sûr suffisamment le décourager pour qu'il renonce à l'épouser. Oui, elle devait trouver quelque chose qui le fasse trembler de la tête aux pieds, voire l'oblige à faire demi-tour pour la ramener sans délai dans sa famille.

Mais quoi ?

— Trop tard…

Elle sursauta tandis qu'il se penchait en avant sans la quitter du regard.

— Vous avez pris trop de temps pour inventer votre réponse.

Le regardant bien en face, elle repartit sans ciller :

— Peut-être parce que mon… problème est si grave que je n'ai aucune envie de vous rendre malade avec des détails pénibles.

Il secoua la tête, totalement incrédule.

— A part une langue trop bien pendue et un manque total de sens commun, il n'y a rien qui aille de travers chez vous.

Son air suffisant l'agaça plus que tout. Elle le défia du regard.

— Mais vous ne pourriez en jurer…

— En effet. Mais peu importe, car…

Il se leva et vint vers elle.

— … je vais vérifier cela tout de suite.

Elle tint sa mule devant elle, comme une arme dérisoire ou comme si elle pensait que les perles de son père avaient le pouvoir magique de la protéger.

— Qu'allez-vous faire ? demanda-t-elle d'une voix beaucoup moins assurée que quelques secondes plus tôt.

Dunstan lui prit la mule des mains, la lança à travers la cabine, et se mit à tourner lentement autour d'elle.

Il lui effleura l'oreille du bout de l'index…

— Je vois que vos oreilles sont normales.

… puis les lèvres.

— Votre bouche non plus n'a rien. Il suffit d'ailleurs de vous écouter parler pour en être persuadé. Quant à vos yeux, je ne remarque rien d'horrible.

Elle maudit sa stupidité en silence. Pourquoi avoir provoqué cet homme ? Décidément, son impulsivité ne cessait de la mettre en danger. Bien que Dunstan n'ait pas cru un seul instant à cette histoire de défaut physique caché, il faisait mine du contraire pour mieux la prendre à son propre piège.

Il s'arrêta derrière elle et posa les mains sur ses épaules. Elle dut faire un effort pour maîtriser le long frisson qui la parcourait.

La seconde suivante, il la contournait, se plaçait devant elle et lui saisissait les poignets.

— Sauf erreur de ma part, dit-il doucement, ces deux bras me paraissent normaux aussi. Je me demande…

Sans terminer sa phrase, il lui lâcha les poignets pour lui glisser aussitôt la main derrière la nuque d'un air faussement perplexe.

— … où il faudrait regarder maintenant.

De plus en plus furieuse contre elle-même, elle bascula la tête sur le côté pour se débarrasser de lui, mais il ne retira pas sa main.

— Nulle part !

— Le problème est que, dans ce cas, je ne pourrai pas m'assurer que vous êtes entière et normalement constituée…

Elle serra les dents avant de répliquer.

— Je suis normale. Il n'y a aucun problème.

— Ah…

D'une main, il raffermit sa prise sur sa nuque tandis que, de l'autre, il lui soulevait le menton et la forçait à renverser la tête en arrière. Elle ne pouvait plus éviter ses yeux.

Son regard lui assura qu'il n'avait pas l'intention de l'étrangler ni d'attenter à sa vie, mais la terrible douceur et l'incroyable chaleur qui se dégageaient de sa personne l'effrayèrent bien plus que s'il l'avait menacée avec son épée. Oui, le contact brûlant de ses doigts lui laissait trop bien deviner de quoi il était capable.

— Vous avez donc cherché à me mystifier…, poursuivit-il sur un ton doucereux. C'est bien cela ?

Elle se raidit. A quoi rimait sa question, puisqu'il en connaissait la réponse ?

Il l'avait appâtée et elle avait mordu à l'hameçon. Grâce à sa naïveté confondante, il avait pu s'amuser à ses dépens. Cela ne lui suffisait-il pas ?

Si elle ne trouvait pas immédiatement une sortie de secours, il poursuivrait son examen comme bon lui semblerait. Or, elle n'avait pas envie de s'exposer plus longtemps à une situation aussi humiliante.

— Oui, murmura-t-elle.

— Pardon ?

Il se mit à lui caresser la gorge.

— Je n'ai pas entendu…

— Oui, répéta-t-elle en lui attrapant brusquement le poignet pour qu'il la lâche. Je vous ai menti.

La caresse cessa et elle put se détendre un peu, sans parvenir cependant à maîtriser son léger tremblement. Il avait laissé sa main sur son cou.

— Vous allez être contrainte à un mariage que vous ne voulez pas, reprit-il. Mais, quoi que vous tentiez, sachez que vous ne pourrez pas l'empêcher.

La caresse avait repris. A un autre moment, elle lui aurait été agréable mais, en l'occurrence, ce contact forcé lui faisait plutôt penser aux nuits qui suivraient leur union. Car, sauf à pouvoir convaincre le prêtre de Dunstan de ne pas célébrer leur mariage, elle appartiendrait à son époux, corps et âme, pour la vie.

— Ne vous inquiétez pas, dit-il, car j'attendrai peu de vous.

Elle suspendit sa respiration. Cela voulait-il dire qu'ils ne partageraient pas le même lit ? Si tel était le cas, une fois qu'il aurait réglé ses comptes avec Glenforde, elle pourrait faire annuler ce mariage imposé.

— Nous nous marierons et vous partagerez normalement ma chambre, ajouta-t-il soudain comme s'il suivait pas à pas le cheminement de ses pensées.

Elle eut l'impression que son cœur cessait de battre.

Partager le lit de Dunstan ruinerait toutes ses chances de voir son union dissoute. Que faire ? Vers qui se tourner ? Comment sortir de cette inextricable situation ?

Elle était en train de se mordiller la lèvre inférieure pour retenir les insultes qui menaçaient de jaillir quand une idée surgit dans son cerveau avec une clarté stupéfiante. Si toutes ses tentatives pour faire échouer le plan de Dunstan se révélaient vaines, sa famille pourrait toujours faire d'elle une veuve…

L'espoir lui revint.

— Tant que vous ne chercherez pas à me mentir, dit alors

Dunstan, je vous traiterai bien. Restez honnête avec moi, ne me trahissez pas, et vous n'aurez pas de raison de vous plaindre.

Elle resta un instant interloquée. Que signifiaient ces deux avertissements, ces allusions personnelles ? Que venaient-ils faire dans leur échange ?

La réponse s'imposa d'elle-même. S'il parlait ainsi, c'est parce que quelqu'un, à un moment ou à un autre de son existence, l'avait trahi. Une femme, de toute évidence. Aimée ou fruit d'une alliance d'intérêt ? Peu importait. Il en avait gardé une trace indélébile.

Sa lucidité la réjouit. Malgré la gravité de la situation, elle parvenait à conserver sa capacité d'analyse. Sans doute grâce à l'idée qui venait de lui traverser l'esprit et lui redonnait force et courage.

Quoi qu'il en soit, la situation était plutôt paradoxale, car c'était précisément au moment où elle imaginait faire éliminer Dunstan par sa famille qu'il lui assurait qu'il la traiterait bien à condition qu'elle ne lui mente pas…

Un sentiment de culpabilité prit naissance en elle, commença à grandir et à se frayer un chemin vers son cœur. Elle refoula un grognement, refusant de laisser des états d'âme sans intérêt peser dans l'édification de son avenir.

Enfin, il recula d'un pas, ce qui mit fin au contact de leurs peaux. Elle respira mieux tandis que son sentiment de culpabilité régressait.

— Je suis las et désire me reposer, annonça-t-il en se dirigeant vers sa couchette. Venez.

Elle le dévisagea avec inquiétude.

— Je ne me coucherai pas avec vous sur ce lit.

— Vous allez pourtant bien y être obligée. Matthew a dû récupérer la couchette de fortune sur laquelle vous avez dormi.

— Je sais.

— Vous vous rappelez tout de même que vous avez reposé à cinquante centimètres de moi pendant cinq jours…

— Parce que vous passiez votre temps à dormir et, surtout, que vous ne pouviez rien faire d'autre.

— Dormir est aussi ce que j'ai l'intention de faire maintenant.

Non seulement ses intentions n'intéressaient pas Isabella mais, surtout, elles ne lui suffisaient pas. A présent qu'elle le connaissait un tout petit peu mieux, elle savait qu'il n'en faisait qu'à sa tête, sans se soucier le moins du monde de ce qu'elle ressentait.

Elle le toisa.

— Non.

— Mon pansement a besoin d'être refait, dit-il avec une petite moue tout en s'asseyant sur le bord de la couchette.

Elle soupira. Ce n'était pas possible ! Il n'allait pas recommencer avec son regard de gamin malheureux ! Pour la seconde fois, elle fut frappée par la ressemblance avec la moue de son père lorsqu'il voulait absolument obtenir quelque chose de sa femme.

Mais ses offensives de charme la laissaient de marbre. Elle n'était pas sa femme et ne se souciait ni de lui, ni de son bien-être, ni de ses envies. Pas le moins du monde.

Aussi répondit-elle sur un ton détaché :

— Si vous demandez à Matthew, je suis sûre qu'il sera tout à fait à même de refaire votre bandage.

— Oui, mais il est moins délicat que vous.

Elle haussa les épaules.

— Commencez par lui parler moins durement. Il changera d'attitude.

— Je me repose mieux quand vous êtes près de moi.

— Nous ne sommes pas mariés, que je sache. Je ne partagerai pas votre lit jusqu'à notre mariage…

A condition que ce jour arrive…, pensa-t-elle sans le dire, car elle entretenait encore le secret espoir que ce mariage ne se concrétiserait jamais.

— Où pensez-vous dormir, dans ce cas ?

Elle n'en avait pas la moindre idée, mais une chose était certaine, elle ne dormirait pas dans le même lit que lui. Partager la même cabine était déjà pour elle un exploit. Bien sûr, elle l'avait fait les dernières nuits, mais parce qu'elle était sûre de n'avoir rien à craindre. A présent, la situation n'était plus du tout la même. Dunstan lui avait prouvé entre-temps qu'il avait le pouvoir de la soumettre à sa volonté.

Comme elle savait qu'il reposerait sa question jusqu'à ce qu'elle réponde, elle déclara :

— De toute façon, je n'ai pas sommeil. Le problème est donc résolu : je ne me coucherai pas.

Là-dessus, sous son regard courroucé, elle alla s'asseoir dans un coin de la cabine et se cala contre la coque de bois.

— Cet endroit sera parfait, décréta-t-elle.

Il fut debout dans la seconde.

— Cette cabine est glaciale. Vous laisser tomber malade ne fait pas partie de mes plans.

Ses plans *à lui*, cela allait sans dire… Car, à ses yeux, eux seuls existaient et elle n'était pas douée de volonté.

— Vos plans m'indiffèrent. Pourquoi m'intéresseraient-ils, d'ailleurs ?

Ignorant la question, il se pencha vers elle.

— Soit vous me rejoignez sur la couchette de votre plein gré comme une adulte, soit je vous y porte moi-même comme une enfant. C'est vous qui choisissez.

Elle pinça les lèvres en reconnaissant une version revisitée de sa propre menace lorsqu'il avait refusé de boire la potion soporifique, mais ne bougea pas pour autant.

Comme s'il était victime d'un soudain mal de tête, il se frotta le front puis cria :

— Matthew !

Son second entra dans la cabine quelques instants plus tard et regarda autour de lui avec inquiétude. Le ton de Dunstan l'avait alarmé.

Et il y avait de quoi…

— Donne-moi ta dague, ordonna-t-il.

L'homme s'exécuta en silence. Sans transition, Dunstan le chassa d'un geste. Matthew sortit. Il n'avait pas prononcé un mot.

Effrayée, Isabella hoqueta. Dunstan allait-il la tuer parce qu'elle refusait de partager son lit ? Elle tourna la tête et la laissa aller contre la coque pour ne pas voir le moment où il lèverait l'arme contre elle.

— Oh ! Pour l'amour de…

Il s'interrompit, termina par un chapelet de jurons et lui attrapa le poignet en la secouant.

— Si j'avais voulu vous tuer, je l'aurais fait tout de suite ! Ouvrez votre main !

Elle fit ce qu'il lui ordonnait, le visage toujours détourné, et l'entendit poursuivre sur le même ton agacé :

— Je pensais qu'une Warehaven se montrerait un peu plus courageuse que cela…

Comme elle tournait enfin la tête vers lui, il lui posa la dague sans douceur dans la main et lui referma les doigts sur le manche.

— A présent, allez vous mettre immédiatement au chaud dans mon lit.

Chapitre 6

Enfin ! Après d'interminables semaines passées à chercher Glenforde, puis six jours et six nuits en mer, ce voyage touchait presque à sa fin.

Un vent froid passa sur le visage de Richard, glaçant ses joues et lui rappelant à quel point sa marge de manœuvre avait été étroite. Ils entraient à présent à toute vitesse dans la saison froide, et l'arrivée imminente de l'hiver avait doublé son aventure d'une véritable course contre le temps. Une semaine de plus sur l'eau, et ils se seraient retrouvés dans une situation difficile : bourrasques, mer déchaînée et vent glacial auraient assailli son équipage et son vaisseau.

Malgré cela, il avait volontairement allongé d'une journée le chemin du retour, le temps de déposer l'un de ses hommes de confiance à terre avec ordre de ne revenir à Dunstan qu'en possession des informations qu'il l'avait chargé de recueillir. Ce retour s'effectuerait sur celui de ses navires qui quitterait Dombourg en dernier.

Lorsque ce dernier bâtiment aurait pris la mer, sa flotte au grand complet se retrouverait à l'abri pour l'hiver. Durant trois mois, les hommes procéderaient à l'entretien des navires et effectueraient les réparations nécessaires.

Il reporta son attention sur la côte qui se profilait à l'horizon. Derrière eux, le soleil couchant teintait la falaise de magnifiques nuances rouges. La nuit allait bientôt tomber. Impossible d'accoster en toute sécurité avant le lever de jour.

Un rapide coup d'œil lui assura que Matthew avait l'équipage et le navire en main. Plusieurs marins étaient en train de baisser la grand-voile tandis que les avirons étaient sortis et plongeaient dans l'eau avec de grandes éclaboussures.

Il était impératif que le vaisseau soit dirigé manuellement vers l'étroit bras de mer qui donnait accès au port. Autrement, c'était sa mise en pièces assurée car de gros rochers déchiquetés se dissimulaient sous le niveau de l'eau de part et d'autre du passage.

Il regarda de nouveau vers le continent, heureux d'apercevoir la multitude de torches qui illuminaient les deux tours encadrant l'entrée du port. Elles étaient là, comme à chacun de ses retours, indispensables, à la fois guides et sentinelles de Dombourg.

Pour mieux apprécier le spectacle, il alla se poster exactement au centre du navire. Dans quelques minutes, la proue pointerait le milieu des tours.

— Cap sur le port ! cria-t-il aux hommes qui s'affairaient au gouvernail.

Quand le cap fut atteint, il s'écria :

— C'est bon !

Diriger les navires entre les rochers puis entre les falaises était beaucoup plus difficile avec un équipage peu rodé à cet exercice, comme celui dont il disposait aujourd'hui. Le résultat, pourtant, fut parfait.

Presque toute l'île émergeait de la mer comme une montagne, ce qui dispensait de devoir la protéger d'éventuels envahisseurs. Quant aux marins assez inconscients pour s'aventurer quand même dans ce redoutable bras de mer, ils n'avaient qu'une alternative : abandonner et faire demi-tour pendant qu'il était encore temps ou se noyer après avoir fracassé leur navire contre les récifs à fleur d'eau et quasiment invisibles.

L'étroite bande de sable de l'autre côté de l'île apparaissait et disparaissait selon les caprices de la marée et du vent. Si un navire jetait l'ancre à cet endroit, le risque était qu'il se retrouve projeté contre la falaise ou échoué, à sec, sur la plage.

Quant à ceux qui pensaient contourner le problème en s'ancrant juste après la bande de sable, ils ne risquaient pas moins.

Inexorablement, Richard le savait, ils voyaient leur navire s'éloigner tout seul au gré de courants si forts que l'ancre devenait incapable de résister à la marée montante.

Malgré cela, se dit-il avec un petit sourire, récupérer un navire dérivant sans équipage s'était toujours montré plus facile pour lui qu'affronter le courroux de son père.

Il y avait longtemps, son grand-père avait décrété que cette grève était le point le plus vulnérable de l'île et fait construire le château fortifié sur son point le plus haut. De cette manière, quiconque déciderait d'envahir l'île par l'arrière devrait commencer par le payer de la vie d'un nombre important de marins.

Et pourtant… Malgré toutes ces fortifications et ces défenses naturelles, Glenforde avait réussi à passer à travers les mailles du filet et à pénétrer dans l'île.

Ce qui était impossible, à moins de bénéficier d'un complice. Oui, Richard était persuadé que quelqu'un, sur l'île, lui avait traîtreusement apporté son aide.

Mais qui ? Et pourquoi ?

Un cri étouffé attira son attention. Il se tourna juste à temps pour voir la tête d'Isabella apparaître en haut de l'échelle.

— Redescendez tout de suite, ordonna-t-il.

Sans lui accorder un mot ni même un regard, elle grimpa les derniers barreaux de l'échelle et se retrouva à sa hauteur devant le poste d'équipage. Elle sourit, visiblement heureuse de son escapade, et renversa la tête en arrière pour s'absorber dans la contemplation des falaises escarpées.

Richard ravala sa mauvaise humeur. Lorsque sa femme avait eu ce paysage devant les yeux pour la première fois, elle avait crié, terrifiée, qu'il l'avait amenée aux portes de l'enfer. Après cela, Agnès avait caché sa tête dans ses mains et pleuré de désespoir.

C'était parce qu'il s'attendait à la même réaction de la part d'Isabella qu'il lui avait ordonné de redescendre à la cabine. Il avait momentanément oublié que l'obéissance n'était pas son fort, mais il saurait vite corriger cette faiblesse.

Il l'observa. A la facilité évidente avec laquelle elle s'était adaptée au léger roulis du navire, il paraissait évident que le seigneur de

Warehaven n'avait pas confiné ses filles à l'intérieur de son château. Visiblement, elle avait déjà pris la mer.

— Les récifs sont si proches que le navire pourrait les heurter, remarqua-t-elle, le regard rivé sur la mer.

— Ce n'est qu'une apparence, répliqua-t-il comme s'il tenait à la rassurer.

Car ils étaient tout de même assez près pour que plusieurs hommes, munis de longues perches particulièrement robustes, se trouvent postés de part et d'autre du navire, prêts à le repousser au cas où il les approcherait de trop près.

— Est-ce qu'ils ont toujours été là ?

Richard fronça les sourcils, surpris. S'imaginait-elle qu'il les avait fait construire ? Quelle idée saugrenue !

— Evidemment.

— La falaise entoure-t-elle toute l'île ?

— Non. Il y en a plusieurs qui changent de hauteur suivant les endroits. Après la courbe que vous voyez juste devant nous, le bras de mer mène au port. Il y a là une petite rivière intérieure où l'on abrite les navires pendant l'hiver.

— Oh…

Elle semblait si fascinée par les falaises escarpées qu'elle regarda à peine la courbe qu'il lui indiquait.

— Est-ce le seul chemin pour accéder au port ?

— Pourquoi ?

— Pour rien. Je me demandais juste…

Il comprit immédiatement ce qu'elle se demandait. Et comme il avait envie de la laisser s'empêtrer dans son inquiétude, il garda le silence avant de fléchir.

— Votre père et votre frère sont déjà venus ici tous les deux. Ils connaissent donc la technique pour aborder le bras de mer sans risquer de s'échouer.

— Ah ! Je pensais que peut-être…

Comme elle laissait sa phrase en suspens, il éclata de rire.

— Que peut-être quoi ? Que j'allais attirer votre famille ici dans le seul but de regarder son navire se fracasser contre les récifs ?

L'idée lui fit lever les yeux au ciel. Puis, sans attendre la réponse, il poursuivit :

— Sachant que leur mort n'est pas mon but, où serait mon intérêt à agir ainsi ?

Elle ferma les yeux et frémit tandis que repassait dans sa mémoire l'image d'une flèche se plantant dans la poitrine de son père.

— C'est donc seulement la mort de Glenforde que vous cherchez ?

— Je vous le répète, votre famille ne m'intéresse pas.

Ce n'était pas une réponse. Sans répéter sa question, elle dit seulement :

— Je sais que vous êtes persuadé que Glenforde va venir me chercher, mais…

Elle haussa les épaules.

— … je n'en suis personnellement pas sûre. Pas plus, en tout cas, que le jour où nous avons abordé la question.

— Et moi, je dis que vous vous trompez.

Se penchant vers elle, il ajouta :

— En tout cas, vous avez intérêt à prier pour qu'il le fasse. Autrement, je vous aurai enlevée pour rien. Vous n'êtes ici que pour l'attirer dans mon piège.

Elle allait répondre quand le navire vira doucement à bâbord. Le port s'ouvrit devant eux. Isabella cligna les yeux devant la vue magnifique qui s'offrait à elle.

On aurait dit qu'une ville tout entière venait de s'édifier par magie devant ses yeux. Le port scintillait, illuminé par d'innombrables torches. Une foule de gens, femmes, hommes et enfants, emplissait quais et rues. Les uns riaient, d'autres pleuraient, mais tous souhaitaient la bienvenue aux arrivants par des gestes de la main ou des cris.

L'équipage lança des cordages aux hommes qui attendaient sur le quai le plus proche. Ils les lièrent aux pieux d'amarrage vers lesquels le navire glissa aussitôt avec facilité. Un peu plus loin, Isabella remarqua que s'élevaient de nombreux entrepôts et pavillons marchands.

Tout cela prouvait en tout cas que Dunstan ne se contentait pas de prendre la mer dans le seul but de ravir des innocentes.

— Vous semblez surprise.

— Je le suis, admit-elle.

— Vous me considériez comme un vulgaire brigand passant sa vie en mer pour se livrer à de basses exactions ?

Elle le regarda en silence sans pouvoir s'empêcher de laisser ses yeux glisser sur lui.

Avec ses cheveux plus longs que la moyenne, ses regards sauvages et l'enlèvement qu'il venait de commettre, il ne pouvait pas espérer qu'elle penserait autrement.

— Les apparences peuvent être trompeuses, dit-elle seulement avec prudence.

Il la prit par le bras et la guida vers l'échelle.

— Cette guerre de succession à la couronne nous fait tous passer pour des pirates et des voleurs. En réalité, je ne suis pas différent de votre père ni de votre frère.

Si, il était différent. Différent de tous les autres. Il la faisait trembler rien qu'en la frôlant.

Richard repéra son homme d'armes dans la foule rassemblée sur le quai. Conal était un immense roux à la crinière en bataille. Son expression semblait indiquer que tout n'allait pas forcément au mieux sur l'île mais, comme il n'y avait aucune manifestation d'hostilité alentour, Richard en déduisit que la situation n'était quand même pas dramatique.

De toute façon, il découvrirait assez vite ce qu'était devenue son île en son absence. Il reporta donc son attention sur Isabella.

— Puisque vous avez réussi à grimper à l'échelle jusqu'ici, j'imagine que vous saurez redescendre par vous-même.

Elle le considéra froidement.

— Je pourrai en effet me débrouiller seule, merci.

Il faillit lui rappeler sa mésaventure dans sa cabine, quelques jours plus tôt quand elle s'était débrouillée seule pour glisser de son tabouret, mais se contenta de descendre et attendit qu'elle en fasse autant. Dans quelques minutes, elle disposerait d'une escorte supplémentaire en la personne de Conal.

A en croire les sanglots sans fin et les cris de joie surexcités qui fusaient autour d'elle, Isabella pensa que les hommes qui rentraient avaient dû quitter Dunstan pendant une période particulièrement longue.

Certes, les longues absences faisaient partie du quotidien d'une communauté vivant de la mer, et elle-même s'était souvent trouvée sur le quai quand les navires rentraient. Pour autant, elle ne se rappelait pas avoir assisté à un tel déferlement de joie à l'occasion d'un retour.

Oui, il y avait quelque chose de curieux dans ces démonstrations excessives. Ces hommes étaient-ils partis sous de mauvais auspices ? Les avait-on envoyés vers le danger, qu'il soit réel ou supposé ? Ou les périodes de navigation imposées par le lord de Dunstan les maintenaient-elles éloignés si longtemps de chez eux que leur retour causait chaque fois les mêmes touchants débordements ?

Son regard tomba de nouveau sur les entrepôts et les pavillons marchands. Si leur nombre et leur taille étaient d'une quelconque indication, Richard de Dunstan savait à l'évidence commercer et faire prospérer son île.

Ses méthodes étaient-elles toujours légales ? Tout le monde devait se poser la question. Cependant, pour être tout à fait honnête, elle devait reconnaître que, à Warehaven aussi, des marchandises peu légales avaient transité par les navires de son père à deux ou trois reprises. De même que, à cause de la guerre de succession qui n'en finissait pas, de nombreuses activités non réglementaires s'étaient peu à peu banalisées.

Richard s'arrêta, lui lâcha le bras et sourit. L'instant d'après, il étreignait le géant roux à qui il avait adressé un signe de main en arrivant.

Lorsqu'ils se furent salués, il passa le port en revue du regard et demanda :

— Est-ce que le *Lisette Reynolde* est rentré ?

Comme son homme secouait négativement la tête, il fronça les sourcils.

— Où est le père Paul ?

Isabella resta sans voix, choquée qu'il s'enquière aussi vite de la disponibilité d'un prêtre.

— Il vous attend au château, répondit Conal tandis que son regard se posait sur elle avant de revenir à Dunstan.

— Je suppose que c'est votre promise ?

— Non, rétorqua-t-elle sèchement. Je ne suis pas sa promise.

Puis, se tournant vers son ravisseur :

— Vous avez l'intention de vous marier tout de suite ?

— En effet. Tout le monde sait depuis avant mon départ que je dois vous épouser.

— C'est vrai..., dit l'homme avec, toutefois, une pointe d'hésitation dans la voix. Mais... euh... nous ne pensions tout de même pas que ce serait sitôt le pied posé à terre !

Il s'arrêta, visiblement sous le choc aussi, et reprit d'une voix plus forte qui fit se tourner des têtes :

— Vous ne pensez pas que ce serait peut-être une bonne idée de prévoir une petite... cérémonie ? Une sorte de célébration, quoi...

Dunstan l'attrapa sans douceur par le bras et l'entraîna vers la demi-douzaine de chevaux qui attendaient non loin.

Il s'arrêta devant le premier.

— Assez ! Je n'ai pas besoin que tu me dises ce que j'ai à faire.

Puis, avec un bref coup d'œil à Isabella, il annonça :

— Vous voyagerez avec moi.

Son sang ne fit qu'un tour. Pour qui la prenait-il ? La veille encore, il lui avait reproché de manquer de courage. Eh bien, elle allait se faire un plaisir de le détromper.

Lui prenant les rênes des mains, elle rabattit la traîne de sa robe, la passa dans sa ceinture et monta en selle avec agilité. Elle glissa ensuite les pieds dans les étriers, baissa les yeux vers Richard et décréta :

— Vous devrez marcher. Ou utiliser un autre cheval...

Puis, sans lui laisser le temps de réagir, elle capta le regard de l'homme de main qui gardait le silence depuis qu'il avait enfourché sa monture.

— Comment dois-je vous appeler, et où vais-je trouver ce père Paul ?

— Mon nom est Conal et, à moins que vous ne vouliez devenir la lady de Dunstan dès cette nuit, je pense que vous n'êtes pas vraiment pressée de trouver le prêtre…

L'espoir revint. Le géant roux avait compris et allait l'aider ! Car, si le moment devait forcément arriver où elle n'aurait plus d'autre choix que de se plier à la volonté de Dunstan, elle préférait repousser cet instant.

— Dans ce cas, vous pourriez peut-être…

Conal leva la main pour lui éviter de devoir finir sa phrase.

— Autant vous prévenir tout de suite, je ne vous aiderai pas à vous enfuir. Pas plus que je ne m'opposerai aux vœux de lord Dunstan.

Il marqua une pause et chercha son regard avant d'ajouter :

— Vous êtes-vous déjà dit qu'il pouvait avoir de bonnes raisons pour faire ce qu'il a fait ?

— Oh oui ! J'imagine aisément que tous les gredins du monde ont une bonne raison pour enlever une femme à sa famille la veille de son mariage.

Le puissant éclat de rire qui accueillit sa déclaration n'émana pas de Conal. Pas plus que la main qui s'empara des rênes de son cheval ne lui appartenait.

Dunstan les enroula autour de son poignet en disant :

— Et moi, j'aurais pensé qu'une femme aussi désireuse de se marier resterait auprès de son fiancé au lieu de partir vagabonder sans escorte vers les écuries les plus éloignées du château.

— Je ne vois pas le rapport. Quel que soit le lieu où je me trouvais, cela ne vous donnait pas le droit de m'enlever.

Dunstan ignora la justesse de la remarque et annonça durement :

— Encore une seule tentative de négociation, et je ferai en sorte que vous le regrettiez.

Elle poussa un petit cri apeuré.

— Vous n'oseriez pas…

— Je n'oserais pas quoi ? lança-t-il avec un regard appuyé.

Elle était presque sûre qu'il ne lèverait jamais la main sur elle car la blesser n'était pas dans son intérêt. Mais alors, à quoi faisait-il allusion ? A quelle mesure de rétorsion ? Une brusque rougeur envahit ses joues tandis que lui revenait un avertissement qu'il lui avait adressé quelque temps plus tôt : « Certaines blessures sont invisibles, ne l'oubliez pas. »

Se penchant en avant sur sa selle, il répondit à la question restée en suspens :

— Je vous enfermerai dans le château.

Il avait parlé sur un ton égal et sa belle voix sensuelle contribua à la soulager un peu de son angoisse. Au moins, il n'avait pas l'intention d'abuser d'elle. Cependant, en l'enfermant, il exercerait une autre forme de torture.

— Oh…

Il se redressa et secoua la tête.

— Je ne peux faire que des suppositions quant aux idées qui vous traversent probablement la tête en ce moment, mais laissez-moi vous assurer que je ne vous forcerai à rien si vous ne m'y invitez pas.

L'inviter à quoi ?

— Si vous imaginez un seul instant que je pourrais vous demander de…

L'imperceptible moue qui salua sa remarque lui fit comprendre que, une fois de plus, elle était tombée dans le piège en prenant au sérieux ses moqueuses provocations.

Agacée de s'être aussi facilement laissé entraîner dans cet échange absurde, elle releva le menton, récupéra ses rênes sans qu'il ait le temps de réagir, tira légèrement dessus et donna un petit coup de pied dans le flanc de son cheval. L'animal se mit immédiatement en marche.

— Vous n'avez qu'à suivre le chemin, lança Richard. Il vous mènera au château.

Il la regarda s'éloigner et la suivit à distance, Conal à son côté. Avec l'océan d'un côté et les épaisses broussailles de l'autre, elle n'avait de toute façon pas d'autre choix, et le danger qu'elle se perde était donc nul. De plus, ainsi qu'ils le faisaient à chaque retour de navire, les hommes du château, aidés par ceux du village, avaient disposé un peu partout des torches pour éclairer les lieux.

— Vous vous adressez à une lady, milord, remarqua soudain Conal. En ce sens, vous ne devriez pas la narguer ainsi.

— Une lady, c'est vrai, mais qui reste avant tout une Warehaven. En outre, crois-moi, elle est parfaitement capable de supporter mes quolibets. Et de m'en retourner de son cru.

— Peut-être, mais vous n'êtes pas encore son mari, repartit Conal, décidément choqué.

Comme souvent, Richard ne parut pas entendre. Conal l'inquiétait ; il n'était manifestement pas dans son état normal. Quelque chose le tourmentait. Il allait l'interroger quand celui-ci poussa un grognement mécontent avant de demander :

— Alors, avez-vous pu découvrir comment ce chien galeux de Glenforde avait pu approcher les Warehaven ?

— Non, je n'ai pas la moindre idée de la raison pour laquelle le lord de Warehaven lui a donné sa fille, mais il l'a fait.

— Par cet enlèvement, vous lui avez finalement peut-être rendu service.

Richard eut une moue sceptique.

— De toute façon, elle n'aurait jamais consenti à ce mariage.

— Et d'après ce que je vois, elle ne consentira pas plus à un mariage avec vous.

Richard haussa les épaules.

— Cela a-t-il de l'importance ?

— Non, surtout si, avec le temps, elle finit par changer d'avis. Qui sait ?

— Ah ! mon ami, dès qu'il s'agit des femmes, tu deviens d'une inconcevable naïveté !

— Peut-être, répondit Conal sans se vexer.

Il eut un mouvement de la tête vers Isabella qui chevauchait devant eux.

— Et si Glenforde ne vient pas la chercher ?

Richard tiqua. C'était la seconde fois que quelqu'un lui soumettait cette désagréable éventualité.

— Il aurait trop à perdre en ne la récupérant pas.

Conal poussa un tel juron de mépris que son cheval fit une embardée. Il le reprit en main et poursuivit plus calmement :

— En ce qui vous concerne, vous avez tout intérêt à ce qu'il vienne. Autrement, vous aurez enlevé et épousé une femme sans raison valable.

— Je suis sûr de pouvoir trouver une raison valable…

Conal eut un petit rire.

— Attention, milord… Vous pourriez finir par… bien l'aimer.

— Ne parle pas de malheur ! rétorqua aussitôt Richard avant de changer ostensiblement de sujet.

— Comment cela s'est-il passé pendant ma longue absence ?

La bonne humeur de Conal s'évanouit instantanément. Il tourna vers lui un visage dur.

— La prochaine fois, confiez la garde de l'île à quelqu'un d'autre.

— Que s'est-il passé ?

— L'aubergiste a beaucoup… tenu compagnie à la femme du boulanger. Du coup, le boulanger a refusé de livrer l'auberge en pain et en gâteaux. Au bout du compte, lasse de leur querelle, la femme du boulanger s'est installée chez son amie Marguerite.

— Cela a dû rendre tes petites visites encore plus… intéressantes.

— Mes petites visites ?

— Crois-tu que personne n'a remarqué ?

— Je ne vois pas de quoi vous parlez.

— N'essaie pas de jouer au plus fin avec moi. Dans l'île, tout le monde sait très bien que, Marguerite et toi, vous vous… plaisez en compagnie l'un de l'autre depuis au moins trois ans. J'attends patiemment qu'elle fasse de toi un homme honnête même si, je dois te l'avouer, je commence à perdre un peu espoir.

Conal ignora l'allusion. Ce fut comme si Richard n'avait strictement rien dit quand il rétorqua :

— Je ne vous ai pas encore raconté la fin… Aujourd'hui,

l'aubergiste a déclaré sa flamme à une catin tandis que le boulanger attend le retour de celle qu'il a perdu.

Richard poussa un long soupir.

— Bien, très bien… Tout est donc comme avant.

Chapitre 7

Isabella marqua une petite halte avant de pénétrer dans le château de Dunstan. Les hommes en faction devant les tours la fixèrent un moment avant de crier à leur lord qui approchait :

— Elle est à vous ?

Elle faillit hurler. Non, elle n'était pas *à lui* ! Du reste, elle n'avait jamais appartenu à personne. Son père lui-même… Elle cessa de penser et même de respirer en le revoyant tomber mort sur la grève. Puis elle releva la tête, refusant de s'adonner au chagrin. Toute son énergie devait se concentrer sur son objectif, retrouver sa mère ainsi que son frère, Jared. Et si la chance se mettait de la partie, elle pourrait, pourquoi pas, trouver un mari. De son choix, cette fois.

Qui ne serait pas Dunstan…

En tout cas, à partir de maintenant, elle allait tenir sa langue. Cela ne lui serait pas difficile, car elle n'était guère bavarde et détestait les commérages. C'était donc le moment ou jamais d'observer et de se taire. Elle attendit patiemment que Dunstan et Conal la rejoignent.

A peine furent-ils arrivés à sa hauteur qu'elle desserra les dents pour lancer à Dunstan :

— Je ne suis *pas* à vous.

Il passa devant elle sans répondre, puis devant les hommes en faction à qui il adressa un petit signe de la main.

— Oui, leur certifia-t-il avec insolence. Elle est à moi.

Le petit sourire dont il ponctua sa déclaration fit comprendre à Isabella qu'il faisait de nouveau exprès de la provoquer. Mais, paradoxalement, cela l'aida à réprimer sa colère. Richard reproduisait exactement la même situation que tout à l'heure et savait très bien ce qu'il faisait. Sauf que, cette fois, elle ne tomberait pas dans le panneau.

Au lieu de lui livrer, comme elle en mourait d'envie, le fond de sa pensée, elle plaqua donc un sourire sur ses lèvres et le suivit à l'intérieur de la forteresse.

Lorsqu'ils furent arrivés dans la première avant-cour, Dunstan mit pied à terre et la rejoignit pour l'assister. Elle savait parfaitement descendre de cheval toute seule et n'avait pas besoin d'aide, mais elle prit néanmoins un malin plaisir à lui poser la main sur l'épaule et à la serrer très fort. Pas par besoin d'appui, mais dans l'espoir non dissimulé de lui faire mal. Rien qu'un peu.

Il la récompensa en l'attirant contre lui et en la serrant un instant beaucoup trop fort. Elle dut batailler pour se dégager.

— Continuez, Isabella. Rien ne me plaît plus qu'une bonne bagarre.

— Lâchez-moi !

— Pas avant que vous vous soyez excusée.

Il voulait rire ? La neige aurait éteint les feux de l'enfer qu'il attendrait encore qu'elle s'exécute.

— Je n'ai rien fait qui puisse m'obliger à vous présenter des excuses.

Un bras toujours autour de sa taille, il lui attrapa une main et la posa sur son épaule blessée. L'épaisseur du bandage sous sa paume serra le cœur d'Isabella. La culpabilité l'envahit.

Elle détourna la tête et dit doucement :

— Je suis désolée. Je ne voulais pas réveiller votre blessure.

— Je vous demande pardon ? Je ne vous ai pas entendue. Qu'avez-vous dit ?

Cela faisait deux fois qu'il lui jouait la même scène, mais ce n'était pas le moment de le lui faire remarquer.

Elle prit donc une longue inspiration et répéta un peu plus fort, toujours sans le regarder :

— J'ai dit que j'étais désolée et que je n'avais pas voulu réveiller votre blessure.

Puis elle posa les yeux sur lui et ajouta froidement :

— Cela dit, vous le méritiez bien.

— Peut-être…

Il lui lâcha la main et lui prit le menton entre le pouce et l'index.

— … mais vous feriez tout de même bien de vous rappeler que je suis ici votre seul protecteur.

Obligée de reconnaître qu'il avait raison, elle pinça les lèvres. En lui causant le moindre tort, elle se retrouverait seule et à la merci de ses hommes. Or, elle n'avait aucune idée de la façon dont se conduisaient ces manants dans cette île oubliée de Dieu.

Elle se détourna de lui et leva les yeux vers la forteresse. Composée de très grosses pierres et flanquée d'une tour de chaque côté, elle était aussi imposante que celle de Warehaven.

Dunstan la poussa devant lui.

— Venez, le père Paul ne va pas tarder à arriver.

Tant mieux. Elle aurait enfin quelqu'un de son côté. Car, en tant que prêtre, il ne pourrait accepter de célébrer leur union quand elle lui expliquerait avoir été contrainte.

Elle gravit derrière Dunstan quelques marches menant à un petit monticule de pierres et fut très surprise de découvrir, en son sommet, une lourde porte de métal donnant vraisemblablement sur le château.

— N'est-ce pas dangereux ? demanda-t-elle, un peu surprise.

— Dangereux ? Comment cela ?

— Un accès presque au niveau du rez-de-chaussée !

Cet homme passait-il donc si peu de temps à terre pour ignorer que, hormis l'accès principal par le pont-levis, les autres accès devaient se trouver en hauteur ?

— Il se trouve quand même en surplomb. Tant que mes ennemis ne sauront pas voler, le château sera en sécurité.

Elle n'était pas d'accord. N'importe quel envahisseur vraiment motivé saurait l'utiliser. Mais elle n'allait pas commencer à discuter techniques d'invasion avec Dunstan.

Il lui tint la porte de métal ouverte et la suivit à l'intérieur. Elle pensait arriver dans une pièce fermée, au lieu de quoi ils débouchèrent dans un espace découvert qui semblait ceinturer toute la forteresse, face à une poterne qui passait sous un épais mur fortifié et qu'il lui fit franchir.

Quand elle se tourna pour lui demander la raison de cette installation, il arqua un sourcil.

— A première vue un peu surprenant, n'est-ce pas ?

Puis il leva les yeux vers le haut du mur et ordonna :

— Baissez les grilles.

Les deux hommes qu'elle avait vus à la première entrée firent glisser une herse derrière la porte métallique tandis qu'une autre fermait la poterne derrière eux.

— Vous voyez, personne ne peut entrer ici, remarqua-t-il en la considérant avec un petit sourire. Et personne ne peut en sortir seul.

La remarque était une menace voilée, et elle la prit comme telle. Impossible pour elle de s'évader.

Que ferait-il et comment réagirait-il lorsqu'elle lui prouverait qu'il se trompait ?

Elle lui emboîta le pas en silence le long de cours intérieures plutôt étroites et d'escaliers encore plus étroits pour déboucher enfin sur des passages couverts ayant connu des jours meilleurs.

Finalement, l'avertissement de Dunstan ne se justifiait guère car, si s'échapper du château était, à l'évidence, une entreprise presque impossible à cause des herses et des obstacles dressés, mémoriser le chemin — aux allures de dédale — permettant d'accéder à l'extérieur en était une autre tout aussi irréalisable.

Lorsque, après avoir passé une dernière porte cloutée, ils se retrouvèrent finalement à l'intérieur du château fort, elle était en proie au découragement.

A peine la porte fut-elle refermée que l'air vicié de la grande salle lui arriva en plein visage.

Elle se couvrit aussitôt le nez et la bouche avec l'une des amples manches de sa robe, mais cela ne lui fut d'aucune utilité contre l'odeur pestilentielle qui régnait en ce lieu.

Des larmes emplirent ses yeux irrités et coulèrent le long de ses joues, tandis qu'elle adressait au ciel une prière muette pour qu'une cellule humide et moisie ne l'attende pas au terme de cette marche pénible.

Dunstan lui décocha un long regard qu'elle ne put interpréter, mais elle ne lui en demanda pas la signification.

Résister pour ne pas s'effondrer fut tout ce qu'elle put faire tandis qu'il lui faisait traverser un couloir crasseux menant, à son extrémité, à une toute petite chambre. Celle-ci se trouvait dans un état encore plus pitoyable que la grande salle mais avait l'avantage d'être dotée de deux fenêtres. Elles étaient étroites, mais au moins elles s'ouvraient ! Il eut la bonne idée de les ouvrir immédiatement. L'air frais s'engouffra dans les lieux.

Elle s'approcha et prit quelques profondes inspirations.

— Vos serviteurs ne sont guère attentifs à leur travail, lança-t-elle dès qu'elle se sentit un peu mieux.

— Comment cela, attentifs ?

Elle passa l'index sur le haut d'un meuble et le brandit. Il était noir.

— Autant de saleté et de poussière ne peuvent s'être accumulées en quelques jours.

De renfrognée, l'expression de Dunstan se fit sinistre.

— Je n'ai encore vu personne mourir de cela.

Elle donna un petit coup de pied dans des herbes à moitié pourries qui avaient poussé entre les pavés disjoints.

— Ces herbes non plus n'ont pas poussé en quelques jours.

— On s'en débarrasse très facilement avec un balai.

— La lady de ce château devrait avoir honte !

— Il n'y a pas de lady dans ce château.

— Alors, l'intendante devrait être punie.

— Il n'y a pas d'intendante. Et, avant que vous poursuiviez, il n'y a pas non plus de femmes de chambre ni de domestiques d'aucune sorte. Et encore moins de cuisinière.

La mère de Dunstan était décédée, se rappela-t-elle. Il le lui avait dit sur le navire. Et il n'avait pas de femme non plus, puisqu'il était déterminé à lui donner ce titre dont elle ne voulait pas. Comment pouvait-il diriger son château sans la moindre présence féminine ? C'était totalement inconcevable.

— Il n'y a donc ici que vous et vos hommes ?

Il acquiesça d'un hochement de tête.

— Comment faites-vous pour la nourriture ?

— Comme les hommes font dans ce genre de situation.

Cette réponse signifiait soit qu'un subalterne faisait la cuisine, soit que quelques femmes du village venaient de temps en temps apporter vivres et victuailles au petit peuple vivant dans la forteresse.

Elle regarda attentivement autour d'elle. En plus de la poussière et de la crasse, il y avait des toiles d'araignées assez épaisses pour étouffer quiconque aurait le malheur de se prendre dedans. Des rouleaux de parchemin, visiblement tombés d'une petite table proche du lit, jonchaient le sol où ils commençaient à moisir. Elle n'osa songer à l'état de la literie.

En un mot, tout était dans l'état où les appartements de son frère et de son père se trouveraient si sa mère ne régnait pas sur l'ensemble. Encore que, dans pareil cas, son frère Jared se serait sûrement montré nettement plus soigneux.

L'intérieur du château des Dunstan n'avait sûrement pas toujours été laissé à l'abandon de cette manière. L'état du village et du quai, tous deux aussi bien ordonnés qu'accueillants, le prouvait amplement.

Comment, au fil des ans, une telle décrépitude avait-elle pu s'imposer ?

Son regard rencontra celui de Dunstan.

— Ni vous ni aucun de vos hommes ne trouvez rien à redire à cette…

Elle retint au dernier moment le mot trop direct qui lui venait à l'esprit, embrassa la pièce d'un large geste de la main et dit :

— … tout cela ?

— Nous nous débrouillons très bien.

Elle arqua un sourcil.

— C'est évident…

— Assez ! cria-t-il alors en s'écartant de la fenêtre. Je n'ai pas à écouter vos plaintes !

Son brusque accès d'humeur, son impatience, son ton menaçant l'agacèrent au plus haut point.

— Mes plaintes ? cria-t-elle à son tour. Je…

Elle s'arrêta en percevant le son strident de sa voix. Manifester sa peur ou sa colère était une très mauvaise idée. Une grave erreur. Pour se donner le temps de recouvrer sa maîtrise d'elle-même, elle parcourut une nouvelle fois la pièce du regard et demanda sur un ton qu'elle espéra plus doux :

— Le malheureux état de votre château ne vous dérange vraiment pas ?

Dunstan vint vers elle comme une furie, les poings serrés.

— L'état de mon château me regarde !

Elle eut envie de quitter les lieux sur-le-champ, mais pour aller où ? En même temps, rester à portée de sa main alors qu'il écumait de rage était très imprudent. Elle battit rapidement en retraite et se réfugia derrière la petite table.

Cet obstacle entre eux, elle s'autorisa à repartir à l'assaut.

— L'endroit où je suis supposée vivre me regarde.

— Si cette chambre n'est pas assez bien pour vous, il y a un cachot de libre.

S'il cherchait à l'effrayer plus qu'elle ne l'était déjà, il s'y prenait très mal. D'autant que, vu l'état de la chambre, celui du cachot pourrait difficilement être pire.

Elle redressa les épaules et le regarda bien en face.

— Votre proposition m'agrée parfaitement, milord.

— Je me demande…

Il soupira et haussa un sourcil sardonique avant de poursuivre.

— … si vous ferez toujours autant la difficile lorsque vous vous retrouverez au milieu des rats.

Si elle avait été franche, elle lui aurait répondu que, si l'exiguïté du cachot ne la rendait pas immédiatement folle, elle le deviendrait rien qu'en entendant approcher les rongeurs sur les dalles humides. Mais Dunstan ne devait pas mesurer sa peur et son angoisse ; il fallait à tout prix qu'elle sauve les apparences. Aussi se contenta-t-elle d'un haussement d'épaules indifférent à la menace qu'il venait de proférer.

— Ne me tentez pas, Isabella…

Il avait prononcé son prénom avec une lenteur voulue, en allongeant la dernière syllabe, et elle éprouva un mépris absolu pour les frémissements que cela fit naître le long de sa colonne vertébrale.

— Lord Richard…

La voix de Conal précéda d'un instant le moment où la porte

s'ouvrit pour laisser entrer le géant roux. Au grand soulagement d'Isabella, il était accompagné d'un prêtre.

Enfin… Elle laissa échapper un long soupir, si audible qu'il attira l'attention des trois hommes.

D'un geste de la main, Dunstan invita l'homme d'armes et l'homme d'Eglise à entrer.

— Père Paul, est-ce que tout est prêt ? s'enquit-il.

— Ainsi que vous l'avez requis, répondit celui-ci en vidant le contenu de sa besace sur la petite table avant d'accorder un coup d'œil à Isabella.

— Je suppose que c'est la femme que vous allez épouser.

— Oui.

— Non, répondit-elle en même temps.

Comme s'il n'avait rien entendu, le prêtre s'affaira à dérouler un rôlet et à l'aplanir sur la table. Puis il saisit un petit réservoir d'encre qu'il agita un peu avant de l'ouvrir et d'y tremper une plume d'oie. Il la tendit à Dunstan.

— Votre signature, milord…

Dunstan la prit avec maladresse et posa la main sur le document.

La pointe de la plume hésita, trembla. Une petite tache d'encre tomba et s'étala sur le vélin comme une goutte de sang un peu saumâtre.

Isabella sentit son cœur se serrer. Etait-ce un mauvais présage ?

L'idée n'effleura apparemment pas Dunstan qui griffonna son nom au bas du document avant de le faire pivoter vers Isabella et de lui tendre la plume.

— Je vous prie de ne pas faire de difficultés.

Elle fixa la plume avant de lever les yeux vers lui.

— Vous ne pourrez pas m'obliger à faire cela.

— Bien sûr que si. Et pas plus tard que maintenant.

Elle se mordit la lèvre. Il semblait si sûr de lui… A présent qu'elle le connaissait un peu, elle savait qu'il ne servirait à rien d'essayer de le raisonner. Aussi se tourna-t-elle vers le prêtre. Lui, au moins, comprendrait pourquoi elle ne pouvait épouser son ravisseur.

— On me force à cette alliance impie, mon père. Je ne puis y consentir.

Comme quelques minutes plus tôt, le prêtre regarda autour de lui comme s'il ne l'avait ni vue ni entendue. Son air faussement absent fut comme un jet d'eau glacée sur le bouillonnement de colère qui habitait Isabella.

— N'êtes-vous pas un homme de Dieu ? demanda-t-elle, incrédule. Un homme de religion ? Ne représentez-vous pas l'Eglise en la circonstance ?

Elle déglutit. Son effort pour rester calme était violent.

— Personne n'a le droit de me contraindre à cette union !

Le père Paul la considéra enfin, comme un adulte ayant affaire à une enfant déraisonnable. Elle en fut stupéfaite. Sur le visage du prêtre s'était peinte la même expression que sur celui du prêtre de Warehaven quand, petite fille, elle protestait contre les leçons qu'elle n'avait pas envie d'apprendre.

— Mon enfant, vous ne semblez pas comprendre combien votre situation est délicate.

Le ton posé de sa voix eut sur elle l'effet inverse de celui désiré. Au lieu de la calmer, il attisa sa fureur.

— Je ne suis pas une enfant !

— Dans ce cas, cessez d'agir comme si vous en étiez une, repartit Dunstan, persifleur.

Sa première réaction fut de l'ignorer superbement. La seule chose qui importait en cet instant était de rendre le prêtre à ses arguments.

Et, pour cela, il devait savoir exactement ce dont Dunstan s'était rendu coupable.

Elle considéra celui-ci avec autant de rage que de mépris.

— Vous, cessez de détourner le problème et de feindre d'ignorer que vous m'avez enlevée ! Reconnaissez aussi qu'une de vos flèches a percé la poitrine de mon père venu me défendre. Et avouez également que, comme si tout cela ne suffisait pas, on m'a obligée à soigner votre blessure tout le temps de la traversée entre Warehaven et cette île maudite ! Oui, sous la menace, j'ai été obligée de soigner mon propre ravisseur ! Et vous voudriez maintenant …

Elle s'interrompit, hors d'haleine, pointa son index vers le rôlet posé sur la table et reprit :

— … contre toute justice, me contraindre à un mariage dont ni moi ni ma famille ne voulons ?

Le prêtre haussa un sourcil.

— Je suis certain que votre famille trouverait préférable pour vous d'épouser quelqu'un que vous détestez plutôt que de rentrer à Warehaven au printemps prochain en portant un enfant sans père.

Au prochain printemps ?

Isabella vacilla. Le sol venait de s'ouvrir sous ses pieds.

L'hiver… Elle l'avait oublié ! A cause de l'arrivée imminente de l'hiver, son frère et Glenforde ne pourraient venir la délivrer avant des semaines. Des mois…

L'allusion du prêtre à la venue d'un possible enfant illégitime l'avait comme assommée. Elle inspira longuement dans l'espoir de calmer la douleur qui lui tordait le cœur.

Il devait y avoir un moyen de sortir de là.

— Isabella…

Le père Paul venait de lui effleurer le bras.

— … à présent, vous comprenez sans doute l'intérêt de ce mariage.

— Non, répondit-elle en secouant la tête. Car il n'y a aucune raison pour qu'un enfant soit conçu.

— Vous ne pouvez en être totalement sûre. N'oubliez pas que vous vous trouvez à Dunstan sans famille ni personne pour vous protéger.

Il haussa les épaules.

— En admettant que lord Richard soit l'homme plus chevaleresque du royaume et ne pose pas la main sur votre personne, il n'en irait pas forcément de même avec les autres hommes de l'île.

Elle tourna les yeux vers Dunstan.

— Vous n'avez apparemment pas beaucoup de pouvoir sur vos sujets…

Comme il ne réagissait pas, elle croisa les bras et se tourna de nouveau vers le prêtre.

— Pour éviter le risque que vous venez d'évoquer, vous n'avez qu'à m'enfermer dans une cellule loin de ce château.

— Les serrures se forcent. Tout comme les portes s'enfoncent.

Allait-il continuer à objecter à tout ce qu'elle disait ? A la contredire sans arrêt ?

— Mais…

Dunstan l'interrompit.

— Assez. De toute façon, votre destin était scellé avant même que je pose le pied sur les terres de votre père.

Il lui tendit la plume et indiqua le bas du rôlet.

— A présent, soit vous signez de votre plein gré, soit je le fais à votre place.

— Non !

Elle frappa du poing sur la table.

— Je ne signerai pas ! Il doit tout de même exister une autre solution ! Moins… pénible.

A peine eut-elle terminé sa phrase que Dunstan forma un long paraphe, sensiblement plus élaboré que le sien, sous sa propre signature.

— Voilà. Il me semble que vous avez signé. Et de votre plein gré…

Elle resta stupéfaite. C'était impossible ! Il ne pouvait pas avoir fait une chose pareille ! Cela ne pouvait pas lui arriver, à elle !

Dans une sorte de brouillard, elle vit Conal poser quelque chose dans la main ouverte que Dunstan lui présentait. Avant qu'elle puisse comprendre de quoi il s'agissait, celui-ci lui saisit la main gauche et lui glissa un anneau d'or à l'annulaire.

Puis il recouvrit sa main de la sienne et déclara :

— Avec cet anneau, moi, Richard, lord de Dunstan, prends pour épouse Isabella de Warehaven.

Son envie de hurler fut telle que sa gorge devint brûlante. Elle retira sa main d'un geste brusque en demandant dans un murmure étouffé :

— Qu'avez-vous fait ?

Mais elle connaissait la réponse. Il avait tout planifié depuis le début. Loin de s'en cacher, il s'en était même vanté.

Et il avait gagné.

A présent, il se trouvait en possession d'un document dont Dieu savait qu'il l'avait contrefait en signant à sa place, mais avec des témoins qui jureraient que « l'épouse » l'avait bien validé de sa propre main. Et il avait achevé de sceller leur union en lui glissant une alliance au doigt.

Oui, pour tout le monde, elle était devenue l'épouse légitime de ce rustre. Cependant, elle ne s'avouait pas vaincue. Une autre tâche l'attendait maintenant, la plus importante : s'assurer qu'elle et lui ne soient jamais physiquement unis par les liens de ce mariage grotesque.

Pour l'avoir vu signer à sa place un document aussi important, elle savait à présent qu'il était capable de tout. Repousser ses assauts se révélerait donc probablement très difficile mais, dans ce combat singulier, c'était lui qui serait stupéfait par sa détermination. Elle serra les poings.

Sa détermination ? Non, son refus absolu !

— Il me semble que l'on n'a plus besoin de moi, à présent, dit alors le père Paul en reprenant le parchemin.

Il le roula avant de le brandir et d'annoncer :

— Je l'emporte. Auriez-vous le moindre désir de le consulter que vous le trouveriez près de moi, en sécurité.

Après une légère pause, il recula d'un pas.

— Lord et lady Dunstan, quand vous souhaiterez que je bénisse votre union en notre chapelle, vous savez où me trouver.

Dès qu'il fut parti, Dunstan traversa la pièce et retira l'un des draps du lit.

Isabella l'observa, sourcils foncés. Qu'est-ce que cela signifiait ? Que faisait-il ?

Elle le vit s'entailler l'extrémité d'un doigt avec sa dague, et laisser couler quelques gouttes de sang sur le drap avant de le tendre à Conal.

— Va ranger cela en lieu sûr.

Choquée, elle suivit du regard l'homme qui quittait la pièce. Décidément, tout, absolument tout concernant cette farce qu'était son mariage, avait été minutieusement prévu.

— Espèce de gueux ! s'exclama-t-elle en se campant devant Dunstan. Vous n'êtes qu'un vulgaire malfaiteur répugnant ! Je rêverais que vous soyez pendu haut et court, puis étripé !

Elle dut s'arrêter tant elle tremblait, tant elle avait du mal à respirer même. Elle poursuivit néanmoins dès qu'elle eut repris son souffle.

— Je rêve de voir vos entrailles s'échapper de votre corps et se faire dévorer par les chiens tandis que vous mourrez dans une atroce et très lente agonie !

Il retira sa ceinture et la lança sur le lit.

— Pourrions-nous remettre tout cela à demain ?

Puis il enleva sa tunique par la tête.

— Pour le moment, je voudrais dormir.

— Faites donc ! lui lança-t-elle tout en retirant son alliance et en la lui jetant avec dédain.

Là-dessus, elle quitta sa place derrière la petite table et se dirigea vers la porte avec l'intention non dissimulée de quitter cette horrible chambre, ce sinistre château et — ce qu'elle désirait le plus au monde — l'île elle-même.

Il abattit son bras sur le sien au moment où elle actionnait le loquet.

— Où pensez-vous aller comme cela ?

Elle tenta de se libérer de son emprise, mais il resserra les doigts sur son bras.

— Laissez-moi partir !

— Vous semblez un peu contrariée, ma chère épouse.

L'air moqueur de Dunstan faillit la faire hurler de rage.

— « Contrariée » ? Jamais je n'ai été aussi maltraitée de toute mon existence !

Là-dessus, elle tenta, en vain, de repousser sa main.

— De plus, je ne suis pas votre épouse !

— Personne ne vous a maltraitée.

Il relâcha son emprise, mais ce fut pour la saisir immédiatement sous les bras et la soulever à une cinquantaine de centimètres du sol.

— Peut-être que quelqu'un aurait dû, de temps en temps, vous secouer un peu…

Sans la lâcher, il gagna le coin de plus reculé de la chambre.

— Lâchez-moi ! ordonna-t-elle en se débattant.

Il poursuivit sa progression tout en terminant sa phrase.

— … Vous auriez peut-être alors mieux su gérer votre déception.

Déception ?

C'était par ce petit mot de rien du tout qu'il osait qualifier tout ce qu'elle avait déjà enduré à cause de lui ?

— Trouver de l'eau dans sa timbale au lieu de vin est une déception, asséna-t-elle avec hauteur. Ce que vous me faites subir est malheureusement d'une autre cruauté. A présent, je vous ordonne de me lâcher !

A son grand soulagement, il baissa lentement les bras jusqu'à ce qu'elle reprenne contact avec le sol.

— Je suis certain que vous finirez par vous réconcilier avec votre destin. En attendant, il est temps de dormir.

Elle jeta par-dessus son épaule un coup d'œil au petit lit.

— Je ne dormirai pas dans cette espèce de chose probablement infestée de vermine que vous appelez lit.

— En effet, vous n'y dormirez pas…

Sur ces mots, il la prit par la taille et l'entraîna vers une tapisserie aussi poussiéreuse que le reste de la chambre. Lorsqu'il l'écarta, Isabella découvrit qu'elle dissimulait une porte qu'il ouvrit. Sans attendre qu'elle revienne de sa surprise, il la poussa dans le dos pour la faire entrer. L'endroit était plongé dans l'obscurité.

— Et moi non plus, ajouta-t-il.

Chapitre 8

Avant de suivre Isabella, Richard se saisit d'une torche allumée. Puis il ferma la porte et s'y adossa en levant haut le bras pour que la lumière rayonne plus largement et qu'Isabella ait une vue de l'ensemble.

Il se dirigea ensuite vers des chandeliers qu'il alluma à la flamme de la torche. Lorsque ce fut fait, et sans tenir compte de l'air inquiet d'Isabella, il plaça la torche dans un porte-flambeau fixé au mur.

Bien qu'une couche de poussière se soit installée pendant les semaines où elle n'avait pas servi, la petite pièce n'en restait pas moins habitable. Pour lui, le problème était donc réglé. Il la traversa et entrouvrit l'un des volets, juste assez pour laisser entrer un peu d'air frais.

Pourquoi Isabella ne disait-elle rien ? Lui qui avait espéré des commentaires ravis de sa part était déçu. Le visage fermé, elle se contentait d'observer les lieux en silence. Il suivit son regard.

Au fond de la chambre, le lit était nettement plus engageant que ce qu'il avait imaginé et il ne rêvait que d'une chose : se glisser sous les épaisses couvertures, poser sa tête sur l'oreiller et sombrer dans le sommeil réparateur dont il avait tant besoin.

En même temps, dans un recoin de son cerveau, il ne pouvait s'empêcher de se demander si Isabella n'allait pas en profiter pour lui planter un couteau dans le cœur.

Mais il ne le pensait pas vraiment et, de toute façon, il était un peu tard pour songer à cela et préparer un plan susceptible de prévenir un tel geste.

— Où avez-vous prévu de dormir ? demanda-t-elle soudain, le ramenant à une question moins grave.

— Dans mon lit.

Ses sourcils s'arquèrent au-dessus de deux beaux yeux noisette, et la lumière vacilla dans les profondeurs de ses pupilles.

— Et moi alors, je dors où ?

Il y avait peu de chances pour que la réponse lui convienne. Il la formula tout de même.

— Dans mon lit.

— Quand les poules auront des dents !

La réplique était tombée de manière si naturelle que Richard dut retenir l'éclat de rire qui lui montait à la gorge.

— Est-ce sur les quais de Warehaven que vous avez appris cette expression raffinée ?

— Cela ne vous regarde pas.

— Au contraire ! En tant qu'époux, cela me regarde beaucoup. Je ne veux pas vous entendre rechigner tout le temps et vous plaindre à propos du château. Vous imaginez aisément le malaise que cela causerait parmi mes sujets.

— Vous êtes donc en train de confirmer que vous n'avez aucune espèce d'autorité sur vos gens.

Elle avait croisé les bras comme il l'avait plusieurs fois vue le faire dans ce genre de situation. Dos droit, tête légèrement inclinée sur la gauche, menton relevé, prête à l'attaque… et à la repartie. Quoi qu'il dise ou fasse, elle le contrecarrerait.

Sa patience était à bout. L'idée de l'enfermer dans un cachot fit soudain plus que l'effleurer, mais il ne fallait pas s'engager dans une escalade qu'il finirait obligatoirement par regretter.

Il s'assit sur le bord du lit en soupirant.

— Si vous voulez que tout le monde vous prenne pour une catin que j'ai ramassée en train d'exercer ses talents sur les quais d'un quelconque port, à votre guise…

Il retira une botte.

— Mais ne venez pas ensuite vous plaindre ou pleurer parce qu'un homme aura voulu goûter à vos charmes.

Il se débarrassa de sa botte et la lança à travers la pièce. Isabella eut du mal à dissimuler son exaspération, mais il ne réagit pas. En cet instant, tout lui était égal. Tout ce qu'il voulait était dormir.

— Je n'ai pas à rester debout devant vous à écouter vos inepties ! s'exclama-t-elle en pivotant sur ses talons.

Avant qu'elle n'ait pu atteindre la porte, il la rattrapa, la souleva comme une plume, et la fit basculer sur son épaule.

— Ce que vous dites est en partie vrai. Vous n'avez pas à rester debout…

Il revint sur ses pas et la renversa sur le lit.

— … Mais vous avez à demeurer dans cette chambre, dans ce lit, et à écouter ce que j'ai à vous dire !

Comme elle essayait de se relever, il la poussa en arrière, la maintint étendue en lui tenant les épaules, et se pencha vers elle.

— Si vous vous relevez encore une fois, je vous ligote.

Il attendit que les yeux noisette se montrent plus attentifs et moins furieux pour ajouter :

— M'avez-vous bien compris ?

Au lieu de se débattre, de le contredire ou d'argumenter, elle acquiesça.

Loin de le rassurer, cette soudaine coopération le plongea dans une profonde perplexité. Que mijotait-elle ?

Pour commencer, pourquoi n'avait-elle rien dit quand il l'avait poussée vers l'entrée dérobée de cette chambre ? Ces deux attitudes avaient-elles un rapport ? Sa crainte qu'elle puisse le poignarder pendant son sommeil resurgit.

Il la lâcha et se redressa lentement, en se demandant si elle allait vraiment se tenir tranquille. L'œil toujours rivé sur elle, il retrouva sa place sur le bord du lit pour se débarrasser de sa seconde botte. Puis il se tourna vers elle pour lui ôter ses mules.

La réaction ne se fit pas attendre.

— Ne faites pas cela.

Le tremblement qu'il perçut dans sa voix le désarçonna. Etait-elle effrayée, en colère, ou simplement fatiguée ?

— Je voulais simplement…

— Je sais.

Elle replia ses jambes.

— Mais je peux le faire moi-même.

— Alors, allez-y.

Une fois qu'elle eut retiré ses mules et ses chausses, et déposé le tout près du lit, il se leva et la considéra. Le regard qu'elle lui jeta en retour fut… timide. Non, pas vraiment timide. Il doutait d'ailleurs que sa fière personnalité contînt une once de timidité. C'était plutôt un regard suspicieux. En tout cas plus méfiant qu'apeuré. Son corps, tendu comme un arc et prêt à la fuite, parlait pour elle mieux que ne l'auraient fait les plus longs discours.

Il tira les couvertures et le drap qui se trouvaient sous elle et l'en recouvrit.

Elle ne le quittait pas des yeux et, quand il s'éloigna, il sentit son regard vriller son dos comme si elle voulait y faire un trou béant. Il souffla les chandelles puis revint vers le lit et se coucha à sa place mais, au lieu de se glisser entre les draps, il resta sur les couvertures. Il put enfin poser la tête sur l'oreiller et pousser un énorme soupir.

Un instant plus tard, les lanières de cuir qui soutenaient le matelas craquèrent quand elle s'assit.

Il ouvrit un œil.

— Qu'est-ce que vous faites ?

— Je ne pourrai pas dormir dans ce lit.

— Essayez donc avant de décréter que c'est impossible.

Il tendit le bras vers elle.

— Il vous suffit de fermer les yeux.

Elle le repoussa d'un geste sec.

— Je ne pourrai pas dormir dans ce lit avec vous.

Il n'avait pas besoin de rallumer les chandelles pour percevoir la raideur de son corps. Quant à sa voix, elle disait assez la colère qui grondait en elle.

— Il n'y a aucune raison pour que nous ne puissions partager ce lit, protesta-t-il.

Il hésita le temps d'un souffle avant d'ajouter :

— Nous sommes mariés…

Il y eut un raz-de-marée de draps et de couvertures. La seconde suivante, Isabella était debout, hors du lit. Il n'avait même pas eu le temps de se retourner.

Quand sa voix lui parvint, elle avait atteint l'extrémité de la chambre.

— Mariage de papier seulement. Et je préfère qu'il le reste.

— Si vous vous rappelez, Conal a quitté cette chambre avec la preuve permettant d'établir que notre union a été, au contraire, consommée.

— Cette preuve n'en est pas une. Il s'agit juste d'une ruse de votre part. D'un fieffé mensonge de plus !

— D'accord. Mais qui pourra l'attester pour votre défense ?

— Je connais la vérité et cela me suffit.

Il savait le débat perdu d'avance. Elle disposait d'assez d'arguments pour le contrer toute la nuit et se défendre jusqu'à l'aube. A quoi bon insister ?

Il se recoucha et tapota le matelas à côté de lui.

— Revenez vous coucher et essayez de dormir. Ne vous inquiétez pas. Demain matin, vous vous réveillerez aussi vierge que vous l'êtes ce soir.

— Ce qui signifie ?

Il soupira. Elle n'allait rien lui laisser passer. Dans ces conditions, il valait mieux jouer franc jeu.

— Ce qui signifie que, si vous faites ce que je vous demande, je ne toucherai pas à un seul de vos cheveux… pour ce soir.

— Et si je ne fais pas ce que vous me demandez ?

Lui proposait-elle le combat ? Il se redressa légèrement et la considéra fixement.

— Que cherchez-vous exactement, Isabella ? Que je vous force ?

Elle avait repris son attitude de lutte : bras croisés et dos droit.

— Vous n'y arriveriez pas, rétorqua-t-elle en le toisant.

— N'avons-nous pas remarqué ensemble que, si je le décidais, j'y parviendrais au contraire facilement ?

— Je ne suis pas votre femme et vous ne pouvez même pas vous vanter de m'avoir forcée à vous épouser. La vérité est beaucoup plus terre à terre ! Vous avez établi un faux en signant à ma place au bas du rôlet. Sachez que je préférerais mourir que vous laisser me forcer à quoi que ce soit.

La forcer à quoi que ce soit ? A quoi faisait-elle allusion ? Il fronça les sourcils tandis qu'une explication se faisait jour dans sa tête. Sauf erreur de sa part, ils ne pensaient pas du tout à la même chose ! Pendant qu'il ne songeait qu'à l'obliger à partager son lit pour pouvoir enfin se reposer, elle s'imaginait qu'il voulait abuser d'elle.

Tout cela parce qu'elle ignorait que, en dehors du champ de bataille, il n'avait jamais fait de mal à une personne plus faible que lui, qu'il s'agisse d'une femme, d'un homme ou d'un enfant. Et ce n'était pas aujourd'hui qu'il commencerait. Mâchoires serrées, il repoussa les couvertures, quitta le lit et traversa la chambre.

Isabella recula.

— Ne me touchez pas !

Déjà, il l'avait prise dans ses bras et soulevée de terre.

— Trop tard.

Cette fois, au lieu de disposer les couvertures de manière à avoir une séparation naturelle entre eux, il se laissa tomber sur le lit en même temps qu'elle. Un bras enroulé autour de sa taille, il l'attira contre lui et passa une jambe sur les siennes avant de remonter les couvertures sur eux.

— A présent, dit-il, fermez les yeux et dormez.

Comme elle commençait à se débattre, il resserra son étreinte. Forcément épuisée par ses aventures, elle allait finir par abandonner la lutte.

Ainsi qu'il s'y attendait, sa résistance faiblit. Il ferma les paupières avec délice, certain de pouvoir la maintenir ainsi jusqu'à ce qu'il s'endorme vraiment… et qu'elle en fasse autant. N'avait-il pas appris depuis longtemps à ne dormir que d'un œil et à rester vigilant même pendant son sommeil ? Sans cette faculté, il ne serait plus en vie depuis belle lurette.

Au moment précis où un brouillard bienfaisant commençait à envelopper sa conscience, Isabella se redressa et s'assit d'un mouvement brusque, le tirant instantanément des brumes du sommeil.

Il ouvrit les yeux tout en grommelant un juron. La seconde

d'après, il la saisit par le bras pour l'obliger à se recoucher et lui posa la main sur la tête pour l'immobiliser.

— Avez-vous vraiment décidé de nous empêcher de dormir pendant toute la nuit ?

Comme elle ne répondait pas, il s'écarta légèrement et reprit :

— Parce que, si telle est votre intention, c'est très réussi…

— Pas du tout ! s'écria-t-elle rudement.

Il lui répondit par un nouveau grognement.

Depuis que le sommeil l'avait déserté, il avait les sens en éveil mais aussi en émoi. Dans ces conditions, difficile de demeurer rationnel. Qu'avait donc cette femme pour l'attirer de cette façon ? N'était-elle pas qu'un moyen de parvenir à ses fins ? Un appât qu'il devait utiliser à son avantage ?

Si, bien sûr. Mais pourquoi devait-il si souvent se le répéter ? Et pourquoi avait-il à ce point envie de la toucher, de la goûter, de la prendre et d'en faire pleinement sa femme ?

A travers l'étoffe de ses vêtements, la chaleur de son corps se communiquait à lui et lui mettait les nerfs à vif. Il lui encercla le poignet de sa main puis s'efforça de demeurer parfaitement immobile. C'était tout ce qu'il pouvait faire pour juguler son désir.

Elle remua la main pour tenter de se libérer.

— Lâchez-moi, je vous le demande !

— Requête refusée, répliqua-t-il en l'obligeant à poser la tête contre son épaule. Je trouve pour ma part notre position plutôt agréable.

Au bout de quelques instants, elle poussa un soupir résigné. Il songea alors — ou, plus exactement, il espéra de toutes ses forces — qu'elle s'était finalement endormie et il ferma de nouveau les yeux.

Au moment où le sommeil allait enfin l'emporter, elle rompit une fois de plus le silence de la nuit.

— Inutile, cela ne prend pas.

Il retint la bordée de jurons qui lui montait aux lèvres.

— Qu'est-ce qui ne prend pas ?

Elle se détendit un peu. Il le sentit à la façon dont sa tête se fit plus lourde contre son torse.

— Votre soudaine gentillesse ne prend pas. Si vous pensez me séduire avec ça, sachez tout de suite que ce n'est pas la peine de vous fatiguer. Vous ne faites que perdre votre temps.

La séduire ? Cela ne lui avait même pas traversé l'esprit. Du moins jusqu'à maintenant… Il se demanda s'il valait mieux rire de sa présomption ou maudire les drôles d'idées qui lui assaillaient le cerveau depuis quelques minutes.

— Et pourquoi ?

— Parce que je suis immunisée contre votre… charme.

— Mon charme ?

— Celui consistant par exemple à me prendre dans vos bras ou à vous serrer contre moi sans essayer toutefois de me… de vous imposer à moi. Astucieux, j'en conviens. Autant que vain…

Il s'éclaircit la voix et laissa échapper un petit rire amusé.

— La seule raison pour laquelle je vous ai prise contre moi tient au fait que je cherche la meilleure façon de vous empêcher de me plonger un couteau dans le cœur pendant que je dormirai.

— Vous mentez. Si vous craigniez vraiment que je vous assassine pendant votre sommeil, il vous aurait suffi de vous installer dans une autre chambre.

— Vous ne trouvez pas que cela semblerait un peu bizarre, un mari qui passe sa nuit de noces dans la chambre à côté de celle de sa femme ?

Elle haussa les épaules.

— N'avez-vous pas arrangé cette ridicule mise en scène avec le drap pour que votre second en fasse étalage partout ? Aux yeux des autres, soyez rassuré, vous aurez donc exécuté… votre devoir.

Avant qu'il ait eu le temps de dire quoi que ce soit, elle poursuivit :

— Le fait de me tenir ainsi dans vos bras prouve donc indiscutablement votre volonté de me séduire. Alors, pour qu'il ne subsiste aucun doute dans votre esprit, je vous répète que cela ne prend pas avec moi et que vous perdez votre temps.

Il ramena le bras qu'il lui avait glissé autour du cou, la jambe qui reposait sur les siennes, et roula sur le dos. Il se trouvait à présent déchiré entre deux possibilités : l'embrasser jusqu'à ce qu'elle se taise enfin ou l'enfermer dans un endroit dont il se débrouillerait pour perdre la clé.

Une troisième possibilité lui traversa alors l'esprit. Plus sage.

Il s'assit, saisit son oreiller, le couvre-lit, et lança le tout à l'autre bout de la chambre. Puis il se pencha vers Isabella et lui effleura lentement la joue du bout du doigt.

— Vous avez gagné pour le moment, milady. Mais uniquement à cause de ma lassitude et de ma blessure. Pour qu'il ne subsiste aucun doute dans *votre* esprit, laissez-moi dès à présent vous assurer d'une chose : de ma vie, je n'ai reculé devant un défi.

Elle secoua la tête.

— Je ne vous ai pas…

Il posa les lèvres sur les siennes, l'empêchant de conclure. Le discours d'Isabella n'avait finalement aucune importance car, si l'esprit avait son langage, le corps en avait un autre. Et le langage de son corps contredisait catégoriquement tout ce qu'elle venait d'affirmer. Il le comprit au moment précis où il sentit ses lèvres se faire douces contre les siennes.

Chapitre 9

— Milady ?

Isabella n'avait pas encore ouvert les yeux quand les volets de la fenêtre grincèrent et que la lumière du jour s'infiltra dans la pièce, chassant un peu trop brutalement les derniers vestiges de son sommeil.

Elle s'assit, presque aveuglée, et se frotta les yeux pour mieux distinguer la femme qui s'affairait déjà autour d'elle avec force marmonnements et hochements de tête désapprobateurs.

— A quoi a pensé Sa Seigneurie en vous faisant dormir ici !

C'était davantage une exclamation qu'une question. Sans regarder Isabella, la femme rondelette rassemblait des vêtements épars.

— Convier une lady dans des pièces aussi dégoûtantes est impensable ! Et, pour tout dire, impardonnable !

A mesure qu'elle discourait, la pile de vêtements croissait. Elle la tassa de son poing. Quand celle-ci parut bien vouloir tenir, elle reprit pour elle-même :

— A-t-on idée d'installer sa lady dans une pièce aussi petite ? Il faudrait lui tirer sérieusement les oreilles !

Puis elle avança vers le lit.

— N'ayez crainte, je vais m'occuper de tout. Pour commencer, si vous avez faim, la cuisinière va tout de suite vous préparer quelque chose.

L'estomac affamé d'Isabella répondit avant que les mots aient franchi ses lèvres.

La femme leva les yeux au ciel.

— Evidemment que vous avez faim ! Quelle question !

Elle se hâta vers la porte.

— Je reviens tout de suite avec de la nourriture !

Complètement perdue, Isabella tendit la main pour retenir ce tourbillon qui quittait la chambre.

— Attendez ! Qui êtes-vous ?

— Hattie, milady.

Juste avant de franchir la porte, elle ajouta :

— Au lever du soleil, Sa Seigneurie s'est mise en chemin vers les quais et s'est arrêtée au village. J'ai été priée de vous apporter mon aide et mon assistance. A présent, avec votre permission, je vais aller vous chercher quelque chose à manger. Ensuite, nous pourrons établir les activités de votre journée.

— Oui, oui, merci.

Lorsque Hattie fut sortie, Isabella se leva. Son premier geste fut de mettre de l'ordre dans ses cheveux emmêlés. A quelles activités cette femme avait-elle fait allusion ? En tout cas, Dunstan avait trouvé une cuisinière — ou du moins avait-il dégoté quelqu'un à qui il avait attribué ce titre — ainsi, probablement, que quelques servantes pour mettre un peu d'ordre.

A bien y réfléchir, la tâche était tellement énorme qu'il fallait espérer qu'il y aurait plus que quelques servantes. Oui, il en faudrait toute une armée rien que pour rendre la partie habitable de ce château présentable.

Elle tira légèrement le rideau pour se protéger de la lumière aveuglante. Le nuage de poussière qui s'en échappa la fit tousser et reculer en hâte. Sa mère, se dit-elle aussitôt, aurait été horrifiée.

Heureusement, les effets nécessaires à ses ablutions avaient été disposés sur un coffre au pied du lit. Elle remarqua, surprise, des rubans pour ses cheveux. Une idée de Dunstan, sans aucun doute.

Hattie revint avec de quoi la sustenter alors qu'elle terminait d'ajuster sa ceinture brodée.

Deux hommes portant une table et deux petits bancs la suivaient.

Le plus jeune, presque encore un enfant, posa la table, disposa les bancs de part et d'autre, et disparut.

Le second, plus âgé et imposant, ne fut pas aussi prompt à sortir. Ce fut même d'un pas nonchalant qu'il regagna la porte. Au lieu de sortir, il se retourna sur le seuil. Sa corpulence était impressionnante et faisait paraître la pièce encore plus petite. Quand il croisa le regard d'Isabella, elle eut l'impression de se trouver face à un loup. Et, soudain, elle se rappela l'avoir vu sur le navire.

— Quelle honte, dit-il, de la part de Dunstan, de vous laisser ainsi sans… surveillance !

A la légère hésitation qui avait précédé le dernier mot de l'homme, elle comprit qu'il la trouvait surtout sans défense.

Elle recula d'un pas sans cesser d'observer son imposante carrure, ses bras énormes et les deux doigts qui manquaient à sa main droite.

— Si c'était moi, reprit-il, jamais je ne ferais cela à mon épouse. Surtout si elle était si spéciale.

« Spéciale » ? De quoi voulait-il parler ? Qu'est-ce que Dunstan avait raconté à ses hommes ? Elle se dirigea vers la table avec l'intention de s'armer du couteau planté dans la miche de pain. Cette arme ridicule ne ferait sûrement pas grand mal à ce rustre, mais c'était tout ce qu'elle voyait pour l'aider à se défendre.

Il la rejoignit d'un pas nettement moins nonchalant que quelques instants plus tôt.

— Viens là, ma toute belle…

Il avait parlé d'une voix traînante et basse, comme si cela pouvait faire oublier son haleine chargée de bière et son attitude menaçante.

Comme elle continuait à reculer vers la table, il poursuivit :

— Tu ne préférerais pas un homme, un vrai, qui te défende et te tienne chaud, plutôt qu'un maraud qui va t'utiliser avant de te repousser et te livrer à toi-même ?

Elle avala sa salive tout en tâtonnant derrière elle à la recherche du couteau, toujours sans le quitter des yeux pour qu'il ne découvre pas son manège.

Au même moment, Hattie secoua plusieurs fois la tête. C'était presque un tic chez la servante, Isabella avait eu l'occasion de le remarquer. L'espace d'un instant, pourtant, elle craignit que celle-ci cherche à la décourager de se défendre, comme si la cause était perdue d'avance. Mais, si elle ne se défendait pas, qui le ferait ?

Hattie était-elle de mèche avec l'homme ?

Sa question resta sans réponse car il y eut soudain un bruit sourd et l'homme s'effondra littéralement à ses pieds comme un pantin. La stupeur d'Isabella se peignit sur son visage en même temps que sa peur disparaissait.

Elle quitta des yeux le corps inerte et rencontra le regard courroucé de Dunstan.

— Vous n'êtes pas blessée ?

De la tête, elle répondit par la négative sans pouvoir toutefois proférer un son. Alors, il hurla le nom de Conal. L'homme arriva en courant.

— Sors-moi ça d'ici, ordonna-t-il en pointant le doigt vers la masse inanimée couchée au sol. Et enferme-le. Je l'interrogerai plus tard.

Une fois que le géant eut quitté la chambre avec sa charge sur l'épaule, Hattie se tourna vers Dunstan.

— Vas-tu enfin m'écouter, maintenant, espèce de tête de mule ?

Abasourdie par le tutoiement et la manière dont la servante s'adressait au lord du château, Isabella écarquilla les yeux.

Dunstan prit le temps de s'asseoir à la table tout en lui faisant signe de le rejoindre. Puis il prit la miche de pain avant de répondre à la servante par une autre question :

— Quelle chambre me conseilles-tu ?

— C'est une lady…

Isabella prit place en face de lui tout en continuant à suivre ce stupéfiant échange avec un intérêt non dissimulé.

— Je n'ouvrirai aucune de ces chambres, dit-il mystérieusement.

— Alors, elle prendra la tienne.

— Soit.

Sur ces mots, il regarda la nourriture que l'on avait apportée à Isabella et reprit :

— Hattie a été ma nourrice avant de se mêler de ma vie d'adulte et surtout de ce qui ne la regarde pas.

Isabella ne fit aucun commentaire, mais elle comprenait mieux, à présent. En tout cas, cette femme n'avait pas froid aux yeux !

Comme pour mieux le prouver, Hattie prit la miche des mains de Dunstan, la coupa en deux et posa d'office l'une des moitiés devant elle.

— C'est bien triste chose qu'il te faille aujourd'hui encore quelqu'un pour prendre soin de toi et t'empêcher de te faire du mal.

Isabella prit son gobelet d'eau et le vida pour s'empêcher de rire.

— Et c'est encore plus triste chose que tu oublies aujourd'hui encore de rester à ta place !

Hattie eut un rire bref, aussitôt ponctué par un froncement de sourcils de Dunstan. Son courroux augmentait. Isabella estima préférable de faire diversion.

— Vivez-vous depuis longtemps sur l'île de Dunstan, Hattie ?

— Oh oui ! Celui-là n'était pas encore né.

De plus en plus surprise, Isabella constata que Dunstan ne s'emportait même pas contre la façon dont son ancienne nourrice venait de le désigner. Il hocha brièvement la tête.

— Hattie est arrivée dans l'île en même temps que ma mère et y est restée après ma naissance.

— Il fallait bien que quelqu'un ait l'œil sur le bébé que tu étais.

— Je te fais remarquer que je ne suis plus un bébé depuis longtemps.

— Ah ? J'attends toujours que tu me le prouves…

— Assez !

Isabella recula sur son siège. Cette fois, Hattie était allée trop loin. Le visage de Dunstan était devenu écarlate et ses yeux lançaient des éclairs. Elle aurait voulu disparaître dans un trou de souris.

Le plus extraordinaire était que non seulement Hattie ne manifestait pas le moindre signe de frayeur, mais qu'elle paraissait bien déterminée à ne pas se laisser faire ni à céder. Au lieu de se protéger de Dunstan en s'éloignant de lui, elle lui tapota l'épaule comme s'il était encore un enfant.

— Je te taquine parfois un peu trop et je m'en excuse. Il est vrai que j'ai du mal à me rappeler que tu n'as plus besoin d'être materné…

— Cela ne m'intéresse pas.

Isabella se fit toute petite. Davantage qu'à l'air rogue de Dunstan, ce fut aux sourcils froncés et aux lèvres pincées de Hattie qu'elle comprit qu'il était encore plus agressif que d'habitude.

La repartie de l'ancienne nourrice confirma cette impression.

— Je me demande comment tu n'es pas encore mort, étouffé par ton insupportable mauvaise humeur.

Dunstan haussa les épaules, mais son visage se détendit. Sa colère était en train de passer. Aussi vite qu'elle était apparue.

Abasourdie par cet incroyable échange, Isabella essaya de se concentrer sur sa nourriture. Hattie était la mère de lait de Dunstan et avait été amie avec sa mère. Rien d'étonnant, donc, à ce qu'elle soit devenue aussi précieuse pour lui. Beaucoup plus qu'une servante, elle tenait une place à part au château.

Lorsqu'elle eut fini de faire le lit, elle s'adressa de nouveau à Dunstan.

— Nous sommes donc bien d'accord… Tu ne me feras pas toute une histoire si j'installe lady Isabella dans ton ancienne chambre tandis que tu resteras ici ?

— C'est si tu l'installais ailleurs que je te ferais toute une histoire ! N'oublie pas que, grâce à elle, j'ai découvert le plaisir de ne dormir que d'un œil pendant toute la nuit !

— Si vous m'aviez laissée « installée » là où j'étais, c'est-à-dire à Warehaven, répliqua aussitôt Isabella qui goûtait peu le dernier sarcasme de Dunstan, vous vous seriez épargné cela…

Comme souvent, il ignora sa repartie.

— Je suis sûr que vous serez très bien.

— Je n'en doute pas non plus, certifia Hattie. Mais peut-être que la lady aimerait choisir elle-même ?

Pressée de saisir la chance qui lui était offerte de quitter immédiatement cette pièce minuscule où on l'avait confinée, Isabella faillit bondir de son siège. Elle se contenta toutefois de répondre :

— En effet, je serais enchantée de pouvoir jeter un œil à cette chambre avant de choisir.

Dunstan secoua la tête.

— Non, nous avons d'autres choses à faire aujourd'hui.

Après que Hattie fut sortie, Isabella prit machinalement le couteau à pain. Le haussement de sourcils de Dunstan le lui fit reposer presque aussitôt. Pourquoi ? La lame de ce couvert était bien trop inoffensive pour pouvoir le blesser sérieusement. Elle soupira. Vouloir faire comprendre cela à quelqu'un qui n'écoutait personne était peine perdue…

— Quelles choses ?

Il bâilla, étira les bras au-dessus de sa tête et les laissa retomber lourdement.

— Reste le problème du lit.

— Non. Nous n…

En repoussant un peu trop brusquement son banc, Isabella se cogna les genoux. Son cri s'étrangla dans sa gorge et l'empêcha d'aller jusqu'au bout de sa phrase.

Les yeux Dunstan étincelèrent tandis que les commissures de ses lèvres s'étiraient d'une manière qu'elle ne commençait qu'à trop bien connaître. Une fois encore, il l'avait volontairement égarée.

Les coudes posés sur la table, il la considéra pensivement.

— Vous êtes vraiment trop facile à démonter.

Elle le dévisagea, à la recherche de mots assez durs pour exprimer le mépris qu'elle éprouvait pour ses moqueries douteuses. Cette façon de faire lui rappelait d'ailleurs beaucoup Jared, sauf que cet homme n'était pas son frère. Il n'avait aucun droit de se moquer d'elle de cette façon, et elle tenait à le lui faire savoir. Au lieu de cela, elle se laissa retomber sur son siège et posa les coudes sur la table en soupirant.

— Après tout ce qui m'est arrivé, par votre faute, comment ne serais-je pas décontenancée ?

Elle remarqua que sa voix avait tremblé. Oh non ! Ses mains tremblaient aussi, d'ailleurs. Et son estomac était si serré, tout à coup, sa gorge si nouée qu'elle parvenait à peine à déglutir.

Une terrible sensation d'accablement s'abattit sur elle. A présent qu'elle était reposée, restaurée et plus ou moins en sécurité, elle savait qu'elle allait perdre le peu de prise qu'elle avait eu, jusqu'à présent, sur la situation.

Quand la situation l'exigeait, elle savait mobiliser ses forces et son énergie. Mais elle savait aussi que, dès que le calme reviendrait, elle se laisserait dépérir. Elle sombrerait dans l'abattement et rien ne pourrait plus la raisonner. C'était une faiblesse que sa mère avait plus d'une fois pointée et qui faisait partie inhérente de sa personnalité. Elle ne pouvait pas plus s'empêcher d'être ainsi qu'elle ne pouvait empêcher le soleil de se coucher. Tel était son caractère : excessif.

Pourtant, depuis son enlèvement, elle avait réussi à se persuader naïvement que cette fois, compte tenu de la gravité de la situation, elle parviendrait à maintenir à distance la pesante tristesse qui s'abattait souvent sur son cœur. Au moins jusqu'à ce qu'elle retrouve les bras de sa famille bien-aimée. Hélas…

Comme elle ravalait les larmes qui lui montaient aux yeux, Dunstan tendit le bras par-dessus la table et posa la main sur la sienne.

— Isabella, regardez-moi.

L'inhabituelle douceur de son contact et de sa voix faillirent causer sa perte. Elle dut se mordre la lèvre pour l'empêcher de trembler et ne parvint à relever la tête qu'au prix d'un effort considérable.

— Vous rappelez-vous quand, sur mon navire, vous avez remarqué que nous ne faisions plus cap vers l'est mais vers le sud ? Vous m'avez alors demandé si nous avions fait demi-tour. J'ai répondu que j'avais demandé à l'équipage de dévier légèrement notre trajectoire pour éviter un courant.

Incapable de parler, elle acquiesça par un hochement de tête.

— Eh bien, votre observation était juste. Nous faisions bien route vers le sud. Mais ce n'était pas à cause des courants. J'ai dévié notre route le temps nécessaire à l'un de mes hommes de quitter le navire à bord d'une barque et de rejoindre la terre.

— Pour quelle raison ? s'enquit-elle.

Sa voix était cassée. Elle se demanda comment retrouver la saine colère qui l'avait habitée pendant presque une semaine et chasser cette vague de tristesse qui montait en elle. Une tristesse pénible qui ne lui servait à rien. Ni à se défendre ni à plaider sa cause. Malheureusement, le calme et l'air presque détendu de Dunstan ne lui donnaient pas le moindre motif de s'énerver.

— Tout le monde sait, répondit-il, que votre père est le demi-frère de l'impératrice Matilda et que, même si celle-ci se trouve actuellement en Normandie, elle aurait eu, en cas de besoin, des nouvelles de lui. J'ai donc donné à l'homme qui a débarqué l'ordre de recueillir au plus vite des informations le concernant et de revenir à bord du *Lisette Reynolde*.

II lui caressa la main du bout de son pouce.

— Le *Lisette Reynolde* est rentré ce matin au port.

Non ! Elle ne voulait pas entendre la nouvelle de sa bouche ! Ce n'était pas à lui d'annoncer qu'elle avait perdu son père. Lui, son meurtrier, qu'elle avait été forcée d'épouser !

Elle dut fournir un effort désespéré pour retenir le cri de douleur qui était monté en elle et les larmes qui lui brouillèrent la vue. La colère salvatrice qu'elle espérait aurait pu surgir en cet instant, mais ce ne fut hélas pas le cas. Seul un terrible sentiment de vide et de terreur s'abattit sur elle avec une force qu'elle n'avait encore jamais connue auparavant.

Dunstan prit sa main dans la sienne pour lui offrir un peu de réconfort tandis que, de l'autre, il essuya doucement les larmes qui, malgré elle, avaient roulé sur ses joues.

— Votre père n'est pas mort, Isabella. Il est blessé, c'est vrai. Et, d'après ce que j'ai compris, surtout fou de rage. Mais il n'est pas mort.

Elle eut l'impression qu'un vent soufflant en tempête se levait en elle, la faisait chanceler. Il lui fallait réagir, éclaircir un peu ses pensées, et éloigner le tumulte.

— Vraiment ?

— Oui.

Sans rien dire, elle retira sa main, se leva et traversa la chambre. Puis, comme si elle craignait soudain de manquer de temps, elle déclara très vite sans le regarder :

— Je vous remercie de me l'avoir dit. A présent, si vous avez terminé…

Elle sentit le regard de Dunstan dans son dos, mais elle n'avait pas l'intention de se retourner pour lui faire face. Les mains serrées l'une contre l'autre, elle fit deux pas vers la petite fenêtre et posa son regard mouillé de larmes sur la mer balayée par les vents.

Derrière elle, le frottement du banc sur le sol de pierre lui indiqua que Dunstan se levait. Elle ferma fort les yeux, priant pour qu'il s'en aille.

— Vous me… congédiez ? l'entendit-elle demander sur un ton incrédule.

Elle acquiesça de la tête. Le mot avait sonné curieusement. De toute évidence, cela faisait très longtemps que personne ne l'avait renvoyé, quelle que soit la manière employée. Quelques secondes plus tard, elle l'entendit s'éloigner d'un pas lourd.

Puis la porte claqua derrière lui.

Enfin ! Elle n'attendit pas une seconde pour quitter sa place près de la fenêtre, se jeter sur le lit et enfouir sa tête dans l'oreiller. Ses épreuves étaient manifestement loin d'être terminées, mais pourquoi éprouvait-elle une telle confusion ? Ce n'était pourtant pas le moment ! N'aurait-elle pu attendre d'avoir retrouvé son foyer et les siens pour se laisser aller ainsi ?

A en juger par le flot de larmes intarissable qui mouillait l'oreiller, ses hoquets et ses halètements, la réponse était clairement non.

Le contact d'une main ferme sur ses reins la fit sursauter.

Dunstan.

Sa présence lui arracha une supplique étranglée.

— S'il vous plaît, laissez-moi seule. C'est tout ce que je vous demande.

Il s'assit sur le bord du lit en soupirant.

— Pas question.

L'étrange attitude d'Isabella, quelques minutes plus tôt, l'avait pris de court. Il ne s'attendait pas du tout à cela. Ce n'est qu'après avoir quitté la chambre et parcouru deux ou trois mètres qu'il avait pris conscience, stupéfait, de ce qu'il était en train de faire : obéir à une femme qui l'avait purement et simplement congédié !

Aussitôt, il était revenu sur ses pas. En entendant les sanglots d'Isabella à travers la porte, il avait immédiatement envisagé de faire demi-tour et de repartir comme si de rien n'était. Puis, presque malgré lui, il avait pénétré dans la petite chambre.

Son hésitation pouvait paraître égoïste. Pourtant, elle se justifiait amplement. Des rivières de larmes, Agnès en avait versé chaque jour de leur vie commune ! Aujourd'hui, il doutait qu'une seule ait été sincère mais, à l'époque, il ne soupçonnait rien. Au point que plusieurs mois lui avaient été nécessaires pour comprendre que ces larmes étaient juste destinées à le manipuler. Des mois pendant lesquels il avait mené une existence triste et misérable.

Oui, pendant tout ce temps, il s'était senti confus, frustré et rongé par la culpabilité. Entre ces trois déchirantes émotions, il ignorait, aujourd'hui encore, laquelle l'avait le plus miné. Une chose était sûre, cependant : il n'avait pas l'intention de repasser par là.

Il fit glisser sa main le long de la colonne vertébrale d'Isabella. Ce qui allait se passer maintenant entre eux aurait, il le savait, une importance capitale pour la suite de leurs relations. Comment tarir ses sanglots ? Ce ne serait pas facile, car il avait pu constater qu'elle n'était pas femme à verser des larmes pour des billevesées. Bien au contraire. Il l'avait même vue les retenir plus d'une fois.

Avec un juron silencieux et le fervent espoir qu'elle n'était pas en train de le manipuler, il s'approcha d'elle et la prit contre lui.

Elle se raidit avant d'essayer de le repousser.

— Que faites-vous ?

Sa voix cassée lui déchira le cœur et il n'eut pas envie de se demander pourquoi. La seule question à laquelle il désirait obtenir une réponse pour le moment était : comment faire pour qu'elle ne pleure plus ?

Pour commencer, il fallait la tenir assez fermement pour l'empêcher de fuir, mais pas trop pour ne pas l'effrayer.

— Dites-moi ce qui vous bouleverse à ce point. Je pensais que le fait de savoir votre père en vie vous rendrait heureuse et non malheureuse !

— Bien sûr que je suis heureuse de savoir qu'il n'est pas mort, murmura-t-elle.

Il lui caressa les cheveux. De petites mèches soyeuses s'enroulèrent autour de ses doigts comme si elles voulaient s'accrocher à lui, à l'inverse de leur propriétaire qui faisait tout pour éviter son contact.

— Dans ce cas, pourquoi pleurez-vous ?

Sa manière de chercher brusquement de l'air aurait dû le mettre sur ses gardes, mais il ne vit rien venir. Ce ne fut que lorsqu'elle poussa un cri de rage qu'il commença à comprendre qu'elle était brusquement passée de l'abattement à la colère.

— Pourquoi je pleure ? Vous me demandez pourquoi je pleure !

Abattant ses poings serrés contre son torse, elle le martela de coups.

— Lâchez-moi immédiatement !

Soulagé de la voir reprendre le dessus, il hésita une seconde de trop. Seconde dont elle sut profiter pour lui asséner un brusque coup de tête.

Sous le choc, ses bras s'ouvrirent.

Elle s'échappa dans l'instant.

— Voulez-vous vraiment que je vous dresse la liste de mes raisons de pleurer et d'être malheureuse comme une pierre ? cria-t-elle.

Il la considéra fixement, remua doucement la tête de gauche à droite et de bas en haut pour être sûr de n'avoir rien de cassé, puis répondit avec détachement :

— Faites, je vous en prie.

— J'ai été kidnappée, enlevée à ma famille.

— Coupable.

Il hocha la tête.

— Continuez.

— Vous m'avez jetée sur votre navire.

Elle arpentait la pièce de long en large tout en poursuivant son énumération. Contrairement à son visage, trop tendu pour refléter ses émotions, ses mains voletaient autour d'elles, trahissant son trouble et sa nervosité. Une personne sourde aurait pu suivre ce qu'elle disait rien qu'en regardant les mouvements de ses mains.

— J'ai ensuite été baladée sur les mers pendant des jours et des nuits au fond d'une cabine si petite qu'elle s'apparentait plutôt à une cellule. Et enfin, enfin…

Elle s'interrompit, hors d'haleine, et braqua sur lui un index accusateur.

— … J'ai été obligée de vous soigner !

Elle conserva la position pendant plusieurs secondes sans cesser de le fusiller du regard. Puis elle retrouva l'attitude qu'il connaissait bien : bras croisés, menton haut.

Il eut un petit sourire.

— Vous êtes bien sûre de n'avoir rien oublié ?

Son air ironique décupla la rage d'Isabella. Elle décroisa les bras, serra les poings et revint comme une furie vers le pied du lit.

Il la regarda approcher. Pas une once de comédie dans son attitude. Elle était vraiment hors d'elle. Tant mieux. Au moins, elle ne pleurait plus. Soulagé, il se laissa aller contre les oreillers disposés à la tête du lit, l'encourageant secrètement à poursuivre.

— Si ! J'ai oublié que vous m'avez forcée à un mariage ridicule avec vous ! Un … un… mariage contre ma volonté !

Il hocha de nouveau la tête.

— Lorsque l'on force quelqu'un à faire quelque chose, c'est rarement avec son assentiment.

— Puis vous m'avez fait dormir dans votre chambre.

Il haussa les épaules.

— Mettez-vous à ma place. Cela aurait vraiment paru bizarre si j'avais envoyé ma femme dormir ailleurs pour notre première nuit.

— Oh ! s'écria-t-elle, offusquée par son cynisme. Oh !

Et elle pivota sur elle-même pour ne plus l'avoir dans son champ de vision.

— Ça y est ? Vous avez terminé ?

Elle acquiesça de la tête.

Alors, il quitta le lit et, tel un chasseur traquant sa proie, avança inexorablement vers elle tandis qu'elle reculait vers l'autre bout de la chambre, jusqu'à ce que le mur bloque sa retraite. Se campant face à elle, il plaqua les mains de part et d'autre de ses épaules.

Prise au piège.

— Nous avions déjà eu cette conversation une fois, Isabella, et il n'y en aura pas de troisième. Oui, je vous ai enlevée et contrainte au mariage.

En réponse à son regard hostile, il effaça les quelques centimètres qui les séparaient encore.

Leurs cuisses se frôlèrent.

— Personne n'a touché à un seul de vos cheveux, vous avez été accueillie dans un endroit abrité…

Elle leva un sourcil irrité.

— Il faudrait peut-être que je vous remercie ? Dans une porcherie, voilà où vous m'avez accueillie !

— Que les appartements de ce château vous plaisent ou non, ils sont devenus votre foyer.

Agnès avait détesté ce château. Trop petit, trop simple, trop isolé. Il n'avait aucune intention de subir de nouveau ce genre de litanies.

— Autant donc vous y habituer au plus vite, poursuivit-il. Car, à compter d'aujourd'hui, c'est ici que vous vivrez et que vous mourrez un jour.

Malgré son regard agrandi par l'horreur, il ajouta :

— Vous êtes un moyen de parvenir à mes fins que j'utiliserai comme il se doit. De même que je ferai n'importe quoi pour que Glenforde paie son ignominie.

Au lieu de courber un minimum l'échine comme l'aurait fait n'importe quel être raisonnable, elle leva les yeux vers lui et plongea son regard dans le sien.

— En somme, vous voulez faire de moi une victime expiatoire !

Elle était décidément aussi lucide qu'effrontée, et il admira secrètement la repartie. Il rétorqua néanmoins, impassible :

— Pour une victime, il ne m'apparaît pas que vous souffriez outre mesure. Disons plutôt que vous êtes très en colère de ne pas avoir réussi à déjouer mon plan. Mais cela n'a rien à voir avec de la souffrance.

— Qui êtes-vous pour décider à ma place si je souffre ou non ? Je suis loin de ma famille, privée de tout ce…

— Privée ?

Il eut un petit rire moqueur.

— Inutile de vous fatiguer, Isabella. Si je ne vous avais pas enlevée, vous auriez épousé Glenforde comme prévu et je ne pense pas me tromper en affirmant que vous ne vous seriez pas installés dans le château de votre père. Ce qui signifie que vous vous seriez retrouvée dans celui de votre époux, totalement isolée de votre famille, et sans personne sur qui compter. Eh bien, croyez-moi, à ce moment-là, vous auriez compris le sens du mot victime.

— Nous y voilà… Bientôt, je vais devoir vous remercier de m'avoir enlevée !

— Pourquoi pas ? Du reste, puisque vous en parlez… Peut-être éprouvez-vous pour moi de la reconnaissance ?

— Ce que vous pouvez être imbus de votre personne, Dunstan ! Votre arrogance ne connaît donc pas de limites ?

— Je suis peut-être imbu de ma personne, mais de votre côté, ma chère, vous êtes ma femme, et vous mettez sérieusement ma patience à l'épreuve.

— Vraiment ? Vous m'en voyez désolée.

Richard ferma les yeux pendant une seconde et soupira. L'envie de la remettre plus sévèrement à sa place commençait à le démanger, mais il y renonça. De longs mois allaient s'écouler avant que Warehaven débarque sur l'île, et il ne voulait pas que, jusqu'à cette date, sa vie se transforme en enfer.

D'autant que la venue du père d'Isabella ne changerait rien au fait qu'ils étaient mariés et le resteraient. Il avait donc tout intérêt à percer au plus vite les mystères de l'humeur changeante de sa femme…

Pour commencer il voulait comprendre pourquoi elle s'acharnait à essayer de le mettre en colère. Un regard sur ses mains, qu'elle tenait serrées contre sa poitrine, lui permit de constater qu'elles tremblaient légèrement. Elle était donc en proie à la peur. Ou en train de prendre pleinement conscience du côté désespéré de sa situation…

— Que se passe-t-il exactement, Isabella ? Pourquoi ces larmes et cette colère subite ?

— J'ai déjà répondu à votre question.

— Non. Je pense que vous me racontez des histoires pour mieux me cacher ce qui vous tourmente vraiment.

Elle baissa les bras et détourna les yeux tandis que ses joues se teintaient de rose.

Il retint un sourire. Quelque chose l'irritait, c'était évident. Mais quoi ? S'il l'ignorait, au moins avait-il la certitude que cela n'avait pas grand-chose à voir avec les explications qu'elle lui ressassait tout le temps.

En même temps, ce n'était pas pressé. Il aurait tout loisir de revenir sur le sujet plus tard. Il laissa retomber ses bras et recula d'un pas.

— Peu importe, dit-il sans ambages pour montrer qu'il avait changé d'idée. J'ai d'autres affaires à traiter qui ne m'autorisent pas à rester en votre compagnie juste pour tenter de vous extirper des réponses.

— Dans ce cas, partez, et…

Elle passa devant lui. Apparemment, la nouvelle ne l'attristait guère.

— … laissez-moi seule.

Il l'arrêta en la saisissant par le bras avant qu'elle ait pu s'éloigner.

Elle était de nouveau prise au piège.

Et ils étaient revenus à leur point de départ.

— Jamais je ne vous laisserai seule.

Il lui effleura la joue.

— Il est vrai que nous ne serons jamais heureux comme sont supposées l'être deux personnes qui viennent de se marier. Mais la plupart des couples ne restent pas longtemps heureux, vous le savez comme moi. Dans ce cas, ne vaudrait-il pas mieux essayer de mettre fin aux hostilités ? De créer entre nous une certaine entente ?

Il remarqua qu'elle rosissait de nouveau et s'interrompit avec l'impression de commencer à y voir un peu plus clair.

Ses larmes, en apprenant que son père était vivant, avaient été des larmes de joie. C'était facilement concevable, et il regretta de ne pas l'avoir compris tout de suite. Sa colère, en revanche, quand il avait voulu la consoler, s'expliquait mal. Elle s'était manifestée bien trop rapidement pour avoir été sincère.

Oui, à mesure que la scène lui revenait à la mémoire, il comprenait les motivations réelles d'Isabella.

Elle avait juste élevé la voix contre lui pour que, furieux, il quitte la chambre. Exactement comme elle venait de le faire à l'instant.

Oui, tout s'éclaircissait ! Elle essayait volontairement de le fâcher, de l'inciter à la fuir.

Elle le manœuvrait, se jouait de lui ! Pourquoi ? Parce qu'elle ne le supportait pas ? C'était possible, encore que… Il l'étudia plus attentivement. Son regard se posait partout, sauf sur lui. Et quand il parvint enfin à le capter, elle eut une espèce de sourire moqueur.

— Qu'est-ce qui vous amuse ? demanda-t-il avec un froncement de sourcils agacé.

— Vous.

Cette fois, cela suffisait. Sans prévenir, il la prit par la nuque.

— Je vais vous embrasser, Isabella. Vous ne pourrez pas dire ensuite que vous n'avez pas été prévenue.

Elle resta bouche bée puis balbutia :

— Vous… vous n'allez quand même pas…

Il posa les lèvres sur les siennes, l'empêchant de finir sa phrase et, quand elle tenta de le repousser, ce fut peine perdue. Cette fois, il ne se laisserait pas surprendre. Il la maintint serrée contre lui jusqu'à ce qu'elle se laisse aller, jusqu'à ce que ses lèvres se fassent douces et s'entrouvrent. Et quand elle lui retourna son baiser en hésitant, il eut l'impression de se noyer dans sa douceur.

D'une main elle lui effleura le cou tandis que, de l'autre, elle s'agrippait à sa tunique comme si, elle aussi, était en train de se noyer. Alors, le cœur battant, il la serra davantage, résistant à son envie folle de la soulever dans ses bras et de la porter jusqu'au lit.

Pour elle, il le savait, ce baiser était une découverte, dont elle reviendrait dès qu'ils se sépareraient. Et telle qu'il commençait à la connaître, sa douceur serait alors balayée par un regain de colère.

D'ici là, pourtant, il savourerait le contact de ses lèvres et celui, soyeux, de sa langue qui se mêlait maintenant à la sienne. De toute façon, il pouvait attendre parce qu'il savait qu'un jour sa fière épouse réclamerait davantage qu'un simple baiser…

Elle rouvrit les yeux et fronça aussitôt les sourcils en reculant vivement la tête. Il eut un soupir de regret. Leur moment volé n'avait pas duré aussi longtemps qu'il l'aurait aimé.

Comme il la libérait, elle leva le bras. Il fut cependant plus rapide qu'elle et la gifle qu'elle lui destinait s'abattit sur son poignet.

— Comment osez-vous ? s'exclama-t-elle tandis que ses yeux noisette devenaient noirs de colère.

Il soutint son regard.

— Un jour, j'oserai bien plus.

— Vous… Vous…

Incapable de trouver ses mots, elle bredouillait. Il la lâcha.

— Vous avez apprécié ce baiser autant que moi, dit-il en lui soulevant le menton du bout du doigt. Alors n'essayez pas maintenant de jouer à la vierge offensée.

Sur ces mots, il se dirigea vers la porte.

— Je resterai tard sur les quais et passerai probablement la nuit en ville.

Il sortit et, lorsque quelque chose heurta violemment la porte à l'intérieur de la chambre, il dut se retenir pour ne pas rire.

Chapitre 10

Installée sous une arcade dans la lumière déclinante du jour finissant, Isabella se félicitait du travail accompli en soixante-douze heures.

La chambre que Dunstan et Hattie avaient évoquée était, comme les autres pièces de vie, située à l'étage supérieur du château. Et elle était vaste, encore plus spacieuse que celle du maître de Warehaven. Bien sûr, elle n'avait pas besoin d'autant de place mais, puisqu'on lui donnait le choix entre cette pièce et la petite chambre de Dunstan, la réponse coulait de source.

Un frisson lui parcourut l'échine dès qu'elle songea à lui. Dunstan. *Richard*... Son mari. Où était-il, et quelles sortes d'affaires le retenaient en ville depuis deux jours ? Non qu'elle se plaignît ni regrettât sa compagnie même si... A son grand désarroi, elle devait reconnaître avoir beaucoup apprécié son baiser.

En même temps, depuis qu'il était absent, elle appréciait le délicieux plaisir de pouvoir se glisser chaque soir dans un lit doté d'un matelas bien moelleux et de couvertures propres, sans être obligée de rester éveillée pour surveiller le moindre de ses gestes ni se demander ce qu'il pouvait avoir derrière la tête.

Elle savait en outre que, de manière indirecte, son absence lui avait permis d'endosser son titre de maîtresse des lieux le plus naturellement du monde auprès des gens du château.

Fallait-il qu'il soit aveugle pour ne pas avoir compris à quel point cet endroit avait besoin d'être pris en main par une femme ! Depuis deux jours, en tout cas, les servantes s'affairaient au rythme des ordres qu'elle leur donnait et tout ce petit monde semblait se passer parfaitement du lord du château. Quant à ses hommes, un seul avait jugé bon de poser des questions. Elle lui avait fourni très facilement les réponses nécessaires, et il n'avait pas insisté. Dès cet instant, il s'était mis à sa disposition comme les autres.

Elle se demandait parfois comment les hommes de Dunstan la jugeaient. Un peu jeune ? Peut-être. Faible ? Probablement pas… Sa mère lui avait enseigné la manière de diriger un château, et elle s'y employait à merveille. Par respect pour sa mère, justement, car il était immense.

A la fois ferme et gentille, elle était également crainte et respectée de tous. Personne ne se serait risqué à braver un ordre donné par lady Warehaven, car tous savaient que l'on ne s'en sortait jamais indemne. En tout état de cause, Isabella était bien décidée à se montrer digne d'elle en tout point.

Quittant son poste d'observation, elle fit une nouvelle fois le tour de la chambre. Maintenant que les toiles d'araignées avaient été enlevées et qu'elle avait fait procéder à un nettoyage si complet que même les murs avaient recouvré leur blancheur initiale, la pièce était devenue la plus hospitalière de toutes les pièces de vie du château — avec la cuisine.

Car, de son côté, à peine la cuisinière avait-elle retrouvé à la fois sa place derrière les fourneaux et ses aides familières qu'elle avait tout fait briquer comme si elle prenait une vieille revanche. Non, jamais Isabella n'avait vu foyer aussi propre. Pas la moindre trace de suie ni de cendre. Même les marmites étaient si impeccables qu'elles semblaient neuves. A Warehaven, il fallait bien le reconnaître, les cuisines n'étaient pas aussi rutilantes.

L'une des plus jeunes servantes que Hattie avait rassemblées pour participer à ce gigantesque nettoyage passa le doigt sur le rebord de la fenêtre. Pas le moindre grain de poussière. Puis elle tapota le couvre-lit qui fleurait bon le savon.

— Et voilà, milady. Y a-t-il autre chose que je puisse faire pour votre service ?

Oh oui ! De l'eau bien chaude pour prendre un bain, eut-elle envie de répondre.

Elle ne formula cependant pas sa requête. A quoi bon, en effet, prendre le risque d'être interrompue par Dunstan au cas où il choisirait ce moment pour rentrer, ou par l'un de ses gardes ? Elle se débrouillerait avec l'eau froide et les quelques vêtements qui se trouvaient déjà à sa disposition.

De plus, elle n'ignorait pas que les autres femmes étaient aussi fatiguées qu'elle. Toutes avaient œuvré sans s'arrêter pour remettre cette chambre en état, et il restait encore bien d'autres pièces du château à nettoyer.

— Non. Je pense que nous en avons assez fait pour aujourd'hui. Il vaudrait mieux que tu regagnes ta maison avant qu'il fasse nuit.

La jeune fille hocha la tête. Lorsqu'elle ouvrit la porte pour quitter la chambre, Isabella entraperçut l'homme qui se tenait devant. Chaque jour et chaque nuit, un nouveau garde entrait en faction. Dunstan en avait décidé ainsi, et elle se demandait si son but était de la protéger ou de la contraindre. Il n'était évidemment pas question pour elle d'interroger les sentinelles à ce sujet. Elle réservait sa question au seigneur du château.

Une autre question, encore plus sensible, la taraudait. Pourquoi la barre de sécurité de la porte était-elle fixée à l'extérieur ! Qui l'avait installée ainsi, à l'envers ? Et pourquoi cette erreur n'avait-elle jamais été corrigée ?

Comme les deux nuits précédentes, à défaut de pouvoir s'enfermer, elle plaça un banc bien lourd en travers de la porte. Bien sûr, cela ne pourrait pas vraiment empêcher quelqu'un de décidé d'entrer, mais le bruit qu'il ferait en basculant sous la poussée de la porte lui apprendrait aussitôt qu'elle n'était plus seule.

A présent sûre que son intimité ne serait pas troublée, elle sortit de l'armoire la bassine de toilette et le seau d'eau avant de prendre des vêtements de rechange dans une alcôve de la chambre. Elle grommela en se déshabillant. Sa robe, qui avait été si belle, était tout abîmée.

Malgré cela et malgré elle, un petit rire triste lui échappa quand elle se rendit compte que, sur cette île, cette robe n'était plus, comme à Warehaven, son plus beau vêtement, mais son seul vêtement…

Elle l'étendit sur le lit en espérant trouver le lendemain le temps nécessaire pour repriser au moins les magnifiques galons de broderie.

Une fois qu'elle aurait fini de superviser le nettoyage des pièces de vie, elle comptait demander à Dunstan de lui prêter de quoi acheter du tissu. Pouvoir se confectionner une robe ou deux ne serait pas trop demander. Et, bien entendu, elle veillerait à ce qu'il soit remboursé dès que ses proches viendraient la chercher au printemps. Car il était évident qu'ils arriveraient à ce moment-là.

Après avoir terminé ses ablutions, elle ajouta des morceaux de charbon dans le brasero, s'installa sur le lit, aussi grand que celui de l'autre pièce était petit, souffla la lampe et se blottit sous les couvertures.

Richard s'arrêta en bas de l'escalier. Il serait simple de tourner à droite pour aller retrouver son lit dans sa petite chambre. Cela faisait des années qu'il n'y avait pas dormi seul, au moins depuis que son mariage avait tourné au vinaigre et qu'éviter Agnès était devenu son but principal.

Il entendit que l'on murmurait derrière lui. Visiblement, la curiosité dévorait le groupe de gens encore présents dans la grande salle. S'il tournait à droite maintenant, tout le monde en déduirait que sa femme n'était pas mieux qu'Agnès. Or, s'il n'avait pas encore d'avis sur la question, il refusait de laisser les autres en avoir un à sa place.

Mais, surtout, si des commérages commençaient à se répandre sur l'île, il n'y aurait plus aucun moyen de les arrêter. Les langues se délieraient et les commentaires iraient bon train jusqu'à ce que chaque habitant sans exception sache que le lord de Dunstan manifestait fort peu d'intérêt pour sa pourtant toute récente femme.

Or, c'était la dernière chose qu'il voulait. Pendant deux longues nuits, il y avait réfléchi et sa conclusion était claire. Il était impératif que tout le monde pense qu'il aimait Isabella autant qu'elle l'aimait lorsque Glenforde se porterait à son secours.

Il eut un sourire démoniaque. Ce serait sa première revanche contre ce cabot ridicule : lui faire croire qu'il était l'excellent mari de la femme qu'il lui avait ravie et elle, une épouse comblée.

Et ce ne serait qu'un début…

Il gravit les marches en se préparant à l'inévitable affrontement qui l'attendait. Il aurait affaire à Isabella dès l'instant où il mettrait les pieds dans la chambre. Essentiellement, sans doute, parce que la nuit qu'il avait prévu de passer en ville s'était transformée en deux nuits, et qu'il ne s'était pas soucié de la faire prévenir. Il secoua la tête. Non, c'était peu vraisemblable. Elle s'était probablement réjouie de son absence.

Le garde en faction en haut des marches le salua avant de s'écarter. Celui en poste devant la porte de la chambre, en revanche, était assis par terre, tête baissée et ronflait comme un sonneur. C'était donc ainsi qu'Isabella était gardée ?

Sans autre entrée en matière, il annonça à haute et intelligible voix :

— Disparais, tu es renvoyé !

Le jeune homme se leva d'un bond, rouge de honte.

— Milord… Je…

Richard n'était pas d'humeur à écouter ses excuses.

— Hors de ma vue !

Il avait déjà perdu sa fille chérie à cause d'une erreur de ce genre. Cela ne se reproduirait sous aucun prétexte.

Quelqu'un, à Dunstan, avait trahi et permis à ce chien de Glenforde de mettre les pieds sur l'île. Or, il n'avait toujours aucun moyen de savoir de qui il s'agissait et, donc, s'il se trouvait toujours sur place. Par conséquent, tant que Glenforde ne serait pas passé de vie à trépas, il ne prendrait aucun risque concernant la sécurité d'Isabella.

De plus, il savait parfaitement que si quelque chose lui arrivait Warehaven n'assouvirait pas seulement sa vengeance sur lui mais sur toute l'île, et ce jusqu'à obtenir son anéantissement.

Une fois que le garde eut disparu, il entrouvrit la porte le plus doucement possible pour ne pas faire de bruit — Isabella dormait probablement — puis voulut se glisser dans la chambre. Mais à peine eut-il esquissé un pas qu'il heurta quelque chose dans l'obscurité.

Un juron lui échappa tandis qu'une violente douleur lui vrillait le genou. Apparemment, il avait heurté une chaise ou un banc placé là à dessein. Isabella avait à l'évidence une confiance limitée en ses gardes… et, en l'occurrence, elle avait eu raison.

Bien qu'elle n'ait pas encore réagi, il savait qu'elle ne pouvait pas ne pas avoir entendu le vacarme qu'il avait fait en se cognant à ce satané banc. Il boitilla jusqu'au lit, défit le baudrier retenant son épée, le posa sur le coffre au pied du lit et s'assit par terre pour retirer ses bottes.

— Que faites-vous ?

La voix d'Isabella qui venait de s'élever dans le noir était aussi sèche que la question.

— Je retire mes bottes.

— Vous feriez mieux d'aller faire cela dans votre chambre.

Il laissa tomber sa première botte à terre. Trop fatigué pour se lancer dans une longue argumentation, il repartit seulement :

— Auriez-vous oublié que je suis dans ma chambre ?

Quand sa seconde botte rejoignit la première, Isabella se tourna sur le côté pour le considérer, les sourcils froncés, à la faible lueur du brasero.

— Vous n'allez pas…

Sans lui accorder un regard, il se leva, se débarrassa de sa tunique en la faisant passer d'un seul geste par-dessus sa tête et la laissa tomber sur le sol.

— Rendormez-vous, maintenant.

Elle se redressa et s'assit.

— Impossible. Pas dans ce lit, en tout cas.

— Je ne suis pas d'humeur à entamer une nouvelle discussion avec vous sur ce sujet. Rendormez-vous, un point c'est tout.

Sur cet ordre, il finit de se déshabiller.

Sans un mot, Isabella se leva, retira une couverture du lit et alla la poser sur une chaise près du brasero.

Il la regarda faire, les dents serrées. S'il ne réglait pas le problème tout de suite, il ne trouverait jamais le sommeil.

Une seconde plus tard, il était près d'elle.

— Pas question que vous dormiez ici.

— Ni que je dorme avec vous, rétorqua-t-elle.

Ses yeux s'écarquillèrent d'un coup lorsqu'elle réalisa qu'il était complètement dévêtu.

— Mais vous êtes… nu !

En moins de temps qu'il n'en faut pour le dire, Richard lui retira sa chemise.

— Vous aussi, maintenant.

Puis il la souleva dans ses bras et alla vers le lit.

— Lâchez-moi ! s'écria-t-elle.

— Volontiers, répondit-il en la laissant tomber sur le matelas.

Un instant plus tard, il était couché, la prenait contre lui et remontait les couvertures sur eux.

Il ne fut pas certain de ce qui le frappa en premier, de la chaleur de son corps ou de la douceur de sa peau. Peu importait la réponse. La combinaison l'enivrait comme un alcool.

— Laissez-moi, Dunstan.

Sa voix était basse et contenait un avertissement. Un avertissement non formulé qu'il décida de toute façon d'ignorer.

— *Richard…*, lui murmura-t-il à l'oreille, pas Dunstan.

— Laissez-moi, Richard.

Malheureusement pour elle, sa correction ne changea rien à l'humeur de son ravisseur. Il n'était pas encore décidé à la lâcher. Un bras lui ceignant toujours la taille, il lui souleva le menton de l'autre main et nicha confortablement sa tête dans son cou en poussant un petit soupir.

Elle essaya de se dégager, sans succès.

— Vous avez bu, je suppose…

— Non. Pourquoi ?

— Parce que, à l'évidence, vous me confondez avec l'une de vos catins.

— Mes catins ?

Il éclata de rire.

— Je crains que vous fassiez erreur, ma chère épouse. Je ne fréquente aucune prostituée. Mais…

Sans terminer sa phrase, il lui effleura l'épaule de ses lèvres. Elles étaient douces. Elle frissonna, bien malgré elle, car elle aurait donné n'importe quoi pour avoir envie de se rebeller. Malheureusement…

— Sachez que je n'ai aucune envie de vous servir de catin, insista-t-elle.

Il cala encore mieux sa tête dans le creux de son épaule.

— Tant mieux car je n'en ai pas envie non plus.

Un silence suivit sa déclaration. Elle hésita un peu, puis demanda :

— Vous ne me désirez donc pas ?

A peine avait-elle posé sa question qu'elle se mordit la lèvre. Etait-elle devenue folle ? Son but n'était-il pas uniquement de passer cet hiver inévitable sur l'île en évitant à tout prix d'éveiller les ardeurs de Richard ? Avait-elle oublié que c'était la seule façon de pouvoir obtenir, plus tard, l'annulation de son mariage ?

— Vous me demandez si je vous désire ?

Sa voix était si profonde qu'elle lui coupa presque le souffle.

— Pas un seul homme doté ne serait-ce que d'une moitié de cerveau ne vous désirerait.

Elle retint un soupir de soulagement. La réponse était claire et la rassurait. Elle s'était trompée. A aucun moment, Richard ne l'avait désirée.

C'est alors qu'il ajouta :

— Je vous désire plus que vous ne pouvez l'imaginer.

Cette fois, elle ne comprenait plus. Qu'est-ce que tout cela signifiait ? Qu'elle se trouvait donc en danger ?

Le petit rire de Richard, porté par son souffle chaud, se perdit au creux de son épaule.

— Soyez tranquille, ma chère. Pour cette nuit du moins, vous ne craignez rien.

Elle se détendit légèrement, mais resta vigilante. Malgré ses yeux qui la piquaient et ses paupières lourdes de fatigue, elle luttait contre le sommeil de peur qu'il change d'avis. Que ferait-elle, dans ce cas ? Même en se défendant de toutes ses forces, elle ne serait pas de taille et ne parviendrait jamais à l'arrêter. De plus, compte tenu des étranges sensations qui lui parcouraient le corps, elle n'était pas du tout sûre d'avoir envie de lui résister longtemps.

Pourquoi le contact du bras qu'il avait refermé sur elle lui paraissait-il aussi agréable ? Pourquoi son souffle chaud dans son cou lui donnait-il envie de se laisser aller ? Les deux nuits qu'elle avait passées dans ce lit avaient été si glaciales qu'elle s'était endormie en tremblant de froid. Ce soir, en revanche, la chaleur de Dunstan l'enveloppait, et c'était une véritable merveille.

Il remua légèrement, l'extirpant de son demi-sommeil, la ramenant à sa vigilance et à ses craintes. Lorsqu'il bougea le bras pour lui soulever le menton, elle retint son souffle.

— Un simple baiser pour vous souhaiter bonne nuit, Isabella. C'est tout.

Ses lèvres rencontrèrent furtivement les siennes, puis il reprit sa position initiale.

— Dormez, à présent.

Avant de pouvoir comprendre pourquoi elle trouvait son baiser aussi… insuffisant, elle entendit sa respiration s'élever, profonde et régulière, dans le silence de la chambre. Elle en fut stupéfaite. Peut-être, finalement, avait-il dit la vérité et ne risquait-elle rien.

Malheureusement, son sommeil s'était enfui et, bientôt, elle se mit à frissonner de froid car Dunstan venait d'accaparer les couvertures et de s'enrouler dedans, lui laissant à peine de quoi se couvrir. Sa chemise se trouvait par terre, à l'autre bout de la chambre, et la couverture qu'elle avait ôtée du lit, était toujours posée sur la chaise.

Se lever pour aller les récupérer semblait pour le moins aventureux. Si elle le faisait, elle risquait fort de le réveiller.

Le petit coup de coude qu'elle lui donna et grâce auquel elle pensait pouvoir récupérer sa part de couvertures resta totalement sans effet. A l'évidence, à moins de le faire tomber du lit, jamais elle n'y parviendrait. Ce n'était pas l'envie qui lui en manquait mais, d'une part, le résultat était trop incertain et, d'autre part, sa fatigue n'était pas feinte. Il était manifestement épuisé. Pas d'avoir trop bu et passé les deux dernières nuits avec des prostituées. Elle ne le pensait pas du tout et ne l'avait dit que dans le but de le mettre assez en colère pour qu'il s'en aille.

Malheureusement pour elle, il s'était habitué à ses provocations et n'y réagissait plus de manière aussi radicale qu'au début.

S'il avait, comme il lui semblait, une quelconque ressemblance avec son père et son frère, il avait dû passer ces deux jours à inventorier et inspecter sa flotte. Et cette tâche gigantesque ne lui avait pas laissé la moindre énergie pour regagner, la veille au soir, son château. Elle se rappela d'ailleurs avoir aperçu une planche équipée d'un matelas de fortune dans l'un des entrepôts. Sans parler de sa blessure à l'épaule.

Oui, il avait vraiment besoin de repos.

Pour elle, dans le même temps, c'était l'assurance de pouvoir dormir tranquille sans avoir à s'inquiéter de ses agissements possibles.

Confier Dunstan à ses rêves… Quelle bonne idée !

Un petit sourire étira ses lèvres, puis disparut. Si ce problème était réglé, il en demeurait un autre, de taille, à régler au plus vite : comment ne pas mourir de froid dans les minutes qui allaient suivre ?

Les sourcils froncés, elle regarda Dunstan à la lueur rougeoyante du brasero. Il fallait tenter le tout pour le tout. En le dérangeant dans son sommeil, mais sans le réveiller, il se retournerait et elle en profiterait pour récupérer sa part de couvertures.

Un, deux, trois… Elle lui poussa les épaules et guetta sa réaction, prête à saisir les couvertures.

Hélas ! contrairement à son attente, le dormeur ne bougea pas. Il ne grogna même pas. Sa respiration se fit encore plus profonde.

Elle ne se découragea pas. Puisque le coup ne l'avait pas fait réagir, il ne sentirait strictement rien si elle s'approchait pour profiter des couvertures. En un clin d'œil, elle se pelotonna contre lui et rabattit les couvertures sur elle.

La seconde suivante, il roula sur le dos et referma un bras sur elle. Sa tentative pour le repousser eut l'effet inverse de celui recherché ; il la serra encore plus fort.

— Laissez-moi !

Avec un doux petit grognement, il referma son autre bras, et elle le sentit poser la main sur sa hanche.

Enfin, sa voix s'éleva, rendue plus profonde encore par le demi-sommeil.

— Vous avez tiré sur les couvertures, vous m'avez donné un coup et, maintenant, vous cherchez à vous réchauffer contre moi. Cela signifie sans aucun doute que vous deviez avoir très froid et que vous ne me craigniez pas car vous me saviez très fatigué.

Tout cela était juste.

— A présent, poursuivit-il, vous avez moins froid mais vous m'avez réveillé. Quant à moi, j'ai l'impression que je n'arriverai jamais à me reposer…

— Je pensais que vous dormiez.

— C'était le cas. Jusqu'à ce que vous me réveilliez.

Sa voix était rauque de fatigue, son étreinte chaude sans être agressive. Elle sentit son cœur partir au galop.

— Si vous dormiez, s'enquit-elle, comment savez-vous ce que j'ai fait ?

— Hmmm ?

Elle ouvrit la bouche pour répéter sa question mais se ravisa. A quoi bon le réveiller davantage ? N'était-elle pas réchauffée, à présent ?

Malgré son cœur qui s'accélérait follement chaque fois qu'il bougeait un peu, elle se serra encore un peu plus contre lui.

— S'il vous plaît, Isabella, arrêtez…

Son murmure avait été presque inaudible.

Elle s'immobilisa et ferma les yeux.

Chapitre 11

Richard ouvrit doucement les yeux mais les referma très vite tant sa tête cognait. Il bougea un peu. Ses membres étaient raides et ankylosés. Que s'était-il donc passé pendant la nuit pour qu'il ait aussi mal à son réveil ?

La porte s'ouvrit.

— Ah ! Te voilà quand même réveillé !

Il se contenta d'une petite grimace en guise de réponse à l'énergique salut de Hattie.

— Où est ma femme ?

Elle hocha la tête avant de répondre.

— Lady Isabella s'est affairée presque toute la journée.

— Presque toute la journée ?

Il s'assit lentement en bâillant.

— Quelle heure est-il donc ?

— Les vêpres viennent de sonner.

Les vêpres ? Il allait donc bientôt faire nuit !

Il s'étira. Pas étonnant qu'il ait mal partout.

— Combien d'heures ai-je dormi ? Pourquoi personne ne m'a réveillé ?

— Lady Isabella a tenté de le faire à deux reprises. Après quoi elle a donné l'ordre de te laisser dormir.

— Elle a quoi ?

Ils s'étaient épousés depuis moins d'une semaine, n'étaient même pas vraiment mari et femme, et elle se permettait de prendre des décisions le concernant ?

Il savait sa colère non fondée, sans objet véritable, mais cela ne changeait rien au fait qu'il se sentait offensé.

— Où est-elle ?

Hattie se redressa avec l'air de tomber des nues.

— Où est qui ?

Parce qu'il était évident qu'elle faisait exprès de ne pas comprendre, il la regarda bien en face.

— Où est Isabella ?

— En bas.

Sur cette réponse, elle ramassa avec ostentation, et du bout des doigts, ses vêtements qu'il avait abandonnés la veille sur le sol et les lui lança.

— Elle dirige le nettoyage des pièces de vie du château, ajouta-t-elle.

Evidemment... Il lui avait fait savoir que la tenue du château ne la regardait pas, et elle faisait tout son possible pour prouver le contraire. Pour le contrarier, cela allait sans dire.

Il se jeta sur ses vêtements.

— Voudras-tu manger quelque chose avant d'aller lui faire ta scène, ou préfères-tu descendre rouspéter directement ?

— Pourquoi mangerais-je maintenant alors que le repas du soir sera bientôt servi ?

— Je songeais davantage à apaiser ta mauvaise humeur qu'à remplir ton estomac.

Avant qu'il ait eu le temps de répondre, Hattie quitta la chambre. Il soupira. C'était vrai qu'il était de mauvaise humeur, et même plus que cela.

Pour être franc, il se sentait aussi méchant qu'un taureau enragé. Juste parce que sa femme l'avait laissé dormir ?

Il s'assit sur le bord du lit. Allons... Cela sonnait tellement faux que lui-même ne pouvait y croire.

Mais il était le lord du château et, après tout, il pouvait bien se réveiller de méchante humeur tous les matins s'il le voulait, personne n'était autorisé à y redire.

En même temps, trouver une raison valable à sa mauvaise humeur et à son agressivité le rassurerait sur son équilibre mental.

Il donna une petite tape sur son lit et se leva lourdement. Dieu du ciel ! Il était incapable de réfléchir et sentait qu'il tournait en rond.

D'un geste qui lui était habituel, il ajusta son baudrier, attrapa son épée… et s'immobilisa. L'instant d'après, il lançait ceinturon, fourreau et épée sur le lit avant de traverser la chambre en quatre enjambées. Finalement, manger quelque chose n'était pas une si mauvaise idée.

Sur la table, Hattie avait disposé du pain, du fromage, des pommes et un pichet d'eau.

La vieille nappe était immaculée. Il regarda autour de lui. « Elle dirige le nettoyage des pièces de vie du château », avait dit Hattie à propos d'Isabella. Il s'agissait bien de cela ! Cette chambre avait été récurée du sol au plafond. Jamais il ne l'avait vue aussi reluisante, sauf dans ses souvenirs de jeune garçon.

Des années de crasse et de suie avaient disparu des murs qui avaient été passés à la chaux. La literie et le linge étaient d'une propreté saisissante. Un coup d'œil par-dessus son épaule lui apprit que même l'antique tapisserie suspendue au mur de l'alcôve était revenue à la vie. L'étoffe avait retrouvé ses belles couleurs, au point qu'il redécouvrait les détails de la scène de chasse qu'elle représentait.

Il écrasa exprès du pied les joncs et les herbes répandus sur le sol. Une délicieuse odeur de lavande et de romarin monta vers lui. Frottées et huilées, les lames du plancher luisaient.

Un tour complet de la pièce lui révéla d'autres changements. Le matelas avait été rembourré et le couvre-lit lavé. Quant aux peaux recouvrant les fenêtres, elles étaient tout simplement neuves, exemptes des déchirures et des craquelures qui défiguraient les anciennes. Les linges recouvrant les petites tables en bord de lit montraient les mêmes signes d'un tout récent lavage. Les bougies des chandeliers étaient en cire d'abeille et non plus en suif. S'il avait fait un peu attention la veille, il l'aurait tout de suite remarqué car l'écœurante odeur que dispensait jusqu'à hier la graisse d'animal en se consumant avait disparu.

Dans un recoin près de l'alcôve se trouvait maintenant un coffre à habits surmonté d'une rangée de crochets. Son manteau était suspendu à l'un d'eux. Il glissa sa main dans la capuche. La douceur de la fourrure lui fit comprendre que son vêtement aussi avait été soumis à un nettoyage très rigoureux.

Il ouvrit le coffre. Ses habits s'y trouvaient. Tous avaient été lavés, séchés, pliés et rangés avec soin. Des sachets de bois de santal et de cèdre, répartis entre eux, éloigneraient les mites tout en imprégnant les vêtements d'une agréable senteur.

Le couvercle du coffre retomba avec un bruit sourd. Isabella avait en effet eu de quoi être très occupée depuis trois jours. En même temps, elle ne pouvait avoir fait tout cela seule. A l'évidence, on l'avait aidée. Et il doutait qu'une aide aussi importante ait pu lui être apportée uniquement par les quelques servantes qu'il avait mises à son service.

Cela signifiait donc qu'elle avait non seulement tout organisé, mais aussi donné des ordres aux hommes qu'il avait affectés au service du château.

Il en était à ce stade de ses réflexions quand la porte de la chambre s'ouvrit.

En apercevant son lord, le charpentier s'immobilisa sur le seuil, ôta son bonnet et le fit tourner avec embarras entre ses mains.

— Pardonnez-moi, lord Richard, je ne savais pas que vous étiez là. Je reviendrai plus tard.

— Que voulez-vous ?

— La lady m'a demandé d'inverser le sens d'ouverture de la porte, mais je peux rev…

— Non, faites votre travail. J'allais partir.

Même si Isabella avait outrepassé les limites, il n'allait pas en discuter avec le charpentier. C'était avec elle qu'il s'arrangerait directement. Son regard bifurqua vers la porte. Cela faisait en effet des années que son sens d'ouverture aurait dû être corrigé.

C'était à cause de lui qu'elle était montée ainsi, et il ne l'oubliait pas. Jeune garçon, en effet, sa mauvaise habitude de s'enfermer dans sa chambre avait plus d'une fois obligé son père à faire démonter la porte pour pouvoir entrer. Jusqu'à la fois de trop où il avait ordonné à ses charpentiers de faire en sorte qu'elle se ferme dorénavant de l'extérieur.

Il se dirigea vers le grand couloir et s'arrêta en bas des marches. Ici, en revanche, rien n'avait changé. Ni les rires bruyants de ses hommes ni leurs exclamations. Elles lui étaient familières, l'amusaient parfois, l'irritaient le plus souvent. Comme aujourd'hui.

Conal, qui le vit tout de suite, s'approcha.

— Je vois que vous vous êtes réveillé juste à temps pour vous restaurer avant d'aller vous recoucher…

Richard n'était pas d'humeur à plaisanter. Il désigna d'un mouvement de tête la petite assemblée de ses hommes en partie éméchés.

— Et moi, je vois que tu as su te rendre utile en mon absence.

— Comme je n'ignore pas le gros travail qui nous attend dans les jours à venir, j'ai pensé que l'on pouvait se reposer un peu aujourd'hui.

— Je vois cela…, repartit-il seulement tout en sachant très bien que, demain, ses hommes seraient trop… fatigués pour se montrer à la hauteur. Où est ma femme ?

— La dernière fois que je l'ai vue, elle allait vers votre nouvelle chambre.

Richard hocha la tête et s'éloigna.

Lorsqu'il arriva devant la porte, il s'arrêta et prit une profonde inspiration, comme pour se préparer à ce qu'il allait découvrir à l'intérieur.

D'après les renseignements qu'il avait glanés en chemin auprès de ses hommes, Isabella avait limité ses velléités de nettoyage aux pièces de vie. En outre, si l'on mettait de côté le fait qu'elle s'en était occupée alors qu'il l'avait clairement priée du contraire, elle n'avait rien fait de répréhensible. Même si son initiative ne lui plaisait pas, elle n'était en rien passible de sanction. En fait, le problème venait plutôt de ce qu'elle avait pris sur elle d'employer les gens qu'il avait à son service sans le consulter.

Il ne voulait pas que les habitants de Dunstan la haïssent, mais il ne voulait pas non plus qu'ils aient trop de contacts avec elle avant sa confrontation avec Warehaven et Glenforde.

Il n'avait pas parcouru tout ce chemin pour rien et n'aurait de cesse d'avoir tué ce gueux de Glenforde de ses propres mains. Chaque fibre de son corps réclamait le sang de cet assassin. Seul son désir de vengeance lui avait permis de se lever chaque matin après le massacre commis dans l'île. Et si le passage du temps semblait avoir un peu étanché cette soif, il ne s'agissait que d'une apparence car, au fond de lui, elle n'avait fait que s'étendre. Jusqu'à devenir le but ultime de son existence.

Lorsque le jour de la confrontation arriverait, il n'hésiterait pas à tuer quiconque se porterait au secours de Glenforde. Voilà ce que risquait le peuple de Dunstan s'il décidait de soutenir Isabella. Car il ne doutait pas une seconde qu'elle supplierait tout le monde autour d'elle d'épargner la vie de l'homme qu'elle avait failli un jour épouser.

Or, si à cause d'une forme de loyauté déplacée, un seul de ses sujets s'avisait de répondre à sa supplique, il l'enverrait immédiatement dans la tombe. Pas un de ceux qui se mettraient en travers de son chemin ne serait épargné. Dans ces conditions, mieux valait pour tout le monde maintenir dès à présent ses distances avec elle.

Il n'allait toutefois pas lui livrer le fruit de ses réflexions, car le risque était trop grand qu'elle l'utilise contre lui. Comment l'en blâmerait-il, d'ailleurs ? Isabella n'était qu'un gage, un pion, une souris prise entre deux chats enragés qui se la disputaient. C'était lui qui l'avait mise dans cette situation, et tous deux le savaient. Comme ils savaient aussi que, tant que cette affaire ne serait pas réglée, elle ne pourrait échapper à son sort. Et ce, quelles que soient sa volonté et sa colère.

Il ouvrit la porte.

Elle était accroupie devant le coffre ouvert et tenait quelque chose entre ses doigts. En approchant d'un pas, il distingua la petite poupée de bois méticuleusement taillée et peinte de ses propres mains.

Son cœur s'arrêta de battre tandis que sa mémoire remontait le temps à la vitesse de l'éclair jusqu'au moment fatal. Il eut alors devant ses yeux une boucle de cheveux soyeux contre une joue blême, un visage incliné de manière étrange, avec du sang séché à la commissure des lèvres. Les yeux de la petite étaient grands ouverts sur le vide. La poupée qui ne la quittait jamais gisait à terre, juste à portée de sa main, comme si, au moment de mourir, elle avait voulu la saisir une dernière fois. Mais cet ultime réconfort lui avait été impossible.

— Non !

Sans prévenir, il se précipita vers Isabella et lui arracha la poupée de bois des mains. Les siennes tremblaient tandis qu'il saisissait le tissu qui l'avait enveloppée et le refermait autour d'elle. Il la replaça dans son écrin de fourrure au fond du coffre et rabattit brutalement le couvercle.

Son regard se posa ensuite sur Isabella, mais il parvenait à peine à la voir tant la colère et la souffrance lui brouillaient la vue.

— Ne touchez plus jamais à ce coffre ! Jamais !

Le visage de Richard était si révulsé que les questions qu'Isabella voulut poser ne purent franchir ses lèvres. Elle se releva et recula en titubant, loin de cette fureur inexplicable soudain dirigée contre elle... pour trébucher et tomber assise sur une pile de vêtements qu'elle venait de sortir du coffre. Comme il approchait, elle secoua la tête.

— Je suis désolée, Richard. Je suis désolée.

Il ne changea absolument pas d'expression. La voyait-il, au moins ? C'était à se le demander tant il semblait regarder à travers elle comme s'il était ailleurs, comme s'il voyait quelqu'un d'autre.

Elle resta où elle était sans bouger et ferma les yeux.

— Comment osez-vous toucher à ses affaires ? s'exclama-t-il en la saisissant par sa robe pour la relever. La fiancée de Glenforde ne salira pas sa mémoire. Je vous aurai vue morte avant !

Sa menace, proférée entre ses mâchoires serrées, lui coupa le souffle.

Elle réfléchit très vite et se dit qu'elle pouvait manifester peur et soumission, mais comment réagirait-il ? Soit cette attitude le désarmerait, soit elle décuplerait sa rage.

Comme elle n'était pas prête du tout à mourir, elle préféra jouer son va-tout.

En un clin d'œil, elle lui passa les bras autour du cou et se plaqua à lui de toutes ses forces. Sa réaction pouvait paraître insensée mais, dotée d'une sœur et d'un frère avec qui elle s'était souvent chamaillée, elle avait appris à se protéger de toutes les façons possibles. Si Richard avait l'intention de la battre parce qu'elle avait touché à ses affaires, il aurait beaucoup plus de mal à le faire si elle était accrochée à lui.

A sa grande surprise, au lieu de la repousser, il la serra contre lui et enfouit la tête dans son cou.

— Pardonnez-moi, je…

Sa phrase mourut sur ses lèvres tandis qu'il la relâchait. Elle desserra alors son étreinte et alla se mettre prudemment hors d'atteinte.

— Vous êtes épuisé, Richard, dit-elle, exprimant la première idée qui lui était passée par la tête.

Puis elle indiqua le lit d'un geste de la main.

— Vous devriez vous reposer un peu.

Le silence qui accueillit sa proposition l'inquiéta. Il paraissait de plus en plus hébété, et elle craignait de le voir tomber d'une seconde à l'autre comme une masse. En même temps, elle ne pouvait prendre le risque de l'approcher de trop près.

Avançant malgré tout vers lui avec précaution, elle répéta :

— Accordez-vous un peu de repos. Juste quelques instants.

Il alla jusqu'au lit comme un automate ou comme un homme pris dans les filets d'un terrifiant cauchemar, puis s'y laissa tomber.

Hésitant toujours sur la meilleure conduite à adopter, elle l'observa, de plus en plus inquiète. Son corps était secoué de soubresauts et ses mains, dont il avait recouvert son visage, tremblaient tant qu'elle sentit ses propres craintes s'évanouir.

Ami ou ennemi, l'homme souffrait et avait un besoin urgent d'assistance. Jamais elle n'avait tourné le dos à une personne en danger, et ce n'était pas maintenant qu'elle commencerait.

Elle s'assit sur le bord du lit et posa la main sur son épaule. Comme il ne la repoussait pas, elle se pencha vers lui.

— Reposez-vous à présent, je vous en prie.

Il se tourna lentement vers elle mais n'essaya ni de la toucher ni de l'attirer.

Alors, sans réfléchir plus avant, elle s'étendit et lui entoura la taille de son bras. Il se rapprocha et, cette fois, la serra fort, s'accrochant littéralement à elle comme si elle était la planche de salut qui l'empêcherait de sombrer. Sans s'interdire de lui caresser le dos ni d'enfouir les doigts dans ses cheveux, elle guetta le moment où il cesserait de trembler.

Lorsqu'il se fut un peu détendu, elle se souleva légèrement sur un coude pour lui caresser le front et la joue.

— J'ai beau vous haïr, Richard, pour ce que vous m'avez fait et forcée à faire, j'ai beau me dire que je devrais vous faire payer tout cela, je sais que je ne pourrai jamais vous nuire volontairement. Jamais. Alors, je vous en prie, dites-moi ce que j'ai fait pour que cela vous fasse tant souffrir. Afin que cela ne se reproduise plus jamais.

Il frissonna, glissa la main sous sa nuque et l'embrassa dans le cou. Elle sentit sa cuisse se faire plus lourde sur sa jambe, son corps plus pesant, et ferma brièvement les yeux avec l'espoir un peu vain qu'il ne sente pas les battements fous de son cœur.

— Vous ne pouviez pas savoir.

Cette réponse résonna à ses oreilles. Que ne savait-elle pas ? Bien sûr, le coffre…

— A qui appartenait la poupée ?

— A Lisette.

— Qui est Lisette ?

— Ma fille.

Elle resta sans voix. Quelques jours plus tôt, il avait accusé Glenforde d'avoir tué une enfant et elle ne l'avait pas cru. Son estomac se noua. Il n'avait donc pas inventé cette histoire tragique dans le but de lui faire peur… Déterminée à comprendre ce qui s'était passé, elle répéta :

— Votre fille ?

— Oui.

Comme elle lui posait doucement la main sur la joue, il recula légèrement la tête pour échapper à son contact. Mais elle avait eu le temps de sentir qu'elle était mouillée de larmes.

Elle retint sa respiration. Il n'était pas homme à pleurer sur un événement mineur ou imaginaire. Tout ce qu'il disait était donc vrai et, compte tenu des circonstances, il répondait du mieux qu'il pouvait à ses interrogations.

Toujours hésitante et parce qu'elle était presque certaine de connaître la réponse à la question qui la taraudait, elle choisit le chemin le plus direct.

— Qu'est-il arrivé à Lisette, Richard ?

Les doigts qui lui effleuraient le cou s'immobilisèrent, et le bras qui l'entourait se crispa.

— L'homme qui devait devenir votre mari l'a tuée.

Elle se figea, avec l'impression qu'on venait de lui jeter un seau d'eau glacée. Il ne lui racontait pas d'histoires, c'était évident.

— Pourquoi ? Pourquoi aurait-il fait quelque chose d'aussi monstrueux ?

— Ne pensez-vous pas que je me suis posé la même question ?

Il voulut se lever, mais elle resserra son étreinte.

— Non… restez. Parlez-moi. Aidez-moi à comprendre.

En réalité, cette histoire n'était pas la sienne mais elle la concernait à cause de Glenforde. Et elle rongeait Richard, l'empoisonnait. C'était pour essayer d'extirper ce poison qu'elle voulait évoquer avec lui ce qui s'était passé.

— A quoi bon ? répondit-il d'un ton las. Cela ne changera rien.

Il avait raison, cela ne changerait rien. Sa fille ne reviendrait pas à la vie tandis que, de son côté, elle resterait consignée sur l'île de Dunstan dans le seul but d'y attirer Glenforde.

Que deviendrait-elle ensuite ? Personne ne pouvait le prédire mais, en cet instant précis, le moindre échange sur cette sinistre affaire aiderait Richard à la lui faire paraître un peu moins insupportable. De plus, s'il était comme tous les hommes qu'elle connaissait, son envie présente de s'épancher ne durerait pas longtemps. Elle avait donc intérêt à saisir l'occasion, même si le sujet était extrêmement pénible.

— Cela ne changera en effet rien. Mais cet événement grave fait partie de votre vie, et vous êtes mon mari. Or, je veux en savoir plus sur l'homme que j'ai épousé.

Il s'écarta légèrement, sans toutefois rompre le contact.

— Tout est ma faute.

Elle se sentit tout à coup mal à l'aise. Plus qu'elle ne l'avait été depuis le début de la conversation.

— Que voulez-vous dire ?

— Je n'étais pas là pour la protéger.

Elle retint un soupir. Encore un homme qui aurait voulu être un dieu !

— Vous ne pouvez être à plusieurs endroits à la fois. Quand vous êtes sur l'un de vos navires, par exemple, comment pourriez-vous intervenir s'il se passe quelque chose sur un autre ou sur votre île ? Oui, à moins d'être doué de pouvoirs extraordinaires, vous ne pouvez vous trouver partout.

— Sans doute, répliqua-t-il d'un air entêté. Mais j'aurais quand même dû me trouver auprès d'elle.

— Voulez-vous dire que vous saviez que cela allait arriver ? demanda-t-elle.

Elle n'ignorait pas qu'elle risquait à tout moment de franchir une ligne invisible qui le ferait basculer de la confiance à la méfiance et le mettrait de nouveau sur la défensive.

— Non.

Sa voix était devenue un peu moins mécanique.

— Si j'avais imaginé cela, même un seul instant, je me serais évidemment trouvé sur place. Rien, alors, ne serait advenu.

— Peut-être que si… Et que vous seriez mort aussi. Glenforde semble être une vraie brute.

— Parce que vous croyez qu'il aurait pu me battre ?

Le processus s'enclenchait. Il se mettait de nouveau sur la défensive. Comme elle désirait sincèrement connaître le fin mot de l'histoire, elle tenta de le calmer.

— Dieu du ciel, non ! Je dis simplement que Glenforde est un lâche qui dore son image à bon compte en infligeant de mauvais traitements à ceux qu'il considère comme ses inférieurs.

— Il a, en effet, su le prouver.

— Qu'a-t-il fait ? A-t-il attaqué votre île en profitant de votre absence ?

Comme Richard ne répondait pas, elle reprit :

— Si vous ne me dites rien, je serai obligée d'imaginer la situation, et…

Il souffla durement contre son cou.

— Il a accosté dans la crique au lieu d'accoster dans le port. Nul étranger à l'île n'avait encore jeté l'ancre à cet endroit tant il est peu sûr. Cela veut dire que quelqu'un, à Dunstan, qui connaît les marées et les courants, lui a expliqué à quel moment il pouvait s'amarrer, où, comment et combien de temps il pouvait laisser son navire sans le mettre en danger d'être entraîné par les flots.

— La crique n'est pas surveillée ?

— Bien sûr que si.

— Mais alors…

— Comment il a réussi à accéder à la crique ? C'est ce que je me demande depuis tout ce temps et que je n'ai pas pu découvrir. Tout ce que je sais, c'est qu'il a atteint son but et que quatre sentinelles ont été tuées sans avoir eu la possibilité de donner l'alerte. Il a pu commettre ses crimes et repartir. Cela aussi prouve, de manière irréfutable, qu'il a reçu l'aide d'un insulaire. La cinquième sentinelle a vécu assez longtemps pour dire qu'il s'agissait du navire de Glenforde. C'est tout.

— N'a-t-il pas pu d'abord accoster dans le port pour débarquer un ou deux de ses marins avant d'aborder la crique et d'attendre un signal ?

— Il aurait pu, en effet, mais il ne l'a pas fait. Le capitaine du port n'a relevé aucune trace de l'entrée de son navire.

Les Dunstan étaient marins depuis plus longtemps encore que les Warehaven, aussi Isabella était-elle sûre que Richard ne mettait aux postes importants que des hommes parfaitement compétents et dignes de confiance. Néanmoins, pour s'assurer qu'il avait bien considéré toutes les possibilités, elle demanda :

— Vous avez toute confiance en cet homme, le capitaine du port ?

— Oui. Sans aucune restriction.

— Dans ce cas, vous avez raison. Glenforde a bénéficié d'une aide provenant de l'intérieur. Mais comment a-t-il pu arriver jusqu'à votre fille ? Vous ne l'aviez sûrement pas laissée seule ! Sans doute se trouvait-elle avec sa nourrice…

— Cette espèce de catin est allée le retrouver dans une dépendance. Et elle a emmené Lisette avec elle.

— La nourrice a fait cela ?

— Non. Ma catin de femme.

Le souffle coupé, elle resta un moment incapable de proférer le moindre son.

Elle recouvra l'usage de la parole en même temps qu'elle se remit à respirer.

— Et… où est votre femme ?

— Glenforde lui a tranché la gorge.

La réponse, aussi brève que sèche, lui glaça le sang. Si Glenforde avait traité la femme de Richard et sa fille avec une telle cruauté — et elle n'avait plus de raison d'en douter —, quel avenir cela lui réservait-il ? Elle n'ignorait pas qu'elle avait été amenée jusqu'ici pour servir d'appât. Ce n'était pas un secret. Mais ensuite ? Quel sort lui serait réservé ? Entre quelles nouvelles mains tomberait-elle ? A cela, elle n'avait pas encore songé.

L'instant d'après, l'image de sa sœur lui vint à l'esprit. Dieu du ciel ! Et si Glenforde s'en prenait à elle ? Pour la première fois depuis son enlèvement près des écuries de la forteresse de Warehaven, elle se prit à espérer que Glenforde viendrait bel et bien la chercher… pour recevoir ce qu'il méritait.

Richard mit soudain fin à son étreinte, se leva et se dirigea vers la porte.

— Avez-vous tout ce dont vous avez besoin ? demanda-t-il quand il arriva au milieu de la chambre.

— Oui, oui.

— Bien.

Il reprit son chemin.

— Richard…

Sa main s'immobilisa sur la poignée de la porte, mais il ne se retourna pas.

— … Que vais-je devenir une fois que Glenforde aura payé pour ses crimes ?

— Je ne sais pas.

Et il quitta la chambre.

Le regard d'Isabella resta fixé sur le battant qu'il avait refermé. Le brusque départ de Richard et son changement d'attitude plus brusque encore la troublaient davantage que la colère qu'il avait manifestée contre elle au départ. Et comme elle ne l'estimait pas versatile au point de passer ainsi d'une humeur à l'autre, elle en déduisit que, après l'assassinat de sa famille, trop occupé à préparer sa vengeance, il n'avait pas pris le temps d'en faire le deuil ni de laisser sa douleur s'épancher comme il l'aurait fallu.

A part celui de ses grands-parents, elle n'avait pas connu de décès au sein de sa famille, mais elle se souvenait encore de sa réaction à la disparition de sa grand-mère maternelle. La tristesse s'était abattue sur elle avec une telle violence qu'elle en avait été malade pendant plusieurs jours. Et puis le temps avait fait son œuvre et déposé son baume sur sa douleur jusqu'à ce qu'elle parvienne à songer à son aïeule sans avoir l'impression qu'on lui déchirait le cœur. Mais voilà que tout lui revenait à la mémoire avec une terrible violence.

Elle se rappela aussi la terrible douleur de sa mère qui avait mis encore plus de temps que la sienne à s'effacer.

A l'inverse, quand le roi Henry — son grand-père — était mort, son père avait passé une nuit à le pleurer puis, tout en restant triste pendant plusieurs semaines, n'avait plus manifesté son chagrin de manière voyante.

Et Richard ? Avait-il au moins pris une nuit pour s'abandonner à sa peine ? Elle ne le pensait pas. S'il l'avait fait, il ne serait probablement pas victime de crises aussi violentes. Personne ne pouvait lui reprocher son attitude, inévitable compte tenu des circonstances, mais ses conséquences influaient de toute évidence beaucoup sur son caractère.

Elle n'avait pas trop de mal à ignorer ses colères quotidiennes et ses grognements. Ils lui évoquaient tout simplement son frère quand l'envie lui prenait de rappeler son rang avec une inutile ostentation. Dans ces cas-là, elle cessait tout simplement de le fréquenter et faisait comme s'il n'était pas là.

Mais l'échange qu'elle venait d'avoir avec Richard l'avait tant bouleversée, mise en contact avec de telles horreurs qu'elle voyait à présent plus clair en lui. Cet homme avait besoin de dépasser son cauchemar et son désir de vengeance. S'il continuait à en faire son seul point de mire et sa ligne d'horizon, il deviendrait fou.

Mais comment pourrait-elle l'aider sans qu'il devine ce qu'elle faisait ?

Et pourquoi l'aiderait-elle ?

Elle haussa les épaules. Impossible de savoir ce qu'il allait advenir de sa personne. Même si elle se languissait de rentrer à Warehaven et d'oublier l'enlèvement et le mariage forcé dont elle avait été victime, il était possible que son père, dès qu'il la saurait mariée à Richard, la prie de rester sur l'île de Dunstan.

Elle se leva presque d'un bond et frissonna longuement. Même si, compte tenu de l'intelligence de ses parents, une telle réaction de leur part était peu probable, elle n'était toutefois pas totalement exclue.

Le moment de se poser cette question n'était pas encore venu et, quoi qu'il arrive, il fallait savoir se raisonner un peu. Après tout, la plupart des couples avaient été un jour obligés de se marier sans se connaître ou presque, et avaient certainement trouvé difficile de s'entendre. D'après les révélations de sa tante, par exemple, elle savait qu'il avait fallu des mois à sa mère et à son père avant de pouvoir demeurer plus de cinq minutes ensemble dans la même pièce sans avoir envie de s'étrangler.

A tout prendre, donc, ne valait-il pas mieux partager l'existence d'un mari qui ne se hérissait pas à sa vue et qu'elle ne trouvait pas repoussant plutôt que celle d'un homme qu'elle aurait détesté à tous les instants ?

Chapitre 12

Richard prit sa place en tête de table et regarda autour de lui. Ses hommes avaient à l'évidence passé leur journée à boire ; ils étaient débraillés, échevelés et criards. En même temps, ils semblaient tous attendre quelque chose.

Mais quoi ?

Il se pencha vers Conal sans le regarder, avec un mouvement du menton vers ses hommes.

— Qu'attendent-ils donc ? Je n'ai pas connaissance que nous ayons un invité, aujourd'hui…

— Je pense qu'ils attendent lady Isabella.

Cette fois, Richard tourna la tête vers lui.

— Quoi ?

— Je ne vois pas d'autre explication, dit Conal.

Il poursuivit avec un haussement d'épaules.

— Ils ont agi à peu près de même au repas précédent auquel vous n'avez pas assisté.

— Que veux-tu dire ?

— Qu'ils ont attendu qu'elle arrive et soit assise pour commencer à manger.

Richard resta coi. Jamais il n'avait vu ses hommes adopter d'eux-mêmes une conduite aussi…

— Aimable comportement de la part de soudards ! s'exclama à cet instant Hattie en posant un pichet entre les deux hommes.

Aimable comportement… Jamais il n'avait été prévu que les choses se passeraient ainsi. Tout devait demeurer comme avant !

Il retint un juron. C'était justement pour aborder le sujet qu'il était allé voir Isabella à l'appartement. Mais, en la trouvant avec la poupée de Lisette entre les mains, une émotion si forte l'avait submergé qu'il en avait oublié la raison de sa venue et était reparti sans avoir entamé la discussion.

Conal et lui tendirent leur gobelet à Hattie en même temps pour qu'elle le remplisse, puis le portèrent à leurs lèvres.

— Qu'est-ce que c'est que ça ? s'exclama aussitôt Richard en faisant la grimace tandis que Conal claquait la langue avec dégoût.

Isabella, qui venait d'arriver, prit tranquillement place à côté de son mari.

— Quoi, ça ?

— Ce… breuvage, répondit-il en lui plaçant sa timbale sous le nez.

— De l'eau, on dirait…

Ce disant, elle utilisa le rince-doigts disposé au milieu de la table et s'enquit tout en se séchant les mains :

— Pensez-vous que quelqu'un, ici, ait besoin de plus de vin ou de bière ?

— Oui !

— Songez-vous à vous ou à… quelqu'un d'autre ?

Il plissa les yeux. Elle faisait tout pour lui compliquer la tâche. Cela se voyait à l'expression de son visage et à la lueur infernale qui dansait au fond de son regard noisette.

Elle voulait s'amuser à ses dépens ? Eh bien, qu'à cela ne tienne. Mais il allait le lui faire payer.

— Ai-je le droit de boire du vin, ma très chère épouse ?

Elle haussa les épaules.

— Il sera fait exactement comme vous l'entendez, milord. Hattie, s'il vous plaît, un peu de vin avec le dîner.

Hattie fit signe aux serviteurs qui attrapèrent chacun un autre pichet et vinrent remplir les verres.

Malgré leur jeunesse et leur manque d'expérience, pas un n'eut de geste maladroit ni ne versa une goutte sur la nappe en servant.

Pas besoin d'aller chercher très loin pour deviner qui les avait pris en main…

— Elle a décidément très bien su s'occuper, lui murmura Conal à l'oreille.

Sans paraître l'entendre, Richard fit signe au serviteur de laisser le pichet de vin devant lui puis déposa une généreuse portion de viande et de légumes sur le tranchoir qu'il partageait avec Isabella. Après quoi il saisit le pichet et remplit leurs gobelets à ras bord.

Il but le contenu du sien d'une seule traite et se resservit tandis qu'Isabella le considérait en silence. Son regard flamboyant aurait pu le consumer sur-le-champ. Il reposa sa timbale.

— Ne craignez rien, ma femme, il m'en faut davantage pour m'enivrer.

— Cessez de m'appeler ainsi.

— Pourquoi ?

Il se pencha vers elle.

— N'êtes-vous pas ma femme ?

— J'ai parfois l'impression d'être plutôt votre prisonnière.

Il accrocha son pied au pied de la chaise sur laquelle elle était assise, et l'attira vers lui.

— Parce que voudriez l'être, Isabella ?

Un frisson la parcourut de la tête aux pieds et ses joues se teintèrent de rose tandis qu'elle le dévisageait, sous le choc.

Secrètement ravi d'avoir pensé à rendre sa voix plus basse pour mieux la troubler, il retint le petit sourire victorieux qui lui venait aux lèvres. Cela avait marché au-delà de ses espérances. Apparemment, elle était incapable de résister à certaines sonorités...

Détournant les yeux, elle les baissa vers la nourriture.

— Non, je ne veux pas être votre prisonnière.

— Dommage.

Il la vit soudain enchaînée à un lit et réclamant désespérément un peu de réconfort.

Aussitôt, il fronça les sourcils. D'où lui venait cette incroyable idée ?

— Je veux rentrer chez moi, dit-elle de son côté, comme si elle voulait fuir ce à quoi il était en train de la soumettre en rêve.

Il se redressa sur son siège pour tenter de chasser son embarrassante vision.

— Vous *êtes* chez vous.

— Ne faites pas celui qui n'a pas compris. Chez moi à Warehaven.

— Cela n'arrivera jamais.

Il lui tendit son gobelet auquel elle n'avait pas touché.

— Buvez. Cela vous aidera peut-être à ne plus bouder.

— Bouder ?

Elle avait élevé la voix. Un étrange silence tomba dans la grande salle.

— Vous devriez crier encore plus fort, on nous entendra mieux.

— Parce que vous ne criez jamais, vous !

— Buvez tout.

Aux tables, les hommes se penchèrent sur leur nourriture.

Quand elle porta son vin à ses lèvres, elle tremblait tant qu'il se demanda si elle n'allait pas en renverser la moitié sur sa robe. Sa robe… Il la regarda mieux. C'était la même que celle qu'elle portait le jour où il l'avait enlevée à Warehaven.

Lorsqu'elle se fut exécutée, il lui remplit de nouveau son gobelet et le lui tendit.

— Non, répondit-elle. Essayez-vous de m'enivrer ?

— Oui.

C'était vrai, mais pas pour les raisons qu'elle supposait.

D'un geste sec, elle reposa le gobelet. Du vin en jaillit et se répandit sur la nappe blanche qu'elle teinta immédiatement de rouge.

— Pourquoi ? Pour profiter de moi ?

Il tendit la main vers elle et lui posa un doigt sur les lèvres.

— Vous avez tout compris ! Evidemment, rien ne me tente plus que d'avoir une relation avec une femme si ivre qu'elle ne se souviendra plus de rien le lendemain. Quelle perspective excitante !

Les yeux d'Isabella s'étrécirent jusqu'à se réduire à deux fentes.

— Vous êtes un vil goujat.

— Et vous, parfois, d'une sottise ! A présent, buvez.

Une fois qu'elle eut fait ce qu'il avait ordonné, il lui glissa une main derrière la nuque et l'attira plus près.

— Croyez-moi, ma femme, la première fois que nous ferons l'amour, vous ne serez sous l'emprise d'aucun alcool, d'aucune potion, et vous vous rappellerez chacune de mes caresses, chacun de mes baisers pendant longtemps.

Isabella le considéra fixement tandis que le choc lui faisait entrouvrir les lèvres exactement comme il s'y attendait. Il les recouvrit aussitôt des siennes, chercha sa langue avec la sienne puis la lâcha aussi vite qu'il l'avait prise et s'écarta.

— Jamais ! s'exclama-t-elle en rougissant.

Il hocha la tête.

— Finalement, cela vaudrait peut-être mieux pour vous.

Comme il portait sa viande à sa bouche, elle le foudroya d'un regard noir.

Il apprécia en silence sa force de caractère. Depuis qu'il avait commencé à la tourmenter, il s'était attendu à la voir fondre en larmes à plusieurs reprises. Larmes de rage et de frustration. Or, elle avait tenu bon. A présent, elle s'efforçait d'avaler quelques bouchées en silence, tout en contenant visiblement à grand-peine sa colère et son énervement.

Il attendit d'avoir lui-même terminé pour désigner d'un mouvement du menton sa portion de viande presque intacte.

— Elle va être froide.

— Je n'ai pas faim.

— Isabella… Votre mère ne vous a-t-elle jamais expliqué qu'il vaut mieux éviter de narguer les gens plus expérimentés ou plus forts que soi ?

— Je ne vous ai pas nargué.

— Vraiment ?

Il pointa son couteau vers la table.

— Dans ce cas, comment appelez-vous cela ?

— Quoi, cela ?

— Je vous avais prévenue que l'organisation de la vie de mon château ne vous regardait pas. Or, nous voilà pourtant attablés à une table fort digne où l'on sert même de l'eau, ce qui, jusqu'à hier, ne s'était jamais produit dans la grande salle.

— Mais…

Il leva la main.

— Je n'ai pas fini. Il y a aussi l'appartement à l'étage. Ai-je rêvé ou n'a-t-il pas été lavé, nettoyé, repeint, et remeublé ?

— Si, mais…

Il leva de nouveau la main. Elle se tut une fois encore.

— Et n'avez-vous pas envoyé un charpentier pour inverser le sens de la porte ?

— Si.

Cette fois, elle ne chercha pas à ajouter quoi que ce soit.

— Pour parvenir à tout cela, il vous a donc fallu donner des directives à mes gens. Ai-je raison ?

— Oui.

— Ce que personne ne vous a autorisé à faire.

— En devenant votre femme, dit-elle, manifestement surprise, ne suis-je pas aussi devenue la châtelaine !

— Non.

Il marqua un silence pour qu'elle s'imprègne de sa réponse avant d'ajouter :

— Pas avant que je l'aie annoncé.

Elle posa les mains sur le bord de la table et commença à repousser sa chaise.

— Avez-vous l'intention de partir, Isabella ? N'auriez-vous rien appris de votre expérience passée ? N'avez-vous pas compris que c'est une mauvaise tactique ?

Devant son air interrogateur, il lui rafraîchit la mémoire par une question.

— N'est-ce pas ainsi que j'ai pu vous capturer ? Parce que vous vous étiez éloignée pour fuir votre entourage ?

Comme elle ne répondait pas, il passa de nouveau son pied derrière le pied de sa chaise pour l'empêcher de reculer davantage.

— Quand vous aurez fait davantage honneur au repas, peut-être vous permettrai-je de quitter la table.

Elle n'aurait pu serrer les mâchoires plus fort, se dit-il sans rien montrer de son admiration devant sa maîtrise de soi.

— Vous êtes un… un…

— Je sais, un vil goujat. Mais cela ne change rien au fait que vous ayez besoin de manger.

— Très bien.

Elle planta alors son couteau dans sa viande avec une telle hargne qu'il remercia le ciel de ne pas se trouver à sa place.

Après deux bouchées elle déclara :

— Ce château est d'une saleté innommable. Il doit être sérieusement nettoyé.

Peut-être, songea-t-il, mais il se moquait que le château soit crasseux. Il se moquait tout autant qu'il soit propre. Cela ne lui importait pas.

— Si vous avez envie de le nettoyer, faites donc.

— Vous avez vous-même reconnu que c'était impossible sans aide.

— Vous pourriez essayer de demander.

Elle écarquilla des yeux surpris.

— Mais... à qui ?

— A moi ! Si vous aviez commencé par me le demander...

— Je pourrai donc employer deux de vos hommes demain pour nettoyer cette grande salle ?

Il soupira.

— Je suis sûr que vous pourriez faire mieux...

Elle serra de nouveau les mâchoires.

— Pourrai-je, s'il vous plaît, employer deux de vos hommes demain ?

— C'est très poliment demandé, mais...

Il posa son couteau et se pencha vers elle pour lui glisser à l'oreille :

— ... j'attendais autre chose. Pourquoi n'exposez-vous pas votre requête avec gentillesse, Isabella ?

— Comment cela, avec gentillesse ?

Il posa un bras sur le dossier de sa chaise et enroula une boucle de ses cheveux autour de ses doigts.

— Essayez de trouver. Je suis sûr que vous pouvez...

Elle garda quelques instants la tête baissée puis la releva, mais pas pour le regarder. Ce fut sur le plafond de la grande salle que ses yeux se posèrent lorsqu'elle demanda :

— Puis-je utiliser quelques hommes à vous demain, Richard ?

Il resta stupéfait. Avait-elle fait exprès de l'imiter ? Quoi qu'il en soit, le résultat était parfait. Même intonation chaude, même façon de baisser la voix d'un ton…

De son index replié, il lui caressa la joue. Cette fois, il la sentit frémir à son contact.

Jouer ainsi avec elle était peut-être cruel mais, partenaire de taille, elle rendait la tentation trop forte. Loin de se répandre en cris ou en pleurs, elle se maîtrisait et savait lui rendre la monnaie de sa pièce.

Oui, les joutes verbales avec cette femme étaient un véritable plaisir, aussi était-ce en partie pour cela qu'il poursuivait son jeu, comme une distraction de fin de journée.

Il ne pouvait nier non plus que voir ses joues rosir avant de finalement s'empourprer était un authentique régal. Sans parler de ses yeux. En cet instant, par exemple, si elle avait daigné le regarder, ses yeux noisette se seraient teintés de cette étrange lueur verte qui apparaissait lorsqu'elle était en colère.

Il se rappela Agnès. Jamais elle n'avait apprécié ses taquineries. Elle tournait les talons dès qu'il s'engageait dans cette voie.

Que faire, à présent ? Isabella attendait sa réponse, mais il ne voulait pas qu'elle se retire déjà.

Alors, il lui caressa de nouveau la joue.

— Vous pourriez aussi essayer de me regarder quand vous me demandez quelque chose…

Elle commença par pincer les lèvres puis, à son grand étonnement, chercha son regard, battit des cils et se pencha vers lui.

— Milord Richard, vous voulez m'amener à quémander, mais la glace aura emprisonné les pieds de Satan avant que je vous supplie de quoi que ce soit.

Le souffle de ses mots, plus murmurés qu'articulés, lui effleura le visage comme la caresse d'une amante. Il sentit son cœur s'affoler, sa stupeur grandir. D'après le demi-sourire qui lui étira les lèvres, ces lèvres dont il aurait facilement pu s'emparer sans presque avoir à bouger, elle savait exactement l'effet qu'elle lui faisait.

Par tous les anges du paradis ! Cette femme apprenait vite. Si vite qu'elle le provoquait à présent aussi bien qu'il le faisait.

A une table, l'un des hommes s'éclaircit la voix. Un autre fit claquer son gobelet en le reposant et, non loin, il entendit un ricanement dont il soupçonna Conal d'être l'auteur.

Pas besoin de tourner la tête pour savoir que tout le monde, dans la grande salle, les regardait et attendait de voir ce qu'il allait faire.

Ce qu'il allait faire ? Il l'ignorait. En revanche, il savait très bien ce qu'il avait envie de faire : la prendre dans ses bras et l'embrasser pour effacer de ses lèvres son petit sourire trop lisse. Sauf qu'un baiser ne lui suffirait pas mais qu'il y avait trop de regards braqués sur eux pour qu'il puisse aller plus loin.

Il pencha la tête en avant jusqu'à toucher son front.

— Vous jouez avec le feu, Isabella.

— C'est vous qui avez commencé.

Sur cette assertion, elle s'écarta.

— Peut-être, mais me défier pourrait se révéler une erreur de votre part.

— L'erreur vous revient aussi. Moi, je ne voulais défier personne.

Comprenant qu'elle ne céderait pas à sa tentative d'intimidation, il recula un peu et la considéra longuement. Son regard se posa sur son nez, descendit vers sa bouche puis vers ses épaules et ses seins avant de remonter vers son beau visage.

— Contrairement à ce que vous croyez, un jour, vous saurez me demander et même me supplier.

Il esquissa un petit sourire.

— Je me demande juste l'effet que cela me fera alors.

Les joues d'Isabella s'empourprèrent. Un petit cri étouffé s'échappa de sa gorge avant qu'elle se lève brusquement et quitte la grande salle sans lui demander la permission.

Il la regarda partir, songeur, mais le rire de ses hommes le fit aussitôt revenir sur terre. Ses joutes avec elle avaient beau lui plaire beaucoup, ce n'était pas une raison pour la laisser le ridiculiser devant ses gens. Il lui emboîta aussitôt le pas et la rejoignit alors qu'elle allait s'engager dans l'escalier. Sans prévenir, il la souleva dans ses bras.

La surprise lui arracha une exclamation étranglée. Elle tenta de se libérer.

— Lâchez-moi !

— Quand je le déciderai, répondit-il en gravissant les marches deux à deux comme si elle ne pesait rien.

Arrivé à l'étage, il poussa la porte du pied, appréciant en silence que son sens d'ouverture ait été inversé.

Il la referma comme il l'avait ouverte et alla jusqu'au lit où il déposa Isabella sans brusquerie. Elle se réfugia immédiatement à l'autre extrémité.

— Sortez !

— Non. Déshabillez-vous.

La seconde suivante, l'épée dont il venait de se débarrasser en la posant sur le lit était sortie de son fourreau et pointée sur lui.

— Je vous jure que je l'utiliserai si vous m'y obligez.

Incapable de croire que sa femme était en train de le menacer avec *son* arme, il la regarda fixement. Mais savait-elle seulement s'en servir ? Il en doutait et s'en assura immédiatement en la lui reprenant des mains. Avant qu'elle ait pu réagir, il l'avait remise dans son fourreau et reposée. Sous le lit et de son côté, cette fois.

— A présent, déshabillez-vous.

Vaincue et désemparée, elle s'assit sur le bord du lit et retira chausses et mules. Puis, avec un regard assassin, elle se glissa sous les couvertures pour ôter sa robe. Quand elle s'en fut débarrassée, elle la jeta à terre.

Pourquoi s'imposait-elle de telles frayeurs ? se demanda-t-il en remplissant de charbon le brasero presque éteint.

Il se déshabilla ensuite et se glissa à son tour sous les couvertures.

Sans lui laisser le temps de dire quoi que ce soit, il la prit dans ses bras.

— Vous êtes glacée.

Elle acquiesça de la tête en silence tandis qu'il s'installait pour qu'elle pose la tête contre son épaule. Elle respirait vite, comme un animal apeuré.

— Vous pouvez vous détendre, Isabella. Je n'ai pas l'intention de vous faire de mal.

— Je sais ce que vous allez faire et si, cela fait mal.

Il cligna les yeux. Lors de sa nuit de noces avec Agnès, il était trop jeune et inexpérimenté pour savoir exactement ce qu'elle ressentait.

Mais la femme qu'il tenait ce soir contre lui était si nerveuse, si novice et si terrorisée qu'il était évident qu'elle n'avait jamais connu d'homme. A ses manières hésitantes, il doutait même qu'elle en ait jamais vraiment embrassé un.

Il l'avait suivie depuis la grande salle pour montrer à tout le monde qui commandait. Mais maintenant qu'elle était dans ses bras et qu'il sentait sa peur, tout ce qu'il voulait était apaiser sa nervosité et faire disparaître son inquiétude.

Il l'embrassa à la racine des cheveux.

— Tout à l'heure, j'aurais dû m'excuser de vous avoir effrayée.

— Et pas maintenant ?

Il sourit de son audace et pressa sa main.

— Devrais-je vraiment m'excuser de vouloir sentir votre fragrance ou la douceur de votre peau ?

— C'est d'être aussi stupide dont vous devriez vous excuser.

Comme il se tournait sur le côté pour la regarder, elle recula au fond du lit, l'air terrorisé. Redoutant qu'elle s'enfuie, il lui passa le bras autour de la taille.

— Détendez-vous, Isabella, répéta-t-il. Je vous l'ai déjà dit, je ne vous ferai pas de mal.

Paupières closes, elle demanda d'une voix étouffée :

— Dans ce cas, pourquoi me regarder ainsi ? Pourquoi m'avoir fait ôter mes vêtements ?

Pour me noyer dans votre innocence.

— Pour mieux savourer votre présence.

Il posa la main sur son ventre et la sentit immédiatement se contracter sous ses doigts. Il prenait garde à ne pas brusquer ses gestes, à ne peser d'aucune manière sur sa chair tendre.

Elle arrêta sa main.

— Je ne pense pas que ce que vous faites en ce moment puisse m'aider à me détendre.

Alors, il entremêla ses doigts aux siens. Ce fut ainsi, la main dans la sienne, qu'il effleura de nouveau son ventre, sa taille.

— Sentez-vous à présent à quel point votre peau est douce ? Sentez-vous, sous vos doigts, la chaleur qu'elle dégage ?

Lorsqu'elle eut fait signe que oui, il conduisit doucement leurs mains toujours jointes sur son propre ventre.

— Sentez-vous la différence entre nos deux peaux ? Alors que la vôtre est douce et souple, la mienne est plus rugueuse. Les muscles dessous sont également plus durs.

— Pas si rugueuse…

Il resta muet.

— … Elle est plus douce que je croyais.

La simplicité de sa réponse le prit de court. A l'évidence, elle était totalement concentrée sur ce qu'il était en train de lui faire découvrir. Il ne put retenir un soupir lorsqu'elle poursuivit seule son exploration. Sa main fine lâcha la sienne et glissa sur son torse. Là, ses doigts tracèrent un mouvement circulaire autour de ses aréoles qui se durcirent. Puis sa main redescendit jusqu'à sa taille.

Il ne fut cependant pas du tout surpris quand elle s'arrêta, chercha de nouveau sa main et enfouit la sienne dessous comme pour la cacher.

Afin de conjurer la peur, il conduisit leurs mains nouées sur son ventre où il traça le même chemin que celui qu'elle avait tracé sur le sien, entre ses côtes puis plus haut vers sa poitrine menue.

Il ferma les yeux. Son désir de libérer sa main pour la poser sur ses seins, en éprouver la forme et la douceur au creux de sa paume était violent, mais il se rappela que, en l'occurrence, il s'agissait de faire ce dont elle avait besoin, et non ce que lui désirait.

Sous sa menée, leurs mains contournèrent ses seins en cercles concentriques. Chaque fois qu'elles s'en rapprochaient, la respiration d'Isabella s'accélérait. Il lui libéra un instant la main pour poser les doigts sur son mamelon et l'effleurer.

— Oh…

Il déglutit, la gorge serrée. Quand avait-il entendu une aussi douce exclamation accueillir l'une de ses caresses ? Jamais.

La surprise et l'émerveillement que traduisait celle d'Isabella fut pour lui d'une grande douceur.

Elle tourna le visage vers lui.

— Est-ce que cela vous a fait autant d'effet, tout à l'heure ?

— Peut-être pas tout à fait, dit-il d'une voix étranglée.

Puis il prit ses lèvres pour arrêter ses questions et la ramener à son propre désir.

Elle entrouvrit les lèvres et cette manière de réagir l'enchanta. Lorsqu'elle gémit légèrement, il éloigna à regret de ses seins leurs mains toujours nouées et les fit glisser sur son buste, sa hanche, sa jambe…

Il approfondit leur baiser en espérant augmenter son émerveillement et sa surprise.

Elle se serra contre lui, au point qu'il sentait maintenant son cœur caracoler contre le sien. Elle semblait si concentrée sur leur baiser qu'elle ne parut pas se rendre compte qu'il avait peu à peu guidé leurs mains à l'intérieur de ses cuisses. De même qu'elle ne le repoussa pas lorsqu'il s'aventura dans la douceur soyeuse de sa chair. De son côté, il s'interdit d'assouvir son envie de se glisser entre ses jambes. Jamais il n'avait désiré une femme avec une telle intensité.

Lorsqu'il introduisit un doigt en elle, il sut qu'elle était prête à le recevoir. Elle le serra passionnément et bougea le bassin dans un appel si sauvagement naturel qu'il retint un sourire. Pas encore. Une partie de son corps lui restait inconnue, et il voulait qu'elle la découvre avant de prendre davantage possession d'elle.

Quittant le corps d'Isabella, il ramena leurs mains toujours mêlées sur son abdomen, il la laissa s'aventurer à son rythme et descendre vers son sexe dressé. Son cœur cognait de toutes ses forces dans sa poitrine, comme s'il allait exploser.

Lorsqu'il ne put en supporter davantage, il lui fit prendre son sexe dans sa main. Elle se prêta à ce qu'il lui demandait, apprenant vite tout ce qu'il lui montrait. Se maîtriser devenait de plus en plus difficile, mais lui aussi, à sa grande surprise, découvrait de nouvelles émotions.

Certain qu'elle restait attentive à ses réactions, il décida de lui enseigner le plaisir.

Une fois encore, elle accueillit ses doigts entre ses jambes et se relâcha si complètement qu'il accentua sa caresse et l'approfondit jusqu'à…

— Richard, que…

— Chut…, souffla-t-il. Faites-moi encore confiance, Isabella.

En guise de réponse, elle enfouit la tête contre sa poitrine et s'abandonna. Pourtant, sans qu'elle le veuille, il nota que son corps venait de se tendre légèrement. Alors, de peur que la frayeur la reprenne, il fit encore pénétrer doucement ses doigts dans la douceur de sa chair jusqu'à ce qu'il la sente se cambrer contre lui. Sa respiration était haletante, son corps brûlant, et il pensa à son bonheur le jour où il s'enfouirait en elle.

Il serra les dents en l'entendant gémir et gémir encore. Ne pas penser à lui ni à son propre désir, le rejeter sans pitié, était le seul moyen de ne pas y céder. La délivrer de sa frayeur et de sa hantise d'avoir mal comptait plus que satisfaire ses propres envies. Des gouttes de sueur se mirent à perler sur son front tant le contrôle qu'il exerçait sur lui-même était à présent violent.

Bientôt, les gémissements d'Isabella se transformèrent en une plainte rauque. Elle arqua le dos, crispa les mains sur ses épaules et l'attira contre elle.

Juste comme il pensait ne plus pouvoir se maîtriser, il la sentit se détendre. Son corps se relâcha, elle ouvrit les yeux et posa en haletant un regard voilé sur lui.

Il la retint contre lui en observant les effets du plaisir sur elle et en écoutant les battements fous de son propre cœur.

Puis ils s'endormirent l'un contre l'autre.

Ce fut elle qui le réveilla un peu plus tard. Elle avait son expression altière, maîtresse de la situation et désireuse de le lui prouver tout de suite.

— Je ne pense pas que j'aurai besoin de vos hommes, demain, milord. J'ai d'autres plans.

— Lesquels ?

Elle sourit.

— Rassembler de la glace pour Satan et apprendre à supplier…

Il se rappela alors : « La glace aura emprisonné les pieds de Satan avant que je vous supplie de quoi que ce soit. »

Mais, à présent, elle avait manifestement tant envie de le recevoir en elle qu'elle se disait prête à emprisonner elle-même les pieds de Satan dans la glace.

La réaction était complètement inappropriée, mais il ne put faire autrement. Il éclata de rire.

Chapitre 13

Paupières closes, Isabella s'étira au sortir de son sommeil. Elle ne s'était pas sentie aussi bien depuis qu'elle avait été amenée sur cette île.

Avec un grand bâillement, elle voulut repousser les couvertures mais rencontra un obstacle.

Elle ouvrit les yeux.

Richard…

Assis à côté d'elle sur le lit, apparemment sur le point de partir, il la regardait.

Ses joues s'empourprèrent tandis que lui revenaient les souvenirs de la nuit. En une seconde, les couvertures retrouvèrent leur place initiale.

— Je dois retourner aux pavillons marchands, aujourd'hui, annonça-t-il sur un ton si neutre qu'elle se demanda, stupéfaite, où était passé l'homme qui l'avait menée au plaisir quelques heures plus tôt.

Incapable de proférer un son, elle se contenta d'acquiescer de la tête. Après tout, il ne lui demandait rien ; il se contentait de l'informer. Mais pourquoi éprouvait-elle ce petit pincement de déception ?

— Nous devons parler de vos plans pour aujourd'hui.

— Pourquoi ? s'enquit-elle, un peu confuse.

— J'ai besoin de savoir de combien d'hommes vous aurez besoin et pour quelles tâches, afin de leur donner mes ordres.

Ce qu'il avait déclaré la veille était donc vrai. Elle n'était pas autorisée à se conduire comme la châtelaine qu'elle était pourtant.

— J'avais prévu de ne rien faire, repartit-elle du tac au tac. Vous pouvez donc garder tous vos hommes.

Le regard qu'il lui lança aurait pu mettre le feu au charbon du brasero, mais cela ne l'impressionna pas.

— Vous dites cela juste pour me contredire…

Ce n'était pas une question, aussi ne répondit-elle pas.

— Pourquoi réagissez-vous ainsi ? reprit-il. Parce que vous ne pouvez pas faire absolument comme bon vous semble ?

Devant son silence obstiné, il enchaîna :

— Je ne peux pas vous donner le contrôle d'hommes que vous ne connaissez pas.

Elle détourna la tête.

Et comment ai-je fait jusqu'ici ? eut-elle envie de répliquer. Elle préféra néanmoins s'abstenir. Son silence était déjà une provocation. Inutile d'en ajouter une supplémentaire car, elle le savait, cela pourrait se retourner contre elle. Mais elle savait aussi que si elle laissait Richard lui imposer sa loi, la maintenir sous tutelle et lui dénier ses droits de châtelaine, il serait trop tard ensuite pour s'en affranchir. Oui, si elle le laissait la soumettre à son bon vouloir, jusqu'où irait-il et où cela la mènerait-il ?

Il lui souleva le menton pour l'obliger à le regarder mais elle ferma les paupières.

— Regardez-moi, dit-il.

Consciente qu'elle risquait de se perdre dans la profondeur de ses yeux si elle s'exécutait, elle n'en fit rien.

— Si vous ne me regardez pas…, commença-t-il.

Loin de l'impressionner, ses menaces l'agacèrent.

— Et alors ? lança-t-elle en le fusillant du regard. Que ferez-vous ?

Il la considéra pendant de longues secondes, émit un vilain juron, puis se leva.

— Vous n'avez donc pas besoin de mes hommes aujourd'hui…

— Non.

— Comme vous voudrez.

Il se dirigea vers la porte et s'arrêta avant d'en franchir le seuil.

— Vous êtes bien sûre ?

— Tout à fait.

— Ne sortez pas du château.

Son ordre et le claquement de porte qui suivit lui firent immédiatement quitter le lit. Elle était vraiment trop emportée. Pourquoi ne pas avoir cédé ? C'était pourtant son intérêt, si elle voulait avoir une chance de l'amadouer. Il fallait le rattraper tout de suite.

Elle s'apprêtait à ouvrir la porte pour le rappeler quand elle reconnut la voix de Conal. Sa main s'immobilisa sur la poignée.

— Lui avez-vous expliqué, au moins ? l'entendit-elle demander.

— Expliqué quoi ? répondit Richard. Que quelqu'un a déposé une missive laissant entendre que lady Dunstan est en danger ? Nous ne connaissons même pas son identité ni la nature du danger évoqué. De plus, elle était, quand je l'ai quittée, d'humeur si peu accommodante qu'elle ne m'aurait pas écouté si j'avais voulu lui exposer le problème.

La colère contenue dans sa voix la fit reculer d'un pas derrière la porte.

— Pourtant..., insista Conal.

— Non.

L'interdiction de poursuivre sur le sujet était formelle. Lorsqu'il fut sûr d'avoir été bien compris, Richard ajouta :

— Elle va s'enferrer dans sa certitude d'avoir raison pendant quelques jours. Mais quand l'ennui deviendra trop fort, elle cédera.

« Sa certitude d'avoir raison » ? Une prudence élémentaire lui commanda de ne pas ouvrir la porte pour dire ses quatre vérités à cet arrogant personnage. Pourtant, elle en mourait d'envie.

— Et si elle ne cède pas ? demanda Conal.

Isabella savait qu'elle céderait. Comment supporter de rester toute la journée cloîtrée dans ce château à ne rien faire ? Même pour vingt-quatre heures, cette idée lui était intolérable.

— Elle cédera.

Apparemment, Richard commençait à la connaître.

— Mais à vrai dire, reprit-il, en mon absence, elle sera plus en sécurité dans sa chambre que n'importe où ailleurs dans le château.

Le petit grognement qu'émit Conal en guise de réponse inquiéta Isabella. Etait-elle vraiment en danger ?

— Avez-vous idée de l'identité de l'auteur de ces menaces ? demanda Conal.

Mais quelles menaces exactement ? s'interrogea-t-elle. A sa connaissance, la seule personne en ayant émis à son encontre était… son mari.

— Non, parce que je préfère n'interroger personne. Cela risquerait de mettre la puce à l'oreille du coupable, dit Richard. Nous en reparlerons tout à l'heure, sur le chemin de la maison de Marguerite.

— Pourquoi allons-nous là-bas ? fit Conal sur un ton un peu nerveux.

A travers la porte, Isabella entendit le bruit caractéristique d'une main qui tapote une épaule ou un dos.

— Parce que, mon ami, tu t'arrêtes chez elle tous les matins avant de te rendre aux entrepôts et que je ne vois pas pourquoi nous changerions tes habitudes aujourd'hui…

Ce que grommela Conal en réponse se perdit dans le bruit de leurs pas qui s'éloignaient.

Isabella s'adossa à la porte. Que se passait-il ? Qui était cette Marguerite ? L'amie de cœur de Conal, apparemment.

Elle songea à la missive anonyme. Si Richard cherchait à la protéger de quelque chose, pourquoi ne le lui avait-il pas dit ? Cela aurait été plus simple ! La pensée qu'il la maintenait exprès dans l'ignorance lui était insupportable. Et pour quelle raison quelqu'un — qui ? — voudrait-il attenter à sa vie ?

Elle traversa la pièce et alla s'asseoir sur le lit. Les secrets n'étaient pas son fort ; elle les détestait même. Probablement parce qu'elle parvenait rarement à les percer.

Quelques instants plus tard, elle s'allongea, commença à tirer la couverture sur elle, puis se redressa brusquement. Quelqu'un — Richard, qui d'autre ? — avait déposé une jupe, une tunique, une paire de chausses, des bottines et un manteau de fourrure au pied du lit.

Elle passa les doigts dans la fourrure et soupira d'aise tant elle était douce. Quel merveilleux cadeau ! Finalement, il n'était pas dans d'aussi mauvaises dispositions que son comportement avait pu le laisser entendre.

Etant donné les difficultés qu'elle avait avec les secrets, l'homme qu'elle avait été contrainte d'épouser resterait sans doute éternellement une énigme pour elle.

Elle prit la jupe d'un vert profond et se leva pour s'habiller. Sa journée d'oisiveté avait au moins l'intérêt de lui donner le temps d'inventer un moyen d'amener Richard à lui dire ce qu'il lui cachait. De cette façon, dès ce soir, elle en saurait plus.

Isabella serra son manteau de fourrure autour d'elle pour mieux se protéger du vent glacial et se laissa aller contre le rempart qui entourait le château. En contrebas, la mer était haute et complètement démontée.

— Milady ?

L'un des gardes omniprésents venait de braver la tempête pour la convaincre de rentrer.

Elle se tourna pour le regarder. Il était beaucoup plus jeune que celui auquel elle avait eu affaire un peu plus tôt. Sans doute les autres avaient-ils pensé que, face à l'extrême jeunesse de celui-ci, elle se montrerait plus conciliante.

Dans ce cas, ils s'étaient trompés…

— Je vais bien, vous pouvez rentrer.

— Mais Sa Seigneurie a d…

Elle le fit taire d'un geste.

— Lord Dunstan se trouve actuellement au port. Si tu ne lui dis pas que j'ai refusé de rentrer, il ne le saura pas.

Le long soupir que poussa le jeune garde en s'éloignant l'aurait fait rire si elle n'avait pas senti la colère gronder de nouveau en elle.

Cela faisait environ un mois que Richard lui avait donné un délicieux aperçu de ce qui pouvait se passer dans un lit entre un homme et une femme, et qu'elle tremblait encore de désir en y repensant. Mais depuis, hélas ! il se montrait froid et distant, l'ignorant chaque fois que c'était possible. Quant à se coucher avec elle, il n'en avait même pas été question. La seule fois où elle avait essayé de l'entraîner vers le lit, il avait brusquement quitté la chambre pour ne plus revenir.

Un brusque coup de vent repoussa la capuche de son manteau. Saisie par le froid, elle la rabattit sur sa tête en appréciant le contact du tissu luxueux sous ses doigts. Au début, trouver de nouveaux et magnifiques vêtements presque chaque matin au pied de son lit avait été pour elle un émerveillement. D'autant qu'elle avait oublié d'emprunter à Richard la somme nécessaire pour acheter le tissu qui lui aurait permis de confectionner des robes. Mais son émerveillement avait fait long feu et, aujourd'hui, il lui semblait que les dons de Richard représentaient en fait pour lui une forme de paiement, de compensation.

Cela ne la gênait d'ailleurs pas car, compte tenu du travail considérable qu'elle avait effectué dans le grand couloir sans l'aide des hommes du château, ce n'était que justice.

Sans l'aide des hommes de Richard, oui, mais pas sans aide du tout. Avec l'intelligence qui la caractérisait, elle avait contourné l'interdiction de solliciter les hommes du château en sollicitant… les femmes du château. Après tout, jamais il ne les avait mentionnées… Sa mère aurait sûrement désapprouvé ce stratagème, mais tant pis. Elle n'était pas disposée à vivre plus longtemps dans une porcherie.

C'était donc ainsi qu'elle avait dirigé les servantes du château, épaulées par une douzaine de villageoises et encadrées par Hattie. Oui, toute la réhabilitation des pièces de vie du château avait été pensée et exécutée par des femmes : lessivage, blanchissage, réparations, réfections, décoration et peinture.

Richard, elle le savait, avait tout remarqué. Chaque soir, quand il rentrait du port, il s'arrêtait longuement pour regarder autour de lui. Et, chaque soir, son expression devenait plus sombre que la veille. De son côté, elle se gardait de dire quoi que ce soit. S'il voulait l'interpeller, il n'avait qu'à le faire. Elle n'allait pas, en plus, lui faciliter la tâche ! Le jour où il la mettrait sur la sellette, elle aurait droit, c'était évident, à ses cris, ses regards assassins et ses accusations non fondées.

En même temps, sa lassitude était telle que cette idée ne l'effrayait plus. Pour tout dire, extirper Richard de sa réserve et de son mutisme aurait été pour elle un soulagement tant ses silences obstinés et ses réponses de trois mots maximum devenaient insupportables.

Les hommes se montraient souvent maussades, tout le monde le savait, mais celui-là dépassait les bornes. Et puis, il y avait ce danger qui rôdait autour d'elle et dont elle n'avait rien pu découvrir. Pourquoi la tenait-il ainsi dans l'ignorance ? Elle-même ne représentait pourtant de danger pour personne ! Elle ne menaçait ni son île ni ses sujets ! D'où venait son attitude à la limite de l'hostilité ?

Elle se pencha légèrement et baissa les yeux vers le village en contrebas. Dans l'une de ces maisons aux toits recouverts de neige se trouvait forcément quelqu'un qui aurait pu répondre à ses questions. Quelqu'un qui connaissait Richard mieux qu'elle et sur un plan plus personnel que ses hommes.

Jamais elle n'interrogerait aucun d'entre eux. Non parce qu'il lui avait interdit de le faire — elle se moquait bien de ses interdictions —, mais parce qu'elle ne voulait pas se mettre en porte à faux avec lui, et que ce serait agir à contretemps. Oui, Richard avait besoin de leur respect et de leur obéissance, pas de les voir devenir les amis de sa femme.

Restait bien sûr Hattie, mais celle-ci ne divulguait sur lui que des informations strictement utilitaires. En insistant, elle ne doutait pourtant pas qu'elle pourrait tirer d'elle des anecdotes sur l'enfance de Richard, voire davantage, à condition de trouver les mots pour lui exprimer son désarroi.

Les possibilités d'en apprendre plus sur lui étaient réduites. En dehors de Hattie, il ne restait, pour bien le connaître, que la sage-femme qui l'avait fait naître puis suivi de loin en loin. Elle réfléchit. Et pourquoi pas le prêtre ? Elle ne l'avait pas revu depuis le soir où il l'avait si obligeamment aidée à sceller son destin… Non. Il était trop du côté de Richard et lui révélerait tout de suite qu'elle était venue l'interroger.

Tout compte fait, sa meilleure alliée demeurait Hattie. Restait juste à trouver le moyen de gagner sa confiance pour pouvoir lui parler en toute franchise.

Une sorte d'agitation au loin, sur la route, attira son attention. Elle se redressa. Apparemment, Richard et Conal étaient déjà de retour, et beaucoup plus près qu'elle l'aurait aimé. Si elle ne voulait pas se voir interdite de promenade, regagner le château avant qu'ils l'aperçoivent se révélait urgent.

Elle rassembla les pans de son manteau autour d'elle pour ne pas risquer de se prendre les pieds dedans, et descendit aussi rapidement qu'elle le put l'échelle qui lui avait donné accès au rempart.

Il fallait qu'elle soit hors de vue depuis la poterne lorsqu'ils l'atteindraient, et les gardes étaient déjà en train de lever la herse pour permettre d'entrer aux cavaliers qui approchaient.

Alors qu'elle s'éloignait en toute hâte, une voix s'éleva derrière elle.

— Milady !

Laissant échapper un juron, elle regarda par-dessus son épaule sans s'arrêter pour savoir quel garde venait de l'appeler et glissa soudain sur le sol gelé. Perdant l'équilibre, elle tomba en avant, se cognant rudement les genoux et un coude.

Avant qu'elle ait eu le temps de libérer son cri de douleur et de rage, deux chevaux s'immobilisèrent non loin d'elle. Elle n'eut pas besoin de lever la tête pour savoir de qui il s'agissait.

— Debout.

— Richard, elle est blessée.

La voix de Conal était chargée de réprobation.

— De toute façon, lança-t-elle sans lever les yeux vers Richard, furieuse qu'il s'adresse à elle sur ce ton, ce qui vient de m'arriver ne vous regarde pas.

— J'ai dit debout !

Elle s'aida de ses bras pour se relever et frotta son coude endolori lorsqu'elle fut debout.

— Rien de cassé, dit-elle. Tout va bien.

Pour mieux le prouver, elle détourna la tête, prête à s'éloigner avec toute la dignité dont elle était capable. Elle avança le pied gauche puis le droit, mais sa cheville se déroba. Un cri de douleur lui échappa tandis qu'elle retombait à genoux sur le sol glacé.

Richard sauta de son cheval, la rejoignit d'un pas et la souleva.

Elle noua les bras autour de son cou et enfouit la tête dans la toile de sa cape.

— Je suis désolée.

— Restez tranquille !

Après cet ordre proféré sur un ton bourru, il se dirigea vers le château en criant par-dessus son épaule :

— Conal, va chercher Marguerite. Et que quelqu'un trouve Hattie. Tout de suite !

Il traversa la grande salle et monta les marches deux à deux comme si sa charge ne pesait pas plus lourd qu'une plume. L'effort qu'il venait de fournir ne fut perceptible à Isabella qu'à travers les battements de son cœur légèrement plus rapides.

Elle retint un sourire quand il la déposa presque avec douceur sur le lit au lieu de la lâcher d'un coup comme il l'avait fait la première fois.

Puis il s'assit à côté d'elle, lui retira la broche qui fermait son manteau et l'en débarrassa.

Deuxième surprise, au lieu de laisser tomber le manteau par terre, il se leva et le suspendit à un crochet avant d'y joindre sa propre cape.

Puis il revint vers elle et lui releva la jupe jusqu'aux genoux.

Elle lui jeta un regard réprobateur.

— Puis-je savoir ce que vous faites ?

— J'essaie de décider comment je vais vous retirer vos bottines.

— Je peux le faire moi-même, répliqua-t-elle en se redressant.

D'un geste, il la maintint allongée.

— Restez couchée.

Elle fronça les sourcils. Pourquoi, au nom du ciel, avait-il la voix qui tremblait ? Et pourquoi se conduisait-il comme une mère poule alors qu'elle s'attendait à le voir libérer sa colère ?

Elle n'eut pas le temps de lui poser la question. Déjà, il l'avait saisie et la serrait contre lui.

— Isabella, quand je vous ai vue tomber pour la première fois, j'ai pensé que quelqu'un vous avait tuée.

Pourquoi avoir pensé une chose aussi… Mon Dieu ! S'agissait-il de ce fameux avertissement qu'il avait évoqué avec Conal ?

Quelqu'un avait donc menacé de… de la tuer ! Dans ce cas, en se tenant comme elle l'avait fait sur le rempart, elle avait offert une cible très facile et on aurait pu la viser de loin.

Elle se redressa.

— C'était donc cela, la menace ? Quelqu'un veut me faire disparaître ?

Il semblait peu fier de lui quand il répondit :

— Oui.

— Et, au lieu de tout m'expliquer, vous avez préféré me laisser comprendre toute seule en abordant le sujet avec Conal derrière ma porte pour que j'entende.

— Vous êtes assez intelligente pour avoir deviné pourquoi je m'étais mis à portée de votre oreille.

— Pour l'amour du ciel, Richard, vous avez seulement dit que j'étais en danger ! Cela n'allait pas très loin. J'ai beau pouvoir décrypter votre humeur, je ne sais tout de même pas lire dans vos pensées !

Les yeux de Richard flamboyèrent de nouveau, et son air contrit disparut.

— Si vous aviez suivi mes ordres, vous n'auriez couru aucun risque.

— Je vous l'accorde, mais un avertissement concret aurait été beaucoup plus utile. Et encore plus efficace…

— Au moins, vous comprenez maintenant pourquoi vous devez rester à l'intérieur du château.

— Non. Je ne comprends pas, justement. Personne ne m'a fait de mal. J'ai juste été distraite par l'un de vos gardes qui m'appelait, et j'ai dérapé sur la glace. De toute façon, il est hors de question que je mène une existence de cloîtrée dans ce qui est censé être mon foyer à cause d'une menace qui n'est peut-être qu'une mauvaise farce.

Elle riva son regard au sien. Ce n'était pas possible, il ne pouvait pas être sérieux !

— Ce que je comprends, en revanche, poursuivit-elle sévèrement, c'est que vous devez trouver l'auteur de cette missive au plus vite et mettre un terme à tout cela. Vous êtes le lord du château et, même si vous m'avez amenée ici pour vous servir d'appât, je suis maintenant vote femme. Votre femme, Richard, pas une captive anonyme ! Je n'ai donc aucune raison de vivre comme une recluse à cause d'une vague menace.

— Cloîtrée, recluse… Dois-je comprendre que vous souffrez de nouveau ?

— Inutile de reprendre votre air hautain, repartit-elle du tac au tac.

Les lèvres de Richard se pincèrent, ses yeux se plissèrent, mais elle brandit un index menaçant devant son visage. Ses tentatives pour la culpabiliser l'exaspéraient.

— Et n'essayez pas, en plus, de feindre l'outrage ! Vous avez parfaitement compris ce que je voulais dire. Je suis arrivée ici par votre volonté. Il est donc de votre responsabilité de me protéger du danger.

Elle baissa le doigt.

— Vous devez vous occuper du problème, Richard. Et sans attendre.

Il s'écarta légèrement pour mieux la voir et posa sur elle un regard sévère.

— Craindre pour votre vie vous prive visiblement de tout bon sens.

— Vous voilà vexé. Pourquoi ? Parce que j'ai osé vous dire ce que vous aviez à faire ? Que vous imaginiez-vous ? Que j'allais gémir et pleurer, ou alors me cacher dans un petit coin en me tordant les mains ?

— Je pense que vous n'êtes qu'une peureuse.

Elle le saisit, furieuse, par les pans de sa tunique.

— J'ignore si je suis une peureuse et si je crains pour ma vie, mais je sais que je souffre et que je suis si en colère que je pourrais…

— Taisez-vous, lui souffla-t-il à l'oreille, avant de dire quelque chose que vous regretteriez.

Elle savait exactement ce qu'il allait faire et, presque malgré elle, ouvrit légèrement la bouche comme si elle voulait parler. Aussitôt, les lèvres de Richard recouvrirent les siennes. Il lui imposa un baiser qu'il avait probablement voulu sauvage mais qu'elle trouva chaud et réconfortant. Bien assez, en tout cas, pour soupirer d'aise.

Oui, elle accueillit ce baiser avec un grand plaisir et glissa la main derrière la nuque de Richard pour l'attirer encore plus près.

— Milord ?

Il s'écarta visiblement à regret. Hattie venait d'entrer dans la chambre, les bras chargés d'assez de potions et d'onguents pour soigner une armée.

Isabella soupira. La chaleur et le contact de Richard lui manquaient déjà. Son regard se posa sur l'impressionnant déploiement de préparations apportées par l'ancienne nourrice. Cela la fit rire.

— Hattie, j'ai beau m'être tordu la cheville et abîmé un coude, je vous assure que je ne suis pas à l'article de la mort.

Celle-ci posa les remèdes par terre, près du lit, et haussa les épaules.

— Comme on ignore de quoi vous souffrez, j'ai apporté un peu de tout.

A cet instant, une jeune femme, hors d'haleine, entra à son tour, les bras chargés d'autres médicaments.

— Hattie, que se passe-t-il ?

Isabella leva les yeux au ciel puis pointa sa cheville du doigt.

— Je me suis juste tordu le pied…

Puis son bras.

— … et abîmé le coude.

La nouvelle venue tourna son regard vers Richard et le considéra fixement.

— C'est cela, la question de vie ou de mort dont je dois m'occuper ?

Il se leva et effectua une retraite vers la porte tout en levant les bras comme pour se protéger d'une attaque.

— Je sais me retirer quand il le faut. Et il me semble que ce moment est arrivé…

Sur ces mots, il pivota sur ses talons, revint vers le lit, se pencha vers Isabella, lui vola un petit baiser et murmura :

— Je reviendrai plus tard, quand vos troupes se seront dispersées.

Trois secondes plus tard, il avait quitté la chambre.

Elle battit des paupières et se concentra sur les deux femmes en train de discuter à voix basse.

Comment les aborder ? Elle déglutit avec peine tant son embarras était grand avant de s'adresser à celle qu'elle ne connaissait pas :

— Vous savez déjà que je suis Isabella, la femme de Richard. Et vous êtes ?

— Marguerite, milady, la sage-femme et guérisseuse de l'île de Dunstan.

Isabella se redressa en souriant, heureuse de sa soudaine bonne fortune. Marguerite avait probablement dû soigner Richard à plusieurs reprises et devait donc bien le connaître. C'était l'occasion bénie pour essayer de l'interroger sur lui.

— Je suis ravie de vous rencontrer, Marguerite.

La jeune femme rejeta en arrière ses beaux cheveux châtains tout en s'approchant du lit avec un air entendu.

— Je sais ce que signifient ce genre de sourire et ce genre de ton. Que désirez-vous savoir, lady Dunstan ?

— Appelez-moi Isabella, s'il vous plaît. Je désire apprendre tout ce que je pourrai sur mon mari pour mieux le connaître.

Marguerite jeta un coup d'œil à Hattie qui avait commencé à préparer un cataplasme sur la table près de la fenêtre.

— Tu avais raison, le subterfuge ne fait pas partie de ses armes…

— Si vous préférez, reprit alors Isabella en riant, je peux commencer par parler de la neige en hiver et je me plaindrai ensuite du manque incroyable de manières de Richard.

Sans répondre, Marguerite saisit sa bottine gauche et la lui retira. Puis elle posa la main sur la droite et dit :

— D'accord. Parlez-moi un peu de la neige…

— Auriez-vous une raison valable de vouloir distraire mon attention ? demanda Isabella avec un sourire en coin qui fit très vite place à une grimace.

Son pied avait commencé à enfler dans sa bottine. La retirer serait douloureux. Marguerite avait raison ; il valait mieux dire quelque chose. N'importe quoi…

— Eh bien…, commença-t-elle d'une voix appliquée. La neige est blanche. Et froide. Très froide.

Ses doigts se crispèrent sur la couverture de fourrure tandis que les élancements se faisaient plus violents à mesure que Marguerite tirait par petits coups sur sa bottine.

— Elle… est plutôt ennuyeuse, tombe sans… bruit, et… me donne parfois l'imp… l'impression qu'elle ne s'arrêtera jamais.

Quand Marguerite tira pour la dernière fois et que la bottine fut enfin ôtée, Isabella retint un cri et maugréa :

— Eh bien, cela fait vraiment mal.

Marguerite fit tourner la bottine dans sa main, la posa à terre, puis retira la chausse d'Isabella en déclarant, pince-sans-rire :

— Il ne me semblait pas utile de prolonger votre souffrance ni de repousser l'inévitable… Aussi ai-je fait exprès un peu vite.

— Vous devez être charmante pendant les accouchements…

— Je parie que vous le serez tout autant quand vous mettrez votre premier enfant au monde.

— Comment en douter ? Il va d'ailleurs falloir s'en préoccuper.

Les yeux de Marguerite s'écarquillèrent.

— Déjà ?

— Vraiment ? renchérit Hattie en approchant du lit avec le cataplasme. Au château, tout le monde fait déjà des paris sur la date où il arrivera.

Isabella resta stupéfaite. Etre l'objet de commérages et de paris ne lui plaisait pas du tout.

— Et s'il n'arrive pas dans les neuf prochains mois, riposta-t-elle, agacée, j'espère que c'est moi qui remporterai toutes les mises…

Elle regretta aussitôt sa réponse. N'en disait-elle pas trop ? Qu'est-ce qu'il lui prenait de s'exprimer aussi familièrement avec ces deux femmes qu'elle connaissait si mal ?

— Directe et amusante, déclara Marguerite en prenant des mains de Hattie le cataplasme qu'elle posa sur sa cheville gonflée. Nous allons vite devenir amies.

Isabella se garda de remarquer que cela restait à voir…

— C'est de la racine de consoude ? demanda-t-elle seulement.

— En effet. Je vais bien envelopper votre cheville et, si vous restez tranquille pendant un jour ou deux, vous devriez vous remettre très vite.

Pendant qu'elle s'affairait, Hattie lui tendit un gobelet plein.

— Pour une fois, je pense que vous ne refuserez pas de le boire.

Isabella huma le vin chaud et exagérément sucré dont l'odeur lui parut étrange.

— Qu'y avez-vous ajouté ?

— Ne vous inquiétez pas, dit Hattie en rapprochant le gobelet de ses lèvres. Et buvez.

Mais Marguerite arrêta sa main et regarda Isabella.

— Un peu de lavande, du baume au citron et de l'ache des montagnes, avec juste une pointe de romarin contre le gonflement, plus beaucoup de miel pour rendre le tout buvable.

Isabella resta sceptique et plus que méfiante.

— Rien pour soulager la douleur ?

— La douleur ? répéta Marguerite tout en finissant de lui bander la cheville. Vous a-t-on coupé le pied ou vous l'êtes-vous juste tordu ?

Sans attendre la réponse à sa provocante fausse question, elle ajouta :

— Je vous l'ai fait préparer pour que vous vous reposiez bien ce soir. Pas pour vous brouiller l'esprit.

Isabella hocha la tête. Tout cela relevait des meilleures intentions, mais il lui restait des choses à faire avant la tombée de la nuit.

— Etant donné l'heure, le repas du soir doit être prêt. Si quelqu'un pouvait m'aider à descendre l'escalier pour me rendre dans la grande salle, ce serait parfait. Je pourrais ensuite vaquer au rez-de-chaussée…

Marguerite saisit les couvertures et les remonta d'autorité sur sa malade, puis la borda.

— Pas question. Votre jambe doit rester étendue. Pour vous être agréable, en revanche, j'irai moi-même dîner avec tout le monde. Après tout, c'est très agréable de déguster un repas que l'on n'a pas dû préparer. Et puis, cela me permettra d'interroger lord Richard et de découvrir pourquoi il manifeste aussi peu d'attention à cette gentille femme qu'il a pourtant tout récemment épousée.

Isabella hoqueta, horrifiée à l'idée qu'elle puisse questionner Richard sur un sujet aussi personnel, et essaya de repousser la couverture de fourrure qui l'enserrait comme un cocon.

Marguerite l'arrêta en riant.

— Je vous taquinais, voyons ! Jamais je ne me permettrai de répéter la moindre chose que vous m'aurez confiée en privé. Restez allongée et buvez tranquillement votre vin tant qu'il est chaud. Dès que le repas sera servi en bas, je vous enverrai votre mari avec de quoi vous sustenter. Hattie et moi reprendrons notre discussion avec vous dès demain.

Chapitre 14

Richard sentit l'un des petits muscles de sa paupière se mettre à tressauter quand Marguerite lui demanda pour la troisième fois :

— Allez-vous monter cette nourriture à l'appartement, oui ou non ? Ou dois-je trouver quelqu'un d'autre ?

Assise entre lui et Conal, elle balaya du regard les convives rassemblés dans la grande salle pour le repas du soir. Ses yeux s'arrêtèrent sur le plus jeune et le plus beau des hommes assis tout au bout de la table.

— Je suis sûre que celui-là ne se ferait pas prier, observa-t-elle avec insolence en désignant le beau garçon d'un mouvement de tête.

Richard ne décrispa les mâchoires que le temps de grommeler :

— Assez !

Marguerite reporta alors ostensiblement son attention sur Conal.

— Ne trouveriez-vous pas mieux, comme moi, que lord Dunstan aille offrir quelque chose à manger et à boire à lady Dunstan ?

— Je trouve que vous feriez mieux de rester en dehors de cela, Marguerite, repartit son ami en secouant la tête. Puisqu'il a entendu, à quoi bon le harceler ?

— Je ne le harcèle pas. Je lui suggère seulement de faire le minimum pour sa femme.

— Contentez-vous de soigner la cheville de sa femme, et laissez-moi m'occuper du reste.

Elle émit un son réprobateur qui contraria Richard. Il crispa les doigts sur son couteau. Ce qu'il redoutait depuis plusieurs jours était en train de se produire : à mesure que les habitants de

Dunstan connaissaient mieux Isabella, toutes les occasions leur étaient bonnes pour prendre son parti.

Pourquoi en aurait-il été autrement, d'ailleurs ? Elle n'était ni méchante ni désagréable, avait beaucoup d'esprit, se souciait manifestement des autres et savait gouverner un château sans jamais laisser ses habitants réaliser qu'elle les gouvernait aussi…

Il jeta un nouveau regard autour de lui. Comment avait-elle pu accomplir tout cela sans l'aide des hommes qu'il lui avait interdit d'employer ?

Depuis un mois, chaque fois qu'il rentrait le soir du port et des entrepôts, il découvrait les pièces de vie du château plus belles, plus propres, plus accueillantes. Et il se demandait grâce à quels prodiges elle parvenait à de tels résultats.

Le décrassage des meubles et des foyers pouvait encore s'expliquer, mais comment avait-elle procédé avec les tapisseries suspendues à quatre mètres du sol et, plus étonnant encore, avec les armoiries de sa famille exposées au-dessus des tapisseries ? Tout cela avait pourtant été décroché, lavé et parfaitement remis en place. Quant aux murs, ils ne s'étaient pas repeints tout seuls.

On l'avait aidée, c'était évident. Restait à savoir qui. Or, comme il avait pris soin d'employer tous ses hommes aux entrepôts ou à la maintenance des navires — hormis les trois qui se relayaient pour garder la chambre d'Isabella — ce ne pouvait être eux. Du reste, ils avaient juré n'avoir strictement rien fait pour elle.

Evidemment, tous ces miracles ne pouvaient être l'œuvre des femmes. La question ne se posait même pas. Imaginer Hattie ou l'une des servantes descendre de hautes échelles, les bras chargés de lourdes tapisseries, puis y remonter était tout bonnement absurde. Il regretta de ne pas être revenu un jour à l'improviste au lieu d'attendre le soir pour rentrer au château. En quittant le port ou les entrepôts en pleine journée, il aurait pu la prendre sur le fait et découvrir son stratagème.

Une seule raison l'avait empêché de le faire, sa crainte de découvrir que certains de ses hommes avaient désobéi à ses ordres, auquel cas il aurait dû les punir. Mais pour quoi ? Pour avoir assisté la châtelaine dans des travaux difficiles ? Ils ne comprendraient pas et en éprouveraient du ressentiment. Sans compter que, au bout du compte, il passerait pour un idiot qui avait épousé une femme qu'il brimait et dont il se méfiait.

Il soupira. Jamais il n'aurait dû la prendre pour épouse. La traiter en otage et la maintenir en cellule aurait été une bien meilleure solution. Et beaucoup plus simple. Du moins, tant qu'il aurait refusé d'écouter sa conscience.

Pour le moment, en tout cas, Isabella ne lui avait fait aucun tort. Il n'avait donc aucune raison de l'opprimer ni de la maltraiter. Jamais il ne l'avait considérée ni ne la considérerait comme une cible pour sa vengeance. En l'épousant, s'était-il dit, il lui permettrait de sauver sa réputation. Et puis, pour être tout à fait honnête, cela l'arrangerait aussi puisqu'il pourrait mieux la surveiller. Et, enfin, son titre de châtelaine lui assurerait une sécurité certaine vis-à-vis des hommes de l'île.

Que restait-il de son plan, aujourd'hui ? Elle avait sauvé sa réputation, certes. Ce but, au moins, avait été atteint. Quant aux deux autres, c'était une autre histoire. Compter la surveiller ? C'était à peu près aussi réaliste que vouloir interdire à la neige de tomber. Quant à la protéger des autres hommes, la missive qu'il avait reçue la menaçait ni plus ni moins de mort.

Cependant, quelque chose le contrariait bien plus encore. Un tourment d'une tout autre nature. En la voyant tomber, quelques heures plus tôt, il avait vraiment cru que quelqu'un l'avait visée et qu'elle était morte. Le choc avait été tel qu'il lui avait semblé que son cœur cessait de battre et que le vent s'arrêtait de souffler.

A l'époque où il avait découvert le corps d'Agnès, une terrible colère l'avait saisi. Bien qu'il ne l'aimât pas, jamais il ne lui avait souhaité une mort aussi tragique. Quant à celle de Lisette, elle l'avait totalement anéanti. Ce jour-là, son cœur s'était tellement serré qu'il n'avait jamais recouvré son état normal. Puis la colère s'était de nouveau levée, terrible, meurtrière, une colère qu'il avait sentie grandir chaque jour en lui pendant des mois.

Ce qui lui arrivait aujourd'hui était tout à fait différent. En voyant Isabella tomber, il avait eu, ni plus ni moins, envie de mourir avec elle. Sa première réaction n'avait pas été la colère ni même la peur. Aucun désir de vengeance ne l'avait saisi, il n'avait même pas cherché des yeux l'homme susceptible d'avoir envoyé la flèche ou la pierre qui, croyait-il, l'avait mortellement atteinte. La seule chose qu'il avait eu envie de faire avait été de demeurer sur sa monture et se plonger un couteau dans le cœur pour ne pas devoir survivre à cette femme.

Cette vision sinistre de lui en train de se donner la mort l'avait ensuite rendu fou de rage. Isabella n'était pas sa vie ! Ni même son amour. Elle n'était qu'un moyen de parvenir au but qu'il s'était fixé, même s'il avait plus d'une fois espéré que, lorsque Glenforde serait mort, il pourrait trouver une forme d'entente avec elle, un moyen de s'en rapprocher de manière amicale.

Mais s'il n'éprouvait que de l'amitié pour elle, pourquoi avait-il eu la tentation impie de s'ôter la vie ? Et pourquoi, en cet instant, restait-il assis devant sa nourriture sans la toucher, tétanisé à l'idée d'aller retrouver cette femme ?

— Richard ?

Conal lui saisit le poignet et lui mit une chope de bière dans la main.

— Allez lui parler. Racontez-lui ce qu'il se passe.

Il cligna les yeux et se tourna vers son ami en découvrant, surpris, que Marguerite n'était plus assise entre eux. Son regard la retrouva au milieu de la salle en train d'aider Hattie et les servantes à débarrasser les tables.

— Et que se passe-t-il ?

Conal fit la moue.

— Vous pouvez vous mentir à vous-même, et vous pouvez lui mentir à elle. Vous pouvez même mentir à Dieu, si tel est votre désir. Mais vous ne pouvez pas me mentir à moi. Vous aimez cette femme à la langue trop bien pendue beaucoup plus que vous voulez le reconnaître.

— Tu vois des choses là où il n'y en a pas, mon ami, rétorqua-t-il.

Comment Conal aurait-il pu comprendre ce qu'il se passait en lui alors que lui-même n'y parvenait pas ?

— Peut-être. Mais d'après la façon dont vous avez réagi quand vous l'avez vue tomber, je ne pense pas me tromper. C'était la première fois que je surprenais un effroi aussi intense sur votre visage.

— Pourquoi n'aurais-je pas été effrayé ? S'il arrive quoi que ce soit à cette fille, Warehaven se ruera sur notre île pour la mettre à feu et à sang.

— Encore une fois, vos réponses toutes faites peuvent marcher avec qui vous voudrez, sauf avec moi. Si Warehaven fond sur Dunstan dans le but de nous anéantir, nous aurons sur lui l'avantage d'être chez nous et de défendre nos foyers et les gens que nous aimons. Même s'il nous cause des dommages, il finira par perdre et retournera chez lui un peu plus affaibli qu'à l'arrivée tout en déplorant la mort d'un grand nombre d'hommes.

Richard posa sa chope de bière, recula brusquement son siège et se leva.

— Conal, t'ai-je récemment dit que tu es vraiment un âne quand tu t'y mets ? Comment maintenant, par exemple.

— C'est plus que probable, repartit Conal. Mais vous me le répétez si souvent que je n'entends même plus.

Il tapota le plat de nourriture que les servantes avaient préparé pour Isabella et ajouta :

— N'oubliez pas de lui apporter ceci.

Vaincu, Richard saisit le plat et s'éloigna.

Isabella attrapa le bord de la couverture et se mit à le triturer nerveusement. Sa tête tournait encore plus fort que tout à l'heure.

Apparemment, tout le monde l'avait oubliée. Jamais cela ne se serait produit avec sa sœur ni ses parents. Seul Jared aurait éventuellement pu oublier de venir la voir, mais il était la plupart du temps si occupé qu'il finissait toujours par oublier une chose ou une autre. Le reste de la famille, en revanche, lui aurait apporté à boire et à manger. On serait même venu la voir bien plus souvent qu'elle l'aurait souhaité pour s'assurer qu'elle se sentait mieux et n'avait besoin de rien. Certains seraient même passés juste pour lui tenir un peu compagnie.

Mais elle n'était pas chez elle, à Warehaven. Elle se trouvait à Dunstan, où son sort n'intéressait absolument personne.

Elle soupira, lâcha la couverture et croisa les bras. Heureusement, elle avait compris que sa mélancolie excessive venait du vin mêlé d'herbes médicinales qu'on lui avait préparé. Sinon, elle se serait laissé aller à éclater en sanglots, à s'apitoyer sur son sort, et à céder au mal du pays.

La porte s'ouvrit.

Enfin !

Elle se redressa, ravie, curieuse de savoir qui se présentait et, surtout, si on lui apportait de quoi étancher sa soif car le miel contenu dans le vin l'avait exacerbée.

Richard entra et traversa la pièce, un plateau bien garni entre les mains.

Après lui avoir jeté un bref regard, elle se laissa aller en arrière contre les oreillers. Il ne semblait pas en colère, mais pas particulièrement amène non plus. En fait, son expression était si neutre que l'on aurait pu croire qu'il s'ennuyait.

Son plaisir d'avoir de la compagnie disparut aussi vite qu'il était né. A une telle compagnie, elle préférait encore la solitude.

Du bout du pied, il fit glisser un tabouret jusqu'au lit et posa le plateau dessus.

— Je sais que c'est un peu copieux, mais ils ont tenu à vous préparer un peu de tout pour que vous puissiez choisir ce que vous préférez.

Même sa voix avait une intonation ennuyée.

— Cela m'est égal, répondit-elle entre deux reniflements. Je n'ai pas faim.

Il la considéra fixement.

— Vous avez mal ?

— Non, marmonna-t-elle en s'essuyant les yeux.

Elle pesta en silence contre sa fragilité.

— Dans ce cas, pourquoi pleurez-vous ?

— Aucune idée.

Il fronça les sourcils puis parcourut la pièce du regard jusqu'à ce que ses yeux tombent sur la timbale renversée, vide, sur la table près du lit.

— Que contenait-elle ? s'enquit-il en la désignant du doigt.

— Du vin médicinal.

— Quelles étaient les médecines ?

Isabella chercha un instant dans sa mémoire mais, incapable de se souvenir, haussa les épaules.

— Des herbes et des substances.

— Des substances ?

— Oui, des substances.

— Ah oui ? Eh bien, s'ils ont mis les mêmes dans le mien, je ne vais pas tarder à pleurer aussi…

Riant, il s'assit sur le bord du lit.

— Faites-moi un peu de place.

Lorsqu'elle se fut exécutée, il tapota les oreillers, ôta ses bottes et s'étendit.

— Quelles sont les pensées moroses qui vous mettent dans cet état ?

Elle laissa aller sa tête contre son épaule.

— Tout le monde m'a oubliée.

— Totalement impossible, répondit-il en lui entourant les épaules de son bras et en l'attirant contre lui.

— Si. Vous êtes tous partis et m'avez laissée seule.

— Mon Dieu… pendant toute une heure !

Elle secoua la tête.

— Plus que cela.

— Je vous assure que non, dit-il posément.

Il prit un morceau de pain sur le plateau et le lui tendit.

— Mangez cela.

Elle en préleva un bout minuscule, le porta à sa bouche, mais ne put l'avaler tant sa gorge était sèche.

— Je voudrais de l'eau.

— Impossible. Il n'y a que du vin sur ce plateau, et vous en avez assez bu.

— Mais j'ai soif !

Il lui reprit le pain.

— Que diriez-vous d'un peu de bouillon à la place de l'eau ?

— Si vous n'avez que cela…

Quelque part, au fond de sa tête, elle savait qu'elle se conduisait comme une enfant gâtée mais, en cet instant, elle s'en moquait complètement et ne parvenait pas du tout à changer d'état d'esprit. Tout ce qu'elle voulait était que le lit cesse de tanguer.

Richard saisit le bol de bouillon, mais l'empêcha de le prendre quand elle se redressa et avança les mains.

— Je le tiens. Prenez déjà une gorgée.

A peine se fut-elle exécutée que des gouttes tombèrent sur sa robe. Elle repoussa le bol en secouant nerveusement la tête.

— Richard, je crois que j'ai été empoisonnée.

— Mais oui, Isabella, je sais.

Il ne la croyait pas. A quoi bon insister ? Elle se laissa glisser de la position assise à la position allongée.

— J'ai besoin de dormir.

— Non.

Joignant le geste à la parole, il la força à se rasseoir et cala deux oreillers derrière son dos.

— Vous devez d'abord manger quelque chose.

A cette simple perspective, elle sentit son estomac se contracter.

— Je ne pense pas que ce soit une bonne idée.

— Allez-vous être malade ?

— Malade ? Je suis une lady.

Il se frappa le front.

— Mais oui ! Comment ai-je pu oublier que les ladies ne rendent jamais leur repas… ni leur boisson ?

Isabella aurait voulu rire, mais tout ce qu'elle trouva à faire fut de lui tapoter la jambe.

— Lord Dunstan, vous êtes vulgaire.

— Il me semble qu'on me l'a déjà dit une fois ou deux.

Sur ces mots, il se leva.

— Je vais vous chercher de l'eau.

— Vous me quittez ?

En posant sa question, elle sentit, horrifiée, que sa lèvre inférieure tremblait et que ses yeux se remplissaient de larmes.

— Je reviens tout de suite, répondit-il en la regardant.

Elle secoua la tête.

— Ce n'est pas vrai. Vous n'allez pas revenir et je vais encore me retrouver toute seule !

Elle butait sur les mots.

— Et pour le restant de mon existence, conclut-elle avec un soupir étranglé.

Mais pour l'amour de Dieu, que lui arrivait-il ? Chaque fois qu'elle ouvrait la bouche, c'était pour émettre une idiotie supplémentaire.

A bout de forces, elle indiqua la porte de la main tout en retirant les oreillers de derrière son dos.

— D'accord. Allez-vous-en. Laissez-moi.

Elle entendit vaguement Richard grommeler quelque chose et ses pas s'éloigner. Puis, soudain, sa voix s'éleva, très fort.

— Hattie !

Son appel lui parvint comme à travers un épais brouillard. Son cœur battait si fort que chaque coup résonnait dans ses oreilles.

Elle saisit la couverture.

— Richard ?

Il revint vers le lit, s'assit, et la prit contre lui.

— Je suis là.

— Quel… quelque chose ne… va pas… je…

Elle ferma les yeux avec un soupir et sombra dans les chaudes et réconfortantes profondeurs du vide.

— Isabella !

Le cri de Richard, qui la secouait, la fit revenir à la réalité confuse de la chambre.

Il la berçait entre ses bras et lui bredouillait des choses qu'elle ne comprenait pas. Incapable d'articuler, elle essaya de répondre à ses questions incompréhensibles par d'aussi incompréhensibles borborygmes.

Une clameur et des impacts au sol, si nombreux qu'elle eut l'impression qu'une horde de chevaux avait pénétré dans la pièce, lui firent se demander si l'île de Dunstan n'était pas victime d'une invasion.

Une main lui saisit le menton. Des doigts lui pressèrent les joues et lui firent ouvrir les lèvres. Elle se débattit tant qu'elle put, mais ses efforts cessèrent lorsque quelqu'un lui versa un liquide répugnant dans la bouche, lui ferma les lèvres et passa la main sur son cou pour la forcer à avaler.

Les bras qui la tenaient la déposèrent alors sur un plan solide et dur, mais pas assez froid pour être le sol. Où se trouvait-elle ? Impossible de réfléchir à la question. Ce qui lui semblait être la voix de Richard lui parvint aux oreilles. Il s'excusait pour quelque chose.

Elle émit un petit grognement. Tant de choses lui échappaient auxquelles elle était incapable d'apporter ne serait-ce que le début d'une réponse ! Sans parler de la douleur qui lui vrillait la tête et de son estomac qui se contractait de la plus désagréable manière.

Quand elle essaya de se rouler en boule pour adoucir sa douleur, des mains l'en empêchèrent et l'installèrent d'autorité sur le ventre.

En ouvrant un œil, elle put vérifier que le plan dur et inconfortable sur lequel elle se trouvait n'était pas le sol.

Elle bougea un peu. Son pied toucha quelque chose. Etait-ce sur un lit qu'elle se trouvait ? Un lit ? Non. Un nouveau regard lui révéla qu'il s'agissait d'une table. Mais tout cela lui importait de moins en moins tant son estomac gargouillait et lui faisait mal.

Richard lui rassembla les cheveux et les ramena vers l'arrière avant de les nouer en hâte. Puis il lui caressa doucement le dos, mais ce léger massage augmenta encore son malaise grandissant. Avant d'avoir pu lui demander d'arrêter, elle sentit son estomac se soulever.

Après ce qui lui sembla avoir duré des heures, son estomac cessa de se manifester et elle put, épuisée, respirer normalement et poser son front sur la table. Sa gorge brûlait, son visage était baigné de larmes, sa robe collait à son corps en sueur et elle tremblait sans pouvoir s'arrêter. Mais, au moins, la pièce avait cessé de tourner, son estomac de se crisper, son cœur de caracoler et sa tête de pulser.

Un mouvement près d'elle lui fit rouvrir les yeux. Richard était en train de la recouvrir d'une couverture en fourrure. Lorsque ce fut fait, il prit place sur un banc tout près d'elle et glissa une main dans la sienne tandis que, de l'autre, il repoussait les mèches qui lui barraient le front.

Sa pâleur la frappa. Que s'était-il donc passé pour qu'il soit à ce point bouleversé ? Des chuchotements tout autour lui firent redresser la tête autant qu'elle pouvait. La moitié des habitants de Dunstan semblaient se trouver dans cette pièce. Humiliée d'être vue dans un tel état, elle tourna la tête vers Richard et lui demanda d'une voix rauque :

— S'il vous plaît, faites-moi sortir d'ici.

Comme elle essayait de se relever, il lui posa la main sur l'épaule.

— Ne vous inquiétez pas, je m'en occupe tout de suite.

Quelques secondes plus tard, il la soulevait dans ses bras tandis que Marguerite ajustait la fourrure autour d'elle en disant à Richard :

— Vous pouvez y aller. Je vous suis.

Le plus beau des spectacles attendait Isabella dans l'appartement, celui d'une immense cuve pleine d'eau placée près de l'âtre, et dont s'échappait la plus délicieuse des senteurs. Rose et jasmin en plein cœur de l'hiver… Jamais elle ne s'était sentie aussi tentée.

Richard l'aida à s'asseoir sur le banc posé devant la cuve. En la voyant vaciller un peu, il lui posa les mains sur les épaules pour la stabiliser.

Elle soupira. Si elle n'arrivait même pas à rester assise, comment profiterait-elle de ce bain miraculeux qui lui était offert ? Il l'invitait pourtant à profiter de son eau chaude et à laisser ses tourments se volatiliser dans les volutes de vapeur. Elle n'avait plus qu'un rêve, s'y plonger.

Ses lèvres se mirent à trembler et des larmes brouillèrent sa vision. Jamais elle n'arriverait à se reprendre. Elle ferma les yeux, anéantie. Ce n'était pas possible, elle n'allait pas se remettre à pleurer…

Une main un peu calleuse balaya ses larmes et s'attarda sur sa joue.

— Je reviens bientôt, Isabella, je vous le promets.

Elle s'abandonna contre la paume chaude.

— C'est trop stupide.

— Ce qui vous arrive n'a rien de stupide. Vous avez mal réagi soit aux herbes, soit au vin lui-même.

— Mais vous êtes sortie d'affaire, fit la voix de Marguerite, tout près.

Elle ouvrit les yeux pour voir la sage-femme poser sur la table à côté de la cuve un pichet d'eau, un gobelet et une pile de linges. Marguerite la rejoignit ensuite près de la cuve et la débarrassa de sa couverture en fourrure, puis elle lui délaça adroitement sa robe sans la lui retirer.

— Vous allez pouvoir entrer dans l'eau dès que je vous aurai aidée à finir de vous déshabiller. Le bain va vous débarrasser du reste de poison qui est encore dans votre corps.

Isabella dut se tenir au bord de la cuve pour se lever. Elle frissonnait de tous ses membres.

— Si je n'arrive même pas à rester assise sur un banc, comment pourrai-je tenir dans l'eau sans me noyer ?

Marguerite lui dénoua les cheveux tout en jetant un coup d'œil à Richard.

— Je suis sûre que votre mari saura veiller sur vous.

Elle retint une exclamation. Cela signifiait donc qu'il allait assister à son bain… Cette éventualité la fit fondre en larmes.

— Ne trouvez-vous pas que je me suis assez montrée sous un mauvais jour pour aujourd'hui ?

Il lui effleura gentiment la joue.

— Pleurez, transpirez, faites comme bon vous semblera. Si vous vous en sentez la force, vous pouvez même me battre et crier. Mais vous n'arriverez pas à échapper à ce bain. D'ailleurs, je sais que vous en mourez d'envie. Et comme personne ne veut que vous vous noyiez, il faut bien que j'y prenne part.

Sur ces mots, il se pencha vers elle, lui enserra la taille et la souleva juste assez pour que Marguerite lui retire sa robe. Puis il la reposa sur le banc.

— Je ne partirai pas d'ici. Autant donc vous habituer à ma présence tout de suite.

Les joues d'Isabella s'enflammèrent. Il rit à ce charmant spectacle et, sans gêne aucune, commença à retirer ses vêtements. Marguerite, pendant ce temps, lui ôta sa chemise. La seule partie encore couverte de son corps était sa cheville, protégée par son bandage.

Elle ferma fort les yeux avec l'espoir insensé que, quand elle les rouvrirait, toute cette scène se serait envolée comme s'envolent les mauvais rêves au réveil.

Pleine d'espoir, elle rouvrit un œil, juste pour voir Richard qui se penchait pour prendre un seau plein d'eau brûlante dégageant une épaisse vapeur. Elle déglutit, troublée, en voyant ses muscles jouer sous sa peau tandis qu'il soulevait le seau.

Le doux rire de Marguerite la ramena à la réalité et à ce qui l'entourait, à savoir, surtout et exclusivement, le beau corps d'athlète de Richard dans sa quasi-nudité.

— Comme je vous l'ai dit, je suis sûre que votre mari vous empêchera de vous noyer, déclara la sage-femme, en la prenant dans ses bras pour l'aider à enjamber l'immense cuve.

En un clin d'œil, Richard se trouva à l'intérieur pour l'accueillir, toujours vêtu de ses seules braies. Elle remarqua qu'il n'y avait pas de siège dans la cuve et se demanda comment faire. De nouveau, Richard la prit de vitesse en s'asseyant dans l'eau et en l'attirant contre lui.

Leur mouvement fit jaillir une gerbe d'eau qui éclaboussa le sol et que Marguerite épongea aussitôt. Elle saisit ensuite les linges qu'elle avait posés sur la table et les accrocha aux supports placés tout autour de la cuve pour les isoler et retenir la chaleur.

Ils se retrouvèrent seuls au milieu de la vapeur.

Elle avait à présent du mal à voir autour d'elle et tressaillit au bruit de pas qui approchaient. L'instant suivant, il y eut un bruit de liquide. Deux personnes au moins ajoutaient de l'eau chaude dans la cuve, à leurs pieds.

Lorsque ce fut terminé et que les pas s'éloignèrent, Marguerite passa la tête entre les rideaux improvisés.

— J'ai posé un broc d'eau fraîche à boire sur le banc avec un gobelet. Deux hommes montent la garde devant la porte, et je fais chauffer davantage d'eau. Appelez-moi dès que vous en aurez besoin. Et surtout, milord, assurez-vous qu'Isabella boive le contenu du broc !

— Il n'en restera pas une goutte, répondit-il.

Elle tapota l'épaule d'Isabella.

— Détendez-vous et laissez votre mari s'occuper de vous. Il vous doit bien cela.

Quand la porte de l'appartement se fut refermée, un épais silence tomba dans la chambre. Isabella sentait le cœur de Richard battre contre son dos et, curieusement, elle eut l'impression que, très vite, son propre cœur se mettait au même rythme.

Prise d'une étrange faiblesse, elle se sentit soudain irrésistiblement attirée par l'eau. Mais, déjà, deux bras l'enveloppaient par-derrière et l'aidaient à se redresser.

— Détendez-vous, Isabella, lui dit doucement Richard.

Serait-elle un jour capable de résister à cette voix grave ? De repousser ces bras un peu rudes mais si enveloppants ?

Elle expira lentement avant de laisser aller sa tête en arrière contre l'épaule protectrice.

Chapitre 15

Richard s'adossa à la paroi de la cuve. Il ne se sentait pas fatigué et savait qu'il ne risquait pas de s'endormir. Encore moins alors qu'il avait la responsabilité de cette femme aux courbes si douces, nue contre lui. Il lui fallut un long moment pour effacer de sa pensée le souvenir des derniers événements.

Cette femme qui était la sienne lui avait causé une telle frayeur qu'il avait l'impression d'avoir vieilli de plusieurs années en une heure. Et il était à peu près sûr d'avoir, par ricochet, presque autant fait vieillir ses hommes. L'expression de son visage lorsqu'il avait dégringolé les marches à toute allure avec, dans les bras, une Isabella plus morte que vive, le son de sa voix lorsqu'il avait appelé Hattie et Marguerite, tout cela avait dû les frapper d'une manière que personne n'était près d'oublier.

De son côté, Conal n'avait jamais couru aussi vite de sa vie, balayant la table de tout ce qui restait de plateaux, gobelets, bols et ustensiles d'un large mouvement de son bras de géant. Quant au reste de ses hommes, ils avaient réagi à la vitesse de l'éclair avec Matthew à leur tête. Celui-ci avait donné ses ordres avec calme, célérité et une telle autorité que, immédiatement, les doubles portes s'étaient trouvées gardées et protégées par des hommes en armes tandis que le reste de sa troupe ouvrait le chemin à Richard en repoussant tout ce qui pouvait gêner sa progression, bancs, banquettes, tabourets et tables.

Ce fut durant ces instants, forts et intenses, que son beau raisonnement sur l'indifférence qu'il voulait que son peuple éprouve envers

Isabella s'était révélé bien peu réaliste. Le comportement de tous avait prouvé qu'on la considérait déjà comme la châtelaine de l'île, et que personne n'y trouvait rien à redire. Que pouvait-il espérer changer à cela ? Rien. Il était, à l'évidence, trop tard.

Il se rappela la terreur et la désolation qui s'étaient peintes sur les traits de Marguerite en découvrant Isabella inanimée. Elle avait cessé de respirer et était devenue livide. Jamais, c'était manifeste, elle n'aurait pu imaginer que son vin médicinal pouvait produire un effet aussi violent. Pendant un long moment, elle avait craint d'avoir tué lady Dunstan.

Et, à vrai dire, il avait pensé exactement la même chose.

Heureusement, ils s'étaient tous deux trompés.

— Je suis désolée.

La voix venait de s'élever, ténue, dans le silence. Isabella reprenait apparemment vie, et son désir de la voir recouvrer au plus vite son état normal le fit rire. Alors qu'il avait tant pesté contre la langue trop bien pendue de cette femme, il rêvait à présent de l'entendre le narguer et le provoquer comme elle savait si bien le faire. Tout plutôt que la voir souffrir de nouveau. Lorsqu'elle était en colère, il sentait son sang bouillir, mais lorsqu'elle pleurait… Il poussa un long soupir… Lorsqu'elle pleurait, ses larmes lui crevaient le cœur comme autant de coups de couteau et le faisaient saigner.

— Hmm ?

— Je disais que j'étais désolée.

Il lui passa la main dans les cheveux en essayant de les démêler.

— Désolée de quoi ?

— D'avoir agi comme une nigaude écervelée.

Elle baissa la tête.

— Et de vous avoir mis dans l'embarras devant vos hommes.

Richard se demanda dans quel ordre il devait répondre à ces deux affirmations, puisqu'elles étaient aussi fausses l'une que l'autre.

— Avoir pleuré ne fait pas de vous une nigaude écervelée.

Il posa la paume de sa main sur son front pour lui faire basculer la tête en arrière et baissa les yeux vers elle.

— Si vous aviez été endormie quand je suis arrivé dans la chambre, jamais je n'aurais su que quelque chose n'allait pas et, très vite, il aurait été trop tard. Ce sont vos larmes et votre excessive mélancolie qui m'ont averti que vous étiez en grave difficulté. Vous n'avez donc aucune raison de vous excuser. Elles vous ont sauvé la vie.

— Peut-être, mais je vous ai tout de même beaucoup embarrassé. Personne, excepté mon père, n'a jamais vu ma mère malade. Me donner ainsi en spectacle devant tout le monde était dégradant.

— Vous plaisantez ! s'exclama-t-il en secouant la tête d'un air incrédule. Voyons, Isabella, si vous aviez été malade à la suite d'un peu avouable enivrement et que vous soyez coutumière du fait, je comprendrais que vous éprouviez un sentiment de honte. Mais, en l'occurrence, la situation n'a rien de déshonorant. Vous ne vous êtes pas enivrée. Vous avez été empoisonnée par un mélange qui aurait pu vous être fatal !

Il lui caressa doucement la joue, descendit jusqu'à son menton, et lui fit tourner la tête vers lui.

— Comprenez-vous que vous avez failli mourir ce soir ?

— Je suis sûre que mes parents seraient très soulagés d'apprendre que cela n'a pas été le cas.

Il fronça les sourcils, perplexe. Isabella avait-elle déjà retrouvé son ironie, refaisait-elle vraiment surface, ou s'agissait-il d'un dernier léger délire de sa part ?

Il lui sembla qu'il était un peu tôt pour espérer qu'elle ait déjà recouvré tous ses esprits et qu'elle ne pouvait pas s'être remise aussi vite de ce qui l'avait si violemment affectée un peu plus tôt.

C'est parce qu'il en doutait qu'il répondit sagement :

— J'en suis sûr.

Et lui aussi était heureux qu'elle soit hors de danger.

Un discret reniflement l'intrigua.

Sans la lâcher, il la changea de place dans ses bras pour l'avoir presque face à lui. Elle avait fermé les yeux et luttait contre les larmes, mais son combat était perdu d'avance. Celles-ci débordaient de ses yeux et glissaient, presque imperceptibles, le long de ses joues déjà humides.

— Moi aussi je suis soulagé, murmura-t-il alors. Moi aussi.

Elle posa la tête dans le creux de son épaule, et ses larmes continuèrent à couler.

— Je ne peux m'empêcher de pleurer.

— Je sais.

Il l'enveloppa de ses bras.

— Que pourrions-nous faire pour vous distraire ?

— Je doute que quelque chose puisse y parvenir en ce moment. Je me sens si misérable ! Je doute aussi de pouvoir lutter contre l'humeur maussade qui m'a saisie dès que j'ai eu ingurgité cette potion.

— Vous doutez trop…

Ils se trouvaient dans la même cuve, et elle était nue. La distraire pouvait se révéler très simple. Il posa la main sur sa cuisse.

— Pourquoi pas…, dit-elle doucement. Cela pourrait me distraire un peu.

— Un peu ? répéta-t-il tout en remontant la main vers sa hanche avant de la redescendre le long de sa cuisse. Juste un peu ?

Elle haussa les épaules sans répondre, mais sa respiration s'accéléra. Non, beaucoup plus que cela.

— Pendant que je vous distrais *un peu*, dit-il avec une pointe de dérision, vous allez boire de l'eau.

Tout en parlant, il écarta des rideaux qui les entouraient, saisit le gobelet qu'il lui tendit puis attrapa le pichet.

— Tenez, reprit-il en lui servant de l'eau.

Il lui tint le coude pour l'aider à boire puis reposa gobelet et pichet avant de la prendre de nouveau dans ses bras. Là, il lui posa les mains sur le ventre.

— Bien. Où en étais-je ?

— Ici, dit-elle en faisant glisser sa main pour la poser sur sa cuisse, à l'endroit précis où elle se trouvait un peu plus tôt.

Il la retira pour la remonter et l'arrêter juste sous ses seins.

— Comme c'est curieux… Il me semblait en être plutôt là.

— C'est que votre mémoire vous fait défaut.

— Vous avez raison, j'en étais plutôt là.

Ce disant, il mit la paume de sa main sur son sein et en caressa l'aréole avec son pouce.

Le contact la fit tressaillir.

— Vous vous trompez, je…

Elle s'écarta un peu pour chercher de l'air.

— … m'en souviendrais…

— En êtes-vous sûre ?

Devant sa respiration de plus en plus saccadée, il s'enhardit.

— N'oubliez pas que vous avez été droguée. Cela pourrait avoir altéré vos souvenirs.

— Ce n'est pas impossible, répondit-elle en lui posant la main sur l'épaule. Je peux même être en train de me tromper de personne…

Richard rit, attendri par sa capacité à se moquer d'elle-même.

— Ma lady retrouve son humour.

Elle posa la main sur son cou, en suivit la courbe, remonta jusqu'à son oreille et le regarda en face.

— Je ne me sens pourtant guère le courage d'en faire.

— Parce que vous avez soif…, répliqua-t-il en lui déposant un petit baiser sur les lèvres.

Il la lâcha le temps de lui servir un nouveau gobelet d'eau.

— Et vous ? s'enquit-elle avant de s'en saisir. Que ressentez-vous en ce moment précis, et quelle est votre humeur ? Vous ne me semblez guère courageux en tout cas…

Il attendit qu'elle ait tout bu et reposa son gobelet avant de répondre. C'était à son tour d'être pris au dépourvu.

Elle se serra contre lui, mais il réussit à empêcher son désir de prendre le dessus. Sa respiration, constata-t-il fièrement, restait aussi régulière que les battements de son cœur. Tant mieux, car son intention n'était pas du tout de transformer ce bain réparateur en quoi que ce soit d'autre. Il était et resterait un moyen de détente pour Isabella, ainsi que la meilleure manière de la débarrasser des poisons qui l'avaient rendue malade.

— Guère courageux ? répéta-t-il.

— Oui. Vous vous moquez de moi et me tentez en profitant de ma faiblesse présente, mais vous vous gardez bien de rien faire de concret pour m'arracher à mes tourments.

Il la considéra, regrettant que les rideaux improvisés atténuent la lumière et l'empêchent de vraiment bien distinguer son expression.

Mais il vit, et fut sûr de ne pas se tromper, ses yeux noisette étinceler de désir. A moins que, là aussi, leur éclat ne provienne de cette potion qu'elle n'avait pas supportée ?

Quand elle voulut s'asseoir à califourchon sur ses genoux, il l'immobilisa.

— Arrêtez, Isabella.

— Pourquoi, milord ?

Et elle lui passa sur le torse une main qui descendit ensuite vers son ventre.

— Arrêtez, répéta-t-il.

Sans paraître l'entendre, elle laissa sa main poursuivre son chemin.

— Isabella, reprit-il alors en lui saisissant le poignet, vous devez choisir. Soit nous respectons un minimum de distance, soit je vous laisse seule.

— Mais, j'ai envie de vous pr…

— Pas moi.

Elle tressaillit comme s'il l'avait frappée.

— Vous ne me désirez pas ?

Au léger tremblement de sa voix, il comprit qu'elle était encore en partie sous l'emprise de la potion qui lui avait presque été fatale.

— Si je vous désire ?

Il songea à son sexe tendu mais se contenta de poser sa main qu'il tenait toujours sur son torse à l'endroit exact où battait son cœur.

— Le sentez-vous battre ? Non, je ne vous désire pas, je meurs d'envie de vous.

— Mais alors…

Il se demanda s'il devait rire de lui-même ou se faire des reproches, car c'était bien lui qui avait commencé en prétendant vouloir la distraire de sa confusion.

— Vous n'avez même pas la force de rester assise sur un banc, et je le sais. Alors, même si je suis un triste gredin, je ne suis heureusement pas descendu assez bas pour profiter de la faiblesse d'une femme dans un but aussi vil. Certainement pas !

Il l'entendit de nouveau renifler discrètement.

— Pourquoi pleurez-vous ?

La question n'aboutit évidemment qu'à la faire pleurer encore.

Il la lâcha pour prendre appui contre le bord de la cuve, tout en luttant pour ne pas perdre le contrôle de la situation. Il ferma les yeux et s'efforça de maîtriser sa respiration.

Lorsqu'il fut certain de pouvoir parler, bouger et réfléchir sans avoir envie de s'énerver ni de céder à ses pulsions, il la serra dans ses bras.

— Excusez-moi, Isabella. Qu'est-ce qui ne va pas ? Dites-moi.

— Vous allez me prendre pour une idiote.

— Possible.

— Vous n'êtes pas un gredin, ni un sans-cœur…

Elle pleurait, abandonnée.

— Vous êtes le plus gentil et le plus doux des hommes que je connaisse.

Richard resta sans voix, et passablement effrayé. Le plus gentil, le plus doux ? Lui ? Elle le pensait vraiment gentil ? Doux ?

N'était-il pas allé trop loin dans sa tentative trop chevaleresque pour l'aider à se sentir mieux ? N'aurait-il pas plutôt dû la confier aux bons soins de Marguerite ou de Hattie ?

C'était de la folie. Au lieu de le considérer toujours comme la brute qui l'avait kidnappée, contrainte à l'épouser, et qui complotait pour tuer son ancien fiancé, voilà qu'elle le trouvait gentil et doux ! Il devait absolument la détromper avant qu'elle fasse quelque chose de réellement stupide.

— Isabella…

Il s'éclaircit la voix et recommença.

— Isabella, écoutez-moi. Le vin et les herbes vous font imaginer des choses qui n'existent pas. Rien n'a changé, ici. Vous restez l'appât destiné à attirer Glenforde, et il mourra comme prévu de ma main. Vous voyez, il n'y a rien dans tout cela qui mérite que vous me trouviez gentil ni doux.

Il attendit qu'elle dise quelque chose, n'importe quoi qui lui indique qu'elle avait compris.

Elle posa en silence la main sur son épaule. Son regard était concentré, et elle semblait vouloir prononcer des mots qui hésitaient à franchir ses lèvres. Finalement, ce fut d'une voix douce qu'elle déclara :

— Je ne connaîtrai jamais le genre d'amour que mes parents ont partagé. Est-ce ce que vous voulez dire ?

Il se raidit. Par ces mots, elle venait de confirmer ses pires craintes. La tendresse qu'il lui avait manifestée lui faisait espérer une suite qu'il ne serait jamais capable de lui offrir. A cause de la faiblesse dont il avait fait preuve, elle risquait maintenant de souffrir. Non, il ne voulait pas endosser cette responsabilité.

— En effet.

Et il ajouta, sincère :

— J'en suis désolé.

Elle prit appui contre lui pour se redresser et essayer d'agripper le bord de la cuve. Il la regarda batailler pour y arriver puis vit ses bras retomber, inertes, le long de son corps.

— Je veux aller me coucher.

Le terrible remords de n'avoir su l'aider lui nouait la gorge. Il déglutit péniblement, mais il ne pouvait rien dire, rien faire, pour adoucir la déception qui s'était visiblement abattue sur elle.

Il se leva et la prit contre lui, sans regretter ce qu'il venait de dire. Cela valait mieux ainsi. La souffrance qu'elle ressentait maintenant n'était rien comparée à celle qu'elle aurait éprouvée plus tard s'il lui avait menti et laissé entrevoir que le grand amour était possible entre eux. Au moins savait-il qu'il ne s'agissait que d'un mythe pour les couples en quête d'idéal. Alors, au bout du compte, peut-être se contenterait-elle de partager avec lui un aimable compagnonnage qu'ils sauraient tous deux respecter.

Quoi qu'il en soit, ce n'était pas le moment d'aborder ce sujet et encore moins de se quereller pour cela. Elle n'était pas dans son état normal, en ce moment, et pas vraiment capable de se défendre. Cela aurait été injuste vis-à-vis d'elle.

Il sortit de l'eau, enveloppa Isabella dans un vaste linge avant de l'aider à s'asseoir sur le tabouret à côté de la cuve afin qu'elle puisse s'y tenir en cas de besoin.

Puis il lui recouvrit les cheveux et les épaules d'un autre linge, avant de se pencher vers sa cheville dont il retira le bandage. Marguerite le referait sous peu.

Avec une autre serviette, il s'essuya énergiquement, essora au mieux sans les retirer ses braies qu'il avait gardées et tendit la main vers ses vêtements.

— Que faites-vous ?

Surpris par son ton, Richard laissa ses affaires choir sur le sol et se tourna pour la considérer.

Elle se laissa aller contre la cuve et soutint son regard sans ciller.

— J'ai l'intention de m'habiller, de vous mettre au lit et de partir. J'enverrai Marguerite ou Hattie pour rester avec vous.

Elle secoua la tête.

— Non.

— Comment cela, non ?

— Vous venez avec moi au lit.

— Je vous demande pardon ?

— Vous avez très bien entendu.

Pour se donner du temps et reprendre contenance, il prit un linge et commença à frotter ses cheveux humides. Il devait absolument comprendre les idées et les pensées qui traversaient en ce moment l'esprit d'Isabella.

— Ne pensez-vous pas que nous soyons allés assez loin ?

Elle se leva en prenant appui sur le bord de la cuve. Dans son mouvement, sa serviette glissa. Elle ferma les yeux le temps d'un battement de cœur, les rouvrit, et le fixa durement.

— Milord, mon mari, vous m'avez condamnée à un mariage sans amour sans la moindre chance de pouvoir m'en échapper. Puisque vous avez trouvé utile de m'épouser et de m'enfermer sur cette île, je n'ai d'autre choix que d'accepter ce destin pour futur. Pour autant, je refuse de poursuivre mon existence sans amour ni personne à chérir. Et puisque ce ne sera pas vous, vous devez me trouver quelqu'un d'autre à aimer.

De saisissement, il laissa tomber le linge qu'il tenait et croisa les bras.

— Quelqu'un d'autre à aimer ?

— Je veux un enfant.

— Un enfant !

Il étudia attentivement son expression. Elle était encore un peu pâle, mais son regard avait retrouvé toute sa vivacité. Plus de trace, apparemment, de sa confusion.

— Vous me devez au moins cela.

— Je vous *dois* ?

Les joues d'Isabella se teintèrent de rose.

— Vous m'avez tout pris, jusqu'à mon avenir.

Elle releva le menton.

— En tant que votre femme, j'exige que vous accomplissiez votre devoir conjugal.

Il serra les dents pour empêcher sa bouche de s'ouvrir sous le coup de l'immense, de l'indicible stupéfaction qui le submergeait. Allait-il pouvoir répondre sans bredouiller ?

Limiter sa question à deux mots lui éviterait de sombrer dans ce ridicule.

— Vous *exigez* ?

Elle inclina légèrement la tête sur le côté et souleva ses fins sourcils.

— Auriez-vous menti ? demanda-t-elle tandis que sa main épousait la courbe de sa hanche. Ma peau n'est-elle pas réellement douce et souple sous vos doigts ?

Elle la fit remonter le long de son ventre, l'arrêta en arrivant sous ses seins puis reprit son lent trajet.

Le regard toujours fixé sur lui, elle passa le pouce sur son aréole durcie.

— Ne me trouvez-vous pas séduisante ?

L'instant d'après, elle passait un doigt sur ses lèvres entrouvertes.

— N'aimez-vous pas le contact de mes lèvres sur les vôtres, le goût de mes baisers ? Puisque vous ne voulez ni mon cœur ni mon amour, qu'il en soit fait avec mon corps comme vous le désirerez.

Elle s'adossa à la cuve et lui ouvrit les bras.

— Ne désirez-vous vraiment rien de moi ?

Il avait déjà eu l'occasion de remarquer qu'elle apprenait très vite. Mais à ce point… Il ne lui avait fallu que quelques « leçons » pour comprendre l'art de la séduction.

Dieu me pardonne ! se dit-il. Elle était si sublime dans sa colère même, sa rage, sa douleur ! Sa hardiesse le captivait. Quant à ses exigences, elles l'empêchaient tout simplement de penser. Oh si, il la désirait ! Et si la manifestation très évidente de ce désir ne lui apparaissait pas, c'est qu'elle était aveugle.

Il décolla de son palais sa langue soudain sèche et l'avertit :

— Cela ne changera rien entre nous.

— Cela changera tout, car je ne serai plus votre femme simplement parce que je porte votre nom.

Il avança d'un pas.

— Si je vous emmène jusqu'à ce lit, il n'y aura pas de retour en arrière.

— J'ai beau vous détester en ce moment, Richard, je brûle de sentir votre peau contre la mienne.

Cette déclaration le libéra de ses dernières hésitations et de ses questions. Il se débarrassa de ses braies encore mouillées, réduisit en deux enjambées la distance qui les séparait encore, la prit dans ses bras et, dans le mouvement, la déposa sur le lit.

Puis il se redressa avec l'intention de s'étendre près d'elle et de la prendre contre lui, mais elle s'accrocha à ses épaules et le força à se coucher sur elle.

— N'essayez pas d'être gentil, Richard, ni de me faire défaillir, ni d'oublier le véritable enjeu de cette situation. Inutile, oui, de jouer à l'amour avec moi. Ce serait un mensonge, et je ne le veux pas. La seule chose que je veuille est un enfant.

Oh non ! Il n'allait sûrement pas se conduire comme elle le lui suggérait. Elle n'était pas une catin. En dépit de tout, elle était sa femme et il n'allait pas passer sa vie avec elle sans la faire profiter des plaisirs qu'ils pouvaient partager.

Se libérant de son étreinte, il lui saisit les mains.

— Je vais vous donner l'enfant que vous désirez tant, mais nous allons faire cela à ma façon. Pas à la vôtre. Me comprenez-vous bien ?

Comme elle acquiesçait de la tête, il libéra ses mains. Il la savait nerveuse, et c'était normal. Le contraire aurait même été étrange. Mais il savait aussi très exactement comment la distraire de son inquiétude.

Posant les lèvres contre son oreille, il chuchota :

— Je vous avais dit que vous devriez un jour me supplier pour cela. Etes-vous prête à le faire, Isabella ?

Il avait prononcé son prénom de la manière qu'il savait utiliser maintenant pour la faire frissonner.

La réponse tomba comme un couperet :

— Non, je ne supplierai pas.

— Ah ! Vous recommencez à me défier…

Elle ferma les yeux en se demandant si elle ne venait pas de commettre une erreur, une énorme erreur qu'il était trop tard pour réparer… Mais déjà il appuyait ses lèvres à l'endroit si délicat où son cou rejoignait son épaule, où sa peau était encore plus fine et douce. Il l'embrassa, la mordilla jusqu'à ce qu'elle laisse échapper un petit soupir.

Son rire bref et rauque aurait dû l'avertir, mais elle ne se possédait déjà plus tout à fait. Il avait posé la main sur l'un de ses seins et caressait avec sa langue son mamelon qu'il se mit à sucer doucement, jusqu'à ce qu'elle ne puisse retenir un petit cri.

Tandis qu'il poursuivait sa caresse et ses baisers, elle serra fort les lèvres pour s'empêcher de gémir. Son pouls s'accélérait cependant, et le désir que Richard distillait en elle la gagnait tout entière.

Un petit rire plus sonore lui fit se demander quelle délicieuse torture il allait lui infliger maintenant dans le seul but de l'entendre le supplier. Quoi qu'il fasse, elle n'était pas certaine de lui résister longtemps.

Une main toujours sur son sein, il lui caressa le flanc jusqu'à la taille. Puis sa main quitta son sein, descendit jusqu'à sa hanche tandis qu'il glissait lui-même plus bas jusqu'à trouver la place la plus chaude entre ses cuisses.

Elle retint sa respiration, souleva les jambes qui trouvèrent instinctivement leur place sur ses épaules.

Richard les sentit certainement trembler, car il lui posa une main sur le ventre pour l'immobiliser.

— Détends-toi, Isabella, respire…

Essayant d'oublier les battements de plus en plus fous de son cœur, elle prit une profonde inspiration. Quelques instants plus tard, un baiser tellement intime qu'elle crut pendant une demi-seconde qu'il était le fruit de son imagination lui coupa le souffle. Naquit alors en elle un besoin incontrôlable, un désir fou impossible à maîtriser.

Elle avait l'impression incroyable d'être emportée par une immense vague. Non, ce n'était pas une impression. Elle était bel et bien emportée par une puissante vague. C'était certain, évident, elle n'en doutait plus. Elle ne pesait plus rien et, l'eût-elle voulu, ne pouvait rien contre la puissance des courants qui l'entouraient, le mouvement de fond monté des entrailles de la mer qui la soulevait, la ballottait, la repoussait pour la reprendre une fois encore et la hisser sur le point culminant de la vague, sa crête immaculée et mousseuse.

Richard cessa tout à coup cette folle caresse. Le souffle court, elle crispa les doigts sur la couverture et dut aller chercher sa respiration très loin. Il jouait avec elle. Il voulait qu'elle le supplie, elle le savait. Il lui avait affirmé qu'elle le ferait et il rêvait de l'entendre. Comprenant que bientôt elle ne pourrait plus retenir ses larmes, et le supplierait de la satisfaire, elle ferma les yeux.

Il reprit son petit jeu, et les mouvements exquis de sa langue contre sa chair brûlante l'affolèrent de plus belle. Elle devait maintenant lutter pour ne pas crier. Son ventre se contractait et, chaque fois que la vague la portait plus haut, les battements de son cœur résonnaient plus fort dans sa poitrine.

N'y tenant plus, elle s'arc-bouta contre lui et dit :

— Viens, je t'en supplie…

Sans se faire prier davantage, il vint sur elle, la saisit par les hanches et la pénétra doucement.

Elle gémit pour réclamer davantage et se mit à onduler sous lui.

La main de Richard effleura sa joue et, de ses lèvres, il effleura les siennes.

— Doucement, calme-toi.

— Non.

Elle le serra plus fort.

— Viens, je t'en prie, tu ne me fais pas mal.

Il adopta son rythme tandis qu'elle l'enveloppait de ses bras, se cramponnant à lui de plus en plus fort à mesure que le plaisir montait en elle jusqu'à atteindre son paroxysme.

Presque en même temps, Richard se raidit. Son corps se mit à trembler tandis qu'il rejetait la tête en arrière avec un grognement sourd.

Il roula sur le flanc.

C'était trop tôt pour Isabella. Incapable de remettre aussi vite entre eux la distance qui s'imposait, elle se blottit contre lui.

Richard émit un long soupir.

— Je dois y aller. Vous avez besoin de vous reposer.

— Non.

Elle leva la main vers son visage et lui caressa la joue.

— Ne me quittez pas. Restez.

— Mais…

Sans le laisser finir, elle lui posa un doigt sur les lèvres.

— Si c'est tout ce que nous devons partager, autant le faire pleinement, ne croyez-vous pas ? De plus, aucune raison valable ne vous oblige à aller dormir ailleurs.

Il haussa un sourcil, mais elle poursuivit, imperturbable :

— Vous voyez, la raison pour laquelle je vous demande de rester est claire. Inutile, donc, d'avoir peur. Je sais très bien que nous ne nous ouvrirons pas nos cœurs, mais… Richard, la force qui nous lie est si incroyable que… Ne croyez-vous pas comme moi que nous devons la traiter comme un trésor ?

Il lui prit la main et la porta à ses lèvres.

— Je crains, Isabella, que votre tendre cœur en souffre beaucoup ultérieurement, mais c'est d'accord. Je vais rester avec vous… pour cette nuit.

Chapitre 16

Ce fut l'odeur de la cannelle, des clous de girofle et de la muscade qui accueillit Isabella le lendemain matin. Les tartelettes de Noël cuisaient au four, et elle ne put s'empêcher de se demander si, malgré son absence, on allait fêter Noël, cette année, dans sa famille. Elle espéra sincèrement que oui et que cette célébration serait joyeuse.

— Que va-t-il dire, à votre avis ? demanda-t-elle à Hattie en s'approchant pour l'aider à entourer d'une autre guirlande le dernier des rameaux de pins qui décoraient les poutres de la grande salle.

L'ancienne nourrice de Richard haussa les épaules puis répondit avec philosophie :

— Une fois que ce sera fait, de toute façon, ce qu'il en pensera n'aura plus d'importance.

— Sûrement…

Richard suivait, jour après jour, les préparatifs de Noël. Pour le tenir au courant, Isabella avait remisé devant l'entrée du château les branches de semperflorens et stocké le houx derrière la porte cochère. De cette façon, il ne pouvait passer devant sans les voir, ce qui lui donnait la possibilité d'émettre ses critiques éventuelles avant qu'elle commence le travail. Or, il n'avait pas dit un mot. Pas plus qu'il ne l'avait interrogée sur ses intentions. Elle en avait donc déduit qu'il ne lui reprocherait pas d'avoir décoré de verdure la partie du château qu'ils habitaient.

L'éclat de rire de Marguerite, qui venait d'immobiliser Conal sous une branche de gui pendant à un long ruban à l'autre bout de la salle, lui arracha un sourire.

C'était beau de les voir ensemble tant ils étaient heureux de l'être. En même temps, elle ne pouvait repousser la petite pointe d'envie qu'elle ressentait quand elle se disait que jamais elle ne connaîtrait le même bonheur ni la même joie de vivre.

— Milady…

Hattie venait de lui effleurer le bras. Elle tourna la tête vers elle.

— Ce n'est peut-être pas mon rôle de vous dire cela, mais il faut tout de même que vous le sachiez. Richard a traversé de terribles épreuves. Donnez-lui le temps…

Un peu gênée, Isabella reporta ostensiblement son attention sur les semperflorens.

— Du temps ? Je veux bien, mais je pense qu'une vie entière ne lui suffirait pas…

— Ne soyez pas aveugle, milady.

— Je ne le suis en rien, Hattie. Tout est au contraire très limpide depuis le début. Il me l'a dit et répété. Pour lui, je ne représente rien, rien qu'un appât.

— Il y avait un chiot, ici, autrefois.

Isabella se demanda ce que Hattie avait en tête et pourquoi elle changeait si brusquement de conversation.

— Un chiot ?

— Oui. Beau comme tout, avec un poil marron foncé, de longues oreilles et de grands yeux noirs. Un tel amour que le jeune maître le voulait absolument pour lui. Il sortait en cachette dès qu'il pensait pouvoir le trouver quelque part. Ce petit animal était devenu toute sa vie. La lune n'apparaissait et ne disparaissait que pour lui. Je ne sais pas combien de fois j'ai dû aller le chercher, à l'heure du dîner. Je les retrouvais toujours ensemble, le plus souvent dans l'étable, le chiot endormi dans les bras du petit Richard.

Les chiots étaient nombreux à Warehaven. Aussi Isabella savait-elle quelle dévotion les enfants leur portaient. Quoi de plus facile à aimer que ces adorables animaux joueurs ?

— Malgré cela, son père a décidé un jour de se débarrasser de l'animal.

— Non ! s'exclama-t-elle, scandalisée par la dureté de cette décision. C'était cruel vis-à-vis de son fils !

— En effet, et plusieurs personnes ont alors osé le lui faire remarquer. Mais Sa Seigneurie n'a pas voulu entendre raison. Son idée, en agissant ainsi, était d'enseigner la dureté de l'existence à son enfant. Après cela, le petit a pleuré pendant des nuits entières.

— Je pense pour ma part que le seul enseignement qu'il a pu retirer de cette séparation forcée a été de ne plus jamais s'attacher à qui que ce soit.

En faisant cette remarque, elle sentit son cœur se serrer pour le petit garçon que Richard avait été.

Hattie la regarda, une branche de semperflorens dans les bras.

— Exactement, milady.

Isabella fronça les sourcils. Cela expliquait-il pourquoi Richard ne s'autorisait pas à l'aimer, elle ?

— A la mort de sa première femme, poursuivit Hattie cette leçon a pris un relief tout particulier. Et plus encore avec la mort de Lisette.

— Mais moi, Hattie, je n'ai aucun rôle ici… Aucun avenir.

Celle-ci secoua la tête.

— En êtes-vous bien sûre, lady Isabella ? Que se passera-t-il quand votre famille viendra vous chercher ?

Sur cette question, l'ancienne nourrice de Richard se tourna pour orner d'une guirlande un nouveau rameau, et ajouta doucement :

— Et lui, que lui arrivera-t-il ?

Pas facile, en effet, de deviner comment se comporterait son père en débarquant sur l'île. Peut-être considérerait-il le mariage de sa fille comme valable et voudrait-il qu'elle reste à Dunstan. Mais il pouvait aussi bien s'estimer offensé par la situation — l'enlèvement de sa fille, son mariage forcé — et vouloir la ramener avec lui à Warehaven.

Qu'arriverait-il alors à Richard ?

Elle regarda autour d'elle. Les appartements et pièces de vie du château étaient magnifiques mais ne valaient pas celles de Warehaven. Pas de fresques aux murs, et des tapisseries usées jusqu'à la corde. Quant aux meubles, ils étaient certes pratiques, mais sans recherche.

En même temps, le château de Dunstan était une véritable forteresse, construite pour durer pendant des générations. En arrivant, Isabella avait immédiatement compris qu'il suffirait de le décorer et de l'enjoliver pour le rendre agréable. Elle s'était immédiatement attelée à la tâche et avait réussi. Grâce à elle, la partie appartements était à présent chaleureuse et belle. C'était même devenu un havre très plaisant dans lequel fonder une famille et élever des enfants pouvait se révéler tout à fait envisageable.

Mais qu'en adviendrait-il si elle partait ? Richard laisserait-il tout tomber en ruine ? De même, s'il n'avait personne en face de lui pour lui tenir tête et résister à son mauvais caractère, s'y abandonnerait-il ?

En tout cas, elle ne l'estimait pas capable de prendre soin de son intérieur. Il préférerait, c'était évident, porter son attention sur ses navires et ses entrepôts. Elle sourit. N'était-ce pas ce que faisait son propre père dès que sa mère s'absentait quelques jours pour aller rendre visite à sa famille ?

Toutes ces questions et son incapacité à y répondre étaient très contrariantes. Même si son père se montrait plus que morose quand sa femme s'éloignait, et qu'il passait le plus clair de son temps à ses affaires, la situation était très différente car, à l'inverse de Richard, il savait qu'il retrouverait bientôt celle qu'il aimait.

— Quelles tristes idées vous tourmentent encore, Isabella ?

Des doigts glacés venaient de lui enserrer le cou. Elle tressaillit et se retourna.

— Dites-moi plutôt ce qui vous fait revenir aussi tôt, répondit-elle, surprise de voir Richard de retour à cette heure inhabituelle.

Il pointa le doigt vers les portes.

— Toute cette verdure, mais pas de bûche de Noël… Il fallait que je fasse quelque chose.

Elle aperçut alors derrière lui le tronc d'un chêne reposant contre le mur.

— Vous n'étiez pas obligé de faire cela.

— Je sais que je n'étais pas obligé, mais je ne suis tout de même pas sans-cœur au point d'ignorer que Noël approche.

— Je vous en prie, Richard, repartit-elle en levant les yeux au ciel. Vous savez très bien que je ne pense pas cela de vous.

Elle posa la main sur son torse.

— Et que je ne l'ai pas pensé longtemps.

— Je ne parlais pas sérieusement. Et puis, même les armées observent la trêve de Noël.

Lui recouvrant la main de la sienne, il ajouta :

— Disons que je me moquais gentiment de vous.

Son cœur battit plus fort quand leurs regards se rivèrent l'un à l'autre. Ses battements désordonnés lui rappelèrent la nuit, déjà trois semaines plus tôt, où elle était devenue sienne.

Elle détourna alors les yeux, l'air embarrassé, et regarda au loin. Mais Richard se pencha aussitôt vers elle.

— Il m'est très facile de deviner où vos pensées vous ont conduite, Isabella…, lui chuchota-t-il à l'oreille.

Elle frissonna sous l'effet de son souffle chaud contre son cou et de la tonalité étrangement rugueuse de sa voix. Incertaine de la réponse à apporter, elle dégagea sa main à regret et s'éloigna.

Le petit rire de Richard, en la voyant battre en retraite, ne fit qu'augmenter son embarras.

— Milady, pensez-vous que vous et votre mari pourriez terminer ceci ?

Soulagée par l'interruption de Hattie, elle prit la branche de verdure que celle-ci lui tendait et considéra Richard.

— S'il veut bien m'aider, je suis sûre que, à deux, nous y arriverons très bien.

Hattie sourit quand Richard acquiesça de la tête.

— Bien…, fit-elle alors. Je vais voir s'ils ont besoin d'un coup de main en cuisine.

Isabella comprit qu'il s'agissait d'une bonne excuse pour leur donner, à Richard et à elle, l'occasion de passer un peu de temps ensemble. On n'avait pas besoin de renfort dans les cuisines, et Hattie ne l'ignorait pas. Avec la cuisinière, elles avaient passé de longues heures à préparer les menus de Noël, et des aides supplémentaires étaient arrivées depuis plusieurs jours.

Aussi appréciait-elle d'autant plus le geste de l'ancienne nourrice qui quitta la grande salle dans l'instant.

Richard grimpa alors à l'échelle pour envelopper la partie supérieure de la poutre avec de la verdure, tandis qu'Isabella lui tendait de petites branches avec des rubans pour fixer le tout.

Quand il eut terminé, il descendit de l'échelle pour voir son œuvre… s'écrouler à ses pieds.

Elle rit de bon cœur et grimpa les barreaux à toute vitesse en le narguant :

— Si vous saviez au moins nouer un ruban, milord, les décorations resteraient en place.

Il ramassa la verdure et la lui tendit.

Comme elle levait les bras et se hissait sur la pointe des pieds pour atteindre le point le plus haut, il remarqua :

— Vous voir faire répond à la question que je me posais.

Occupée à nouer joliment et efficacement le ruban, elle demanda sans le regarder :

— Laquelle ?

— Qui a repeint le couloir.

Il lui avait saisi les jambes pour l'aider à assurer son équilibre.

— A présent, je sais…

Elle baissa les yeux vers lui.

— Qui pensiez-vous que c'était ?

— Je n'étais pas sûr.

Glissant les mains sous sa jupe, il les remonta jusqu'à ses cuisses.

— Mais à présent je sais qu'il s'agissait de quelqu'un à la peau douce.

Il lui caressa du pouce l'intérieur de la cuisse, et elle hoqueta. Sa main monta plus haut.

— … Et aux plus belles jambes que j'aie jamais eu le plaisir de caresser.

Il n'en fallait pas plus pour qu'elle perde l'équilibre et, avec un petit cri, tombe dans des bras musclés qui n'attendaient que cela.

— Richard ! s'écria-t-elle en lui assénant quelques petits coups de poing sur l'épaule. Essayez-vous de me tuer ?

— Juste de vous distraire.

Il y eut des chuchotements et des rires amusés dans le fond de la grande salle. Les coups de poing d'Isabella redoublèrent.

— Reposez-moi tout de suite !

A son grand étonnement, il s'exécuta sans discuter. Elle tira sur sa jupe et lui rappela :

— Il y a encore beaucoup à faire avant la messe des Anges, ce soir.

— En effet, convint-il avec un hochement de tête. Faire honneur au repas.

Evidemment… Pour lui, le plaisir passait avant le reste.

— Ah, et puis…

Tout de même…

— … Je veux retrouver le reste de la bûche de Noël dernier. De cette manière, nous pourrons allumer celle de cette année plus tard.

Elle sourit, un peu surprise qu'il songe à cela, compte tenu des souffrances qu'il avait endurées au cours des douze derniers mois.

Il jeta un regard autour de lui.

— Mes hommes vont devoir installer plus de tables et de bancs pour la fête de demain. De votre côté, vous allez avoir besoin de temps pour vous parer avant que nous nous rendions à l'église.

Il s'arrêta et l'interrogea du regard.

— N'ai-je rien oublié ?

— Richard, attrapez !

Richard se retourna vivement, et attrapa au vol ce que Conal venait de lui lancer et sourit.

— Ah ! On me fait comprendre que j'avais oublié quelque chose.

Dans l'instant, il attacha le brin de gui enrubanné qu'il venait de recevoir au-dessus d'Isabella puis la gratifia de ce demi-sourire qu'elle connaissait bien maintenant et qui ne manquait jamais de lui faire battre le cœur.

— Milady…

Elle leva légèrement la tête pour recevoir son baiser. Un soupir lui échappa lorsque leurs lèvres se touchèrent.

Il la garda longtemps entre ses bras, bien après que leur baiser fut terminé. Heureuse d'être contre lui, elle ferma les yeux. Même si elle savait pertinemment que la trêve ne durerait pas plus que le temps de Noël, elle était déterminée à en profiter le mieux possible.

Richard desserra son étreinte et l'embrassa sur le front avant de la lâcher.

— Je pars me mettre à la recherche de la bûche de l'an passé. Mes hommes seront là dans quelques instants. Vous leur direz où installer les tables et les bancs.

Isabella avait eu beau trouver les trois messes très réconfortantes, elle n'était pas mécontente de n'avoir plus à sortir. La marche, à minuit, pour se rendre à la messe des Anges avait été un peu éprouvante. Le ciel parfaitement dégagé scintillait d'étoiles, mais la température était glaciale. Heureusement, la chaleur du bras de son mari autour de sa taille avait rendu le froid moins mordant.

Après avoir été tenue éveillée presque tout le reste de la nuit par un Richard très attentionné, le trajet, dès l'aurore, pour assister à la messe des Bergers avait aussi été épuisant.

Au moment où les cloches de l'église avaient appelé les fidèles à la messe du Verbe divin, elle était en train de disposer la dernière table à tréteaux pour la fête de Noël.

Après le dernier office, tous les insulaires de Dunstan avaient rejoint le château pour festoyer ensemble.

A cause du nombre de convives, le vacarme était parfois assourdissant, mais la lady de Dunstan était ravie d'assister à ces réjouissances. La cuisinière et ses aides s'étaient surpassées. Depuis la viande de cerf et la demi-douzaine d'oies rôties au beurre et dorées au safran, jusqu'aux perdrix et aux cochons à la broche, tout était parfait.

A la grande joie de Richard, Isabella avait gémi de plaisir en goûtant les viandes tant elles étaient fondantes. Ce mélange parfait de chairs d'animaux, d'herbes et d'épices qui avait précédé des fromages savoureux, des fruits et de la tarte fourrée lui avait donné un avant-goût du paradis.

Une table entière était chargée des meilleures pâtisseries et de douceurs sucrées préparées par le boulanger de l'île. D'après Hattie, celui-ci avait retrouvé sa femme et, avec elle, du cœur à l'ouvrage. De toute évidence, il était en pleine forme. Les autres tables, directement apportées des entrepôts du quai, débordaient tellement de victuailles qu'Isabella se demandait, un peu inquiète, si leurs pieds de bois n'allaient pas céder sous la charge.

La bière et le vin coulaient à flots mais, pour sa part, elle s'était cantonnée à de l'eau parfumée aux herbes. Depuis qu'elle avait été malade, le vin lui faisait encore moins envie qu'avant. La bière épicée et sucrée était délicieusement chaude et semblait ravir les convives.

Curieusement, ce soir, Isabella n'avait pas à lutter contre la hantise qu'elle avait d'habitude à fréquenter les endroits bruyants et trop peuplés.

A Warehaven, elle était libre de se retirer d'où elle voulait dès qu'elle en éprouvait l'envie. Mais pas ici. Aussi étrange que cela puisse lui paraître, elle mettait un point d'honneur à ce que la lady de Dunstan tienne son rang avec dignité, et il était donc hors de question qu'elle se fasse honte ou fasse honte à son mari en se retirant avant les autres.

Lorsque tout le monde eut fait ripaille, femmes et hommes débarrassèrent les tables ensemble pour pouvoir y installer les jeux. Ceux-ci commencèrent sans délai.

Tandis que certains tentaient leur chance aux dés, d'autres se mesuraient aux échecs, mais tous semblaient se réjouir de la compagnie de leurs amis et de leurs voisins.

Elle se laissa aller contre le dossier du siège qu'on lui avait installé près de la bûche de Noël. Après de longues recherches, Richard avait retrouvé ce qui restait de celle du Noël précédent… sous le petit lit de sa chambre privée. On avait beaucoup ri et on l'avait utilisée pour enflammer celle de cette année qui, compte tenu de sa taille, pourrait facilement brûler jusqu'à la douzième nuit.

Un rire de Marguerite, assise non loin, près de Conal, attira l'attention d'Isabella. Elle leur sourit, mais ils étaient perdus dans leur contemplation mutuelle.

Richard, assis à son côté, s'inclina vers elle.

— Qu'est-ce qui vous fait sourire ?

— Depuis combien de temps sont-ils ensemble ? lui demanda-t-elle en guise de réponse avec un petit mouvement de tête vers les amoureux.

Richard rit doucement à sa question et se pencha davantage pour lui saisir les mains.

— Depuis le moment où Conal a eu l'âge de se rendre compte qu'elle était une fille.

— Cet arrangement convient-il à Marguerite ?

— Vous ne l'approuvez pas ?

— Je ne dis pas cela. Simplement, je me demande s'il sait à quel point cette femme est formidable.

— Je ne lui ai jamais posé la question.

— Oh !

— Conal n'est pas seulement mon ami, expliqua Richard devant son air étonné. Il est aussi mon bras droit sur cette île. Impossible pour moi de prendre le risque de le perdre parce que je lui aurais posé des questions qui ne me regardaient pas.

Elle comprenait son raisonnement car, en cet instant, elle-même aurait aimé l'interroger sur lui, sa famille et son existence, mais n'osait pas de peur de le voir perdre sa bonne humeur. Aussi se mordilla-t-elle la lèvre inférieure pour empêcher ses questions de sortir.

— Continuez.

Elle le regarda.

— Que je continue quoi ?

— A votre air pensif, je vois que vous avez envie de me demander quelque chose. Alors, allez-y.

— Rien d'important.

Le très long et très audible soupir de Richard lui donna envie de rire. Au lieu de quoi, elle répondit sagement :

— Vous m'avez rendu cette journée extrêmement agréable, et je n'ai pas envie de la gâcher. Mes questions attendront.

— Sont-elles à ce point terribles, ces questions, que vous trouviez nécessaire de laisser passer cette journée dans l'attente de celle que je ne saurai vous rendre agréable ?

— Ce n'est pas ce que je voulais dire.

— Alors, posez-les-moi.

Il n'avait visiblement pas l'intention de céder. Aussi choisit-elle de poser la moins risquée.

— Pensez-vous que Marguerite plaise assez à Conal pour qu'il la demande en mariage ?

— Etes-vous en train de me demander s'il en est amoureux ?

C'était exactement cela, mais elle connaissait les idées de Richard sur le sujet.

— Non, juste si elle lui plaît.

— Bien sûr. N'est-ce pas évident ?

— Pour qui ? Pas pour moi, en tout cas. Il m'a fallu attendre de les voir hier lorsque je décorais la salle, pour être sûre qu'ils entretenaient une relation. Avant, je l'ignorais.

— N'aviez-vous donc pas entendu les commérages circuler sur l'île ?

Elle écarquilla les yeux.

— Au cas où vous l'auriez oublié, j'ai passé toute ma vie sur une île et appris depuis longtemps à ne pas me fier aux commérages.

— Je n'ai rien oublié du tout. Cela dit, j'ignore comment Warehaven fonctionne, mais ici, en tout cas, la seule manière d'avoir des renseignements est de tendre l'oreille.

— Etes-vous sérieux ?

— Tout à fait. Par exemple, quelle somme d'or toucherez-vous si aucun enfant de nous ne naît avant l'été ?

Elle sentit ses joues devenir brûlantes. Comment avait-il eu connaissance de ce qu'elle avait répondu sans façon à Hattie le jour où elle s'était tordu la cheville ? Après avoir entendu dire que quantité de paris se prenaient, au château, sur la date à laquelle elle mettrait un enfant au monde, elle avait demandé, un peu par défi, si elle pourrait engranger tous les bénéfices au cas où il n'y aurait pas de naissance avant l'été. Pour prouver ainsi à tous qu'ils s'étaient trompés… Et voilà que Richard…

— A moins que vous…

— Il s'agissait d'une pure plaisanterie, et je regrette que vous…

Lui lâchant la main, il approcha sa chaise de la sienne et passa le bras autour de ses épaules.

— Je sais écouter les racontars sans jamais oublier qu'il s'agit, pour la plupart, de pures inventions. Bien sûr, certains peuvent contenir une once de vérité et il faut savoir, ensuite, séparer le bon grain de l'ivraie.

— Je n'aime pas écouter les ragots, grommela-t-elle, toujours mécontente.

— Il vous faudra pourtant apprendre à le faire.

Il fut soudain interrompu par des hommes qui lui adressèrent de grands signes tout en l'interpellant bruyamment.

D'un geste, il leur indiqua qu'il les avait entendus et se tourna de nouveau vers Isabella.

— Ils m'ont désigné pour défier le vainqueur de leur tournoi d'échecs. Visiblement, le moment est venu pour moi de l'affronter.

— Allez-y, dit-elle en l'encourageant de la main à la quitter. Et bonne partie…

Il se leva et se pencha pour lui déposer un petit baiser sur la joue.

— Je ne serai pas long.

Une profonde émotion la gagna à cette promesse murmurée. Elle le suivit des yeux tandis qu'il rejoignait la table de jeu, en espérant sans vergogne qu'il mette très vite son adversaire échec et mat et vienne la retrouver.

Chapitre 17

La fête de Noël, l'Epiphanie et la Chandeleur étaient maintenant passées, tout comme — Isabella s'y attendait — sa plaisante entente avec Richard.

Elle le regarda depuis l'autre côté de la grande salle en luttant contre le désir qu'elle avait de lui et qui ne cessait de la tourmenter.

Il avait partagé son lit la veille de Noël et le jour d'après mais, depuis, il n'était pas revenu. Cela faisait donc six longues semaines qu'elle n'avait pas senti la chaleur de son corps contre le sien et elle se demandait si son envie désespérée de lui se lisait au fond de son regard.

Elle savait pourquoi il agissait ainsi ou était à peu près certaine de le savoir. Oui, il avait beau répéter qu'il craignait de lui briser le cœur, elle se demandait dans quelle mesure il ne veillait pas tout autant à épargner le sien.

Mais pensait-il vraiment pouvoir les protéger tous les deux en se tenant à distance ?

Le fou…

Il aurait dû comprendre que son attitude ne faisait au contraire qu'entretenir le feu, voire l'attiser.

Il tourna la tête, la vit en train de l'observer et lui sourit. Un afflux de sang lui colora les joues. Ce délicieux petit sourire sensuel qu'il ne réservait qu'à elle la chavirait chaque fois.

Comme il se détournait, elle en profita pour le détailler sans retenue. Ses cheveux… Ses vêtements… Qui était cet homme si élégant et bien habillé qui avait le visage de son mari ? Quand avait-il pris sa place ? Et comment n'avait-elle rien remarqué ?

L'une des servantes s'approcha du groupe d'hommes au sein duquel il se trouvait pour proposer du vin et de la bière. Elle se déhanchait, jouait avec ses cheveux, riait fort et minaudait tout en adressant des œillades au plus jeune des gardes. Ce fut pourtant le regard de Richard qui la suivit lorsqu'elle s'éloigna.

Isabella ne se laissa pas impressionner. Elle avait trop entendu les hommes de la forteresse de Warehaven répéter que le mariage ne devait pas être une prison pour ignorer que même les plus fidèles d'entre eux ne résistaient pas, de temps à autre, à essayer de le prouver par des regards appuyés à d'autres femmes que la leur.

D'ailleurs dans son propre foyer, elle avait entendu sa mère discuter âprement avec son père quand il laissait trop aller ses yeux… Il était cependant peu probable que celui-ci ait entretenu une liaison après son mariage. Malgré cela, et malgré aussi le passage des ans, il n'hésitait pas, de temps en temps, à essayer de rendre sa femme jalouse tandis que, de son côté, celle-ci n'hésitait pas à le menacer de le tuer de ses propres mains.

Nul besoin d'essayer une telle tactique sur Richard pour savoir que ce serait sans effet.

De plus, sans doute n'agissait-il ainsi que pour savoir comment elle réagirait. Hélas pour lui, ce genre de jeu la dépassait.

Le seul auquel il lui tardait de jouer avec son mari impliquait l'absence de vêtements combinée à la présence d'un lit. Mais avant de le mener jusqu'au lit il fallait trouver le moyen de le faire entrer dans la chambre… Et elle allait s'y employer.

Elle s'adossa à l'une des poutres porteuses de la grande salle pour l'étudier encore. Même si, ces derniers temps, ils n'avaient échangé que quelques mots, un bref contact ou pris un repas ensemble, elle avait remarqué en lui de petits changements. Il se montrait plus patient, moins prêt à se mettre colère pour un oui ou pour un non et à céder à de brusques accès de rage. A une ou deux occasions, il avait pris le temps de parler, de plaisanter, et même de rire avec ses hommes.

Ce n'était pas pour autant qu'il avait renoncé à sa vengeance, elle en était absolument sûre. Elle voyait parfois son visage prendre une expression inquiétante qui ne laissait aucun doute.

A d'autres moments, elle surprenait dans ses yeux une lueur si triste qu'elle aurait donné n'importe quoi pour pouvoir l'en chasser.

Oh ! Richard, ne voyez-vous donc pas ce que vous avez juste en face de vous ?

Elle soupira. En restant là plus longtemps, elle risquait de se laisser gagner par la tristesse. Aussi s'éloigna-t-elle des colombages et traversa-t-elle la grande salle.

Son mari avait quitté ses hommes pour parler en privé à Conal. Leur conversation s'arrêta dès qu'elle les eut rejoints.

— Vous nous laissez ? lui demanda Richard en la prenant par la taille comme s'il n'avait pas passé toutes ces interminables semaines à l'éviter.

Pour ne pas perdre la chaleur de son bras, elle prit légèrement appui contre lui avant de répondre :

— Je m'ennuyais un peu, alors j'ai pensé aller trouver Marguerite.

— Vous êtes sûre de vouloir sortir ? Il fait froid, dehors.

— Avec mon manteau doublé de fourrure, je serai bien protégée. Je vais d'abord monter le prendre dans notre chambre.

— Je vous accompagne, dit-il aussitôt.

Elle le considéra, interloquée.

— Merci, Richard, mais c'est inutile. Je vous assure que je peux faire trois pas toute seule. Aucun risque que je me perde.

Les deux hommes hochèrent la tête en même temps, puis Richard la libéra et reprit :

— Je sais bien que vous n'allez pas vous perdre ! Cela n'a rien à voir. Allons chercher votre manteau. Je vais vous accompagner.

— Si vous voulez, dit alors Conal, je pourrai ensuite vous escorter chez Marguerite.

Elle resta stupéfaite. Pourquoi tenaient-ils tous les deux à l'accompagner partout alors qu'elle n'avait qu'un étage à monter pour arriver à sa chambre, puis une centaine de mètres à parcourir pour gagner la maison de Marguerite près de l'église ?

— Que me cachez-vous, tous les deux ? lança-t-elle en les regardant tour à tour bien en face.

Ils soutinrent son regard mais elle ne baissa pas les yeux. A sa surprise, ce fut Conal qui détourna les siens le premier.

Il regarda Richard.

— Dites-lui.

— Me dire quoi ? demanda-t-elle aussitôt.

— Venez, répondit alors Richard en la prenant par le bras pour l'emmener vers la chambre qu'il avait désertée depuis Noël.

Il regarda par-dessus son épaule.

— Et puisque c'était ton idée, Conal, tu viens avec nous !

Lorsque la porte fut refermée derrière le trio, Richard alla chercher un coffret de bois et l'ouvrit. Il retira les documents et les cartes marines qui se trouvaient dessus.

— Savez-vous lire ? demanda-t-il à Isabella en lui tendant une missive roulée.

Elle la lui prit des mains. Décidément, il avait bien mauvaise mémoire !

— Oui. Et je sais aussi signer mon nom.

Son allusion à l'espèce de gribouillis qu'il avait fait en guise de signature sur leur contrat de mariage était limpide. Conal étouffa un petit rire tandis que Richard arquait un sourcil.

Elle déroula le vélin et lut. Son cœur sembla manquer quelques battements.

— S'agit-il de la missive qui…

Richard secoua la tête.

— Non, c'est une seconde.

— La première n'était pas aussi… détaillée, précisa Conal.

Elle se plongea dans la lecture du document.

« Puisque ma tentative pour empoisonner lady Dunstan n'a pas réussi à la tuer, je crains qu'une nouvelle plus directe soit en voie de se concrétiser. Après que je lui aurai arraché le cœur, je le jetterai, encore tout palpitant, aux chiens. Puis je lui trancherai la gorge. Vous aurez été prévenu. »

Son intuition avait été juste, elle avait bel et bien été empoisonnée… Ses mains se mirent à trembler. Avec l'impression soudaine d'étouffer, elle leva les yeux vers Richard mais ne put rien lire sur son visage curieusement dénué d'expression. Il le conserva tout le temps qu'elle l'observa. Au lieu de l'énerver, cette apparence imperturbable la calma un peu.

L'explication de ce qu'elle venait de lire se fraya douloureusement un chemin dans sa tête. Quelqu'un, sur l'île, la haïssait assez pour vouloir la faire mourir de la plus horrible façon.

Richard tira vers lui une chaise et la plaça devant elle.

— Asseyez-vous.

Elle s'exécuta sans discuter. La chaise était la bienvenue. Ses jambes tremblantes ne lui auraient de toute façon pas permis de rester encore longtemps debout.

— Marguerite est-elle au courant ? demanda-t-elle.

Conal secoua la tête.

— Non, je ne lui ai encore rien dit.

— Elle s'imagine donc toujours que sa décoction est responsable de mon… malaise ?

— Oui, répondit Richard. La prévenir ne faisait pas partie de mes priorités.

Il lui posa la main sur l'épaule.

— Ma priorité, c'était vous.

— Pourquoi ? s'écria-t-elle en se levant d'un bond. Parce que vous vous rappelez que mon père ne va plus tarder à venir me chercher ?

Elle aurait préféré ne pas crier, mais il exagérait vraiment. Cela faisait six semaines qu'il l'ignorait et, tout à coup… Il était bien temps de lui manifester de l'intérêt !

Sentant la tempête se lever, Conal opéra une retraite prudente et disparut tandis que, de son côté, Richard s'adossait au mur sans paraître troublé.

Elle pointa un doigt tremblant vers la missive qu'il tenait encore.

— Ce… cet homme… ce monstre a versé du poison dans mon vin médicinal, il menace de m'arracher le cœur à vif et de le jeter aux chiens avant de me trancher la gorge. Et vous restez là, à poursuivre tranquillement votre journée comme si de rien n'était !

Il haussa les épaules. Son expression n'avait pas varié. Seul son regard brillait d'une étrange manière. Elle le remarqua incidemment.

— J'aurais pu me faire agresser et tuer à n'importe quel moment, mais vous n'avez pas jugé nécessaire de me prévenir.

Comme il haussait une épaule, elle explosa :

— Vous ne me portez vraiment pas le moindre intérêt !

Cette certitude de ne pas être plus importante pour lui qu'un moucheron lui tordit le cœur. Son estomac se noua, sa gorge se mit à la brûler.

— Il y a vraiment un problème chez moi dès qu'il s'agit de vous ! Combien de fois m'avez-vous répété que je n'étais qu'un appât, un moyen de parvenir à vos fins ? Malgré cela, je conservais l'espoir que vous finiriez par évoluer. Mais la vérité est que, même si je me faisais sauvagement assassiner, la seule chose qui vous importerait serait que Glenforde arrive jusqu'à Dunstan pour que vous puissiez venger votre première femme et votre fille !

Elle dut s'arrêter pour reprendre son souffle, la main posée sur son estomac noué.

— C'est terminé ? demanda alors Richard. Vous avez fait le tour de tout ce que vous me reprochez ?

Si elle ne put lire dans son regard impassible, son ton était suffisamment parlant pour lui faire comprendre qu'elle était allée trop loin.

Un hochement de tête affirmatif fut tout ce qu'elle put apporter en guise de réponse.

— Etes-vous bien sûre de ne rien vouloir ajouter ? insista-t-il.

Cette fois, ce fut « non » qu'elle fit avec la tête. Toujours sans parler.

Quand la missive échappa des mains de Richard et tomba à terre, elle se dit qu'il serait plus sage pour elle de partir en courant, mais elle en fut incapable. Même quand il avança vers elle avec un air peu amène, ses jambes refusèrent de lui obéir et elle resta sur place.

Et lorsqu'il la saisit par le bras, ce fut son corps tout entier qui refusa de résister.

Il la fit asseoir sur le lit et se mit à faire les cent pas dans la petite chambre.

— A mon tour, à présent.

— Richard, je suis désolée.

— Reprenons vos doléances l'une après l'autre, rétorqua-t-il sans indiquer s'il l'avait entendue. Je suis d'accord avec votre première déclaration. Pour votre père, vous trouver morte en arrivant à Dunstan serait extrêmement éprouvant. Mais est-ce mon problème le plus important ? La réponse est non car je ne crains pas plus votre père qu'un autre. C'est seulement un homme et, comme tous les hommes, la mort le guette au bout du chemin.

Isabella frémit mais serra les dents sans rien dire.

— Oui, poursuivit-il en brandissant la lettre qu'il avait ramassée, l'auteur de cette ignominie est un monstre.

Il observa un silence et reprit :

— Pour autant, la seule personne que je connaisse qui vive « comme si de rien n'était » depuis que cette ignominie m'est parvenue, c'est vous !

Il pinça les lèvres devant son air surpris.

— Oui, Isabella. Vous êtes si observatrice que vous n'avez même pas remarqué que vous étiez nuit et jour sous haute surveillance et sous garde rapprochée. Depuis que vous êtes arrivée sur cette île, vous n'avez jamais été seule.

Il s'arrêta et se pencha vers elle.

— Pas une demi-seconde.

Puis il ajouta en reprenant ses allées et venues :

— Venons-en à présent au reproche que vous me faites de ne pas me soucier de vous. Depuis le lendemain de Noël, Conal ou Matthew veillent chaque jour sur vous et rattrapent, pendant la nuit, le retard qu'ils ont pris sur leur travail. Voilà pourquoi Marguerite ne sait rien. Parce que Conal n'a pas pu la voir plus de quelques minutes d'affilée depuis des semaines. Minutes qu'il vole, d'ailleurs, quand il le peut et quand l'occasion se présente. A l'arrivée de la nuit, c'est moi qui vous garde. Je m'assieds par terre, mon épée à la main, pour assurer votre sécurité. J'ai retardé les réparations à effectuer sur mes navires et décalé tous mes horaires pour veiller sur vous. Je parle bien de moi. Pas de mes hommes. Et pour m'assurer que vous ne soyez plus empoisonnée, j'ai goûté moi-même à tous vos plats et toutes vos boissons. Puis j'ai veillé à ce que ce soit moi ou Hattie qui vous apporte vos repas. Voilà qui prouve, en effet, mon indifférence à votre égard…

Elle aurait voulu disparaître sous terre. Dieu du ciel, comment avait-elle pu passer à côté de tout cela ?

Sans paraître remarquer sa confusion, il poursuivit :

— Je vais vous dire, moi, ce qui ne va pas chez vous.

Il se pencha de nouveau vers elle jusqu'à ce qu'ils se retrouvent nez à nez.

— Vous êtes si tourmentée par ce qui va arriver demain, la semaine prochaine, le mois prochain, que vous ne voyez rien de ce qui se passe sous vos yeux au présent. Voilà la vérité.

Il recula un peu et poursuivit :

— Pour conclure, je précise que vous me voyez évidemment ravi d'apprendre que tout ce que j'ai mis à votre disposition ne représente rien pour vous.

Elle voulut déglutir mais échoua tant sa gorge était serrée. Qu'avait-elle fait ? Sa peur, sa hantise avaient-elles tout gâché ?

Comme il la considérait sévèrement, elle comprit qu'il était loin d'avoir terminé et que le pire restait à venir. Elle baissa la tête.

— Oui, reprit-il aussitôt, Glenforde va mourir. De ma main. Et oui, je me languis de voir le jour où je verserai son sang.

Il l'attrapa par les épaules.

— Agnès ne méritait pas de partir de manière aussi horrible. Seule, sans personne pour la protéger, pas même son mari qui avait pourtant promis de veiller sur elle en l'épousant.

La peine contenue dans sa voix lui fit mal. Rien ni personne ne pourrait apaiser, elle le savait, la souffrance que leur mort lui avait causée. Cette mort qu'il revivait aujourd'hui à cause d'elle.

— Quant à Lisette, c'était une petite de seulement six ans qui avait été aimée et dorlotée chaque jour de sa vie. Comment aurait-elle pu comprendre la cruauté dont elle a été victime aux derniers moments de sa courte existence ? C'est moi qui la rassurais pendant les orages, qui faisais de petits baisers sur ses égratignures ou soufflais sur ses écorchures quand elle était tombée. C'est moi aussi qui la protégeais quand elle avait fait quelque chose susceptible de mettre sa mère en colère, moi qui la soutenais quand elle était malade.

Il s'interrompit et reprit après une courte pause :

— Mais c'est aussi moi qui n'ai pas été là quand elle a eu le plus besoin de ma présence. Non, je n'étais pas là…

Isabella laissa les larmes qui brûlaient ses yeux rouler le long de ses joues. Tant de peine et de culpabilité la déchiraient. Comment pourrait-elle jamais faire comprendre à Richard qu'il n'y était pour rien ?

Il la renversa sur le lit et s'y laissa tomber aussi en la serrant fort contre lui.

— Ne comprends-tu pas, Isabella ?

Il lui passa ses doigts dans les cheveux et lui effleura les lèvres.

— Je ne *peux* pas passer une seconde fois par la même épreuve.

Son baiser fut rude, exigeant, et beaucoup trop bref.

— Surtout pas avec toi… J'en mourrais.

Elle prit sa tête entre ses mains.

— Je suis désolée, Richard, désolée… Que puis-je faire ? Dis-le-moi, je t'en prie.

Il se détacha, se dressa sur un coude et lui caressa le visage.

— Fais-moi confiance et laisse-moi agir à ma façon. Ce n'est pas par méchanceté que je t'évite, ni par manque de désir. Je n'ai plus grand désir que celui de te goûter, de t'embrasser, de te sentir sous moi et de t'entendre gémir de plaisir.

Elle sentit ses joues s'empourprer et, quand il imprima un mouvement involontaire du bassin contre le sien, elle gémit malgré elle.

— Conal et moi avons bien réfléchi et procédé par élimination. Trois hommes seulement peuvent être l'auteur de la missive qui te menace. Nous sommes en outre certains que cet homme est aussi celui qui a aidé Glenforde à accoster à Dunstan. Le piéger n'est plus qu'une question de jours. En attendant, je veille sur toi en guettant le moment de le débusquer.

Elle fronça les sourcils. Mettre les trois en prison aurait évidemment été simple, mais inique pour les deux innocents. Ils n'avaient pas à payer pour le coupable. Que faire, alors ?

Comme s'il lisait dans ses pensées, il répéta :

— Fais-moi confiance, Isabella, et laisse-moi agir comme je l'entends.

Elle esquissa un sourire, attendant qu'il lui livre son plan, mais il précisa :

— Je ne veux pas t'en dire davantage et surtout pas te livrer le nom de ceux que nous soupçonnons, de peur de te mettre en danger. Mais je te promets que ce ne sera pas long. Je veux que tout ceci soit réglé avant que ton père, ton frère et Glenforde débarquent. Et comme le printemps semble vite arriver cette année, je m'attends à les voir apparaître d'un jour à l'autre.

— Et alors ?

— Glenforde mourra, Isabella. Tu dois faire un choix avant que ce jour vienne. Il est d'ailleurs de mon devoir de te préciser que si tu veux avoir le moindre avenir sur cette île tu ne pourras te permettre de prendre son parti.

— Prendre son parti ? Oh ! Richard, il est temps que j'aille jusqu'au bout de mes explications ! Ce que tu feras à Glenforde ne m'importe absolument pas et ne m'a jamais importé. Lorsque tu m'as enlevée, je venais de le surprendre en train d'embrasser et de caresser sa prostituée de maîtresse dans un couloir de la forteresse de mon père. Et quand il m'a vue, au lieu de s'arrêter, il a continué à la caresser sans me quitter un seul instant du regard. Après quoi il l'a entraînée dans un coin sombre.

Elle reprit sa respiration et poursuivit :

— Cette humiliation est arrivée juste quelques heures après qu'il m'avait jetée à terre au seul prétexte que je n'étais pas d'accord avec lui à propos de ma sœur et de son attirance pour Charles de Wardham. Pour lui, en effet, cette attirance n'était qu'un vulgaire coup de tête. Voilà pourquoi je ne pense pas qu'il viendra me chercher. Il n'a aucune raison de le faire et certainement pas la moindre envie.

— Ton père est-il au courant de tout cela ?

— Non. J'étais en train de chercher le meilleur moyen de le lui apprendre quand tu m'as trouvée aux abords des écuries.

— Alors, Glenforde viendra. Il est beaucoup trop lâche pour avouer à ton père ce qu'il a fait et s'exposer à ses représailles. Or, pour lord Warehaven, sa fille et Glenforde sont quasiment fiancés. Il veillera donc personnellement à l'entraîner avec lui ici.

— Je n'en suis pas convaincue, répondit-elle sincèrement.

— Si ce n'est pas ton père qui arrive à le convaincre, il viendra quand même, guidé par l'appât du gain. Tu es une héritière beaucoup trop riche pour qu'il te laisse passer entre les mailles de son filet.

— Nous verrons bien. De toute façon, ma décision de le refuser est prise depuis longtemps maintenant, et je ne reviendrai pas dessus. Fais ce que tu dois faire pour apaiser l'âme de tes défunts, cela te regarde. Mais je te le répète, le sort de Glenforde ne m'intéresse pas.

— C'est ce que tu penses aujourd'hui. Mais tu ne peux pas savoir où tu en seras quand arrivera l'heure du choix.

Il posa le front contre le sien.

— Je prie pour que ton état d'esprit soit, ce jour-là, le même. Si c'est le cas, lorsque tout aura été réglé, il faudra s'occuper sérieusement de faire cet enfant que tu désires tant.

Elle comprit alors que, au-delà de tout ce qu'elle pourrait dire, ses actes seuls permettraient à Richard de juger de sa sincérité et, au bout du compte, de le convaincre.

— Conal nous attend, dit-il finalement en l'embrassant sur le bout du nez.

Il se leva et lui offrit sa main.

— Et je crois, milady, que vous vouliez rendre une petite visite à votre amie Marguerite.

Richard serra Isabella contre lui et la prit par le bras.

— Tu n'as pas froid ?

— Pas vraiment. En fait, je me sens très bien, et ce délicieux air frais est un vrai plaisir pour moi.

Conal, qui marchait un peu derrière eux, se mit à rire.

— On voit bien que c'est quelqu'un de peu habitué à notre climat qui parle ainsi. Quelqu'un qui n'a pas à supporter, tous les jours de l'année, ce « délicieux air frais ». Du reste…

Il s'interrompit et désigna du doigt la grande et incontournable flaque d'eau qui leur coupait le chemin.

— Par exemple, dans notre île, les flaques d'eau de pluie sont si accueillantes que l'on pourrait s'y noyer.

Elle rit, tandis que Richard la soulevait pour lui faire traverser la petite étendue d'eau. Conal suivit en maugréant ; il ne cessait de se plaindre depuis qu'ils avaient quitté la réconfortante chaleur de la grande salle.

En constatant que les villageois les regardaient, elle sauta à terre et déclara comme si de rien n'était :

— Les arbres commencent à bourgeonner…

— Dans peu de temps, renchérit Richard, les feuilles commenceront à pousser.

Comme lui et Conal se mettaient à rire sans qu'elle sache exactement pourquoi, elle ajouta :

— Décidément, les hommes se comportent parfois comme de vrais gamins !

— Cela arrive surtout quand ils sont entourés de belles femmes, remarqua Richard.

Conal hocha vigoureusement la tête. Elle jeta un regard en coin à son mari.

— Comme la jeune servante qui vous apporte à boire ?

— Elle n'est pas assez âgée pour être vraiment belle, répondit-il avec un haussement d'épaules. Disons que, pour le moment, elle a surtout sa jeunesse pour elle.

— Cela signifierait-il que, pour vous, seules les femmes âgées peuvent être belles ?

Conal adressa un petit signe à Richard.

— A votre place, chuchota-t-il, je ne m'aventurerais pas sur ce sentier…

Un nouveau haussement d'épaules accueillit sa remarque. Sans le regarder, Richard répondit à Isabella :

— Je voulais dire mûres. Les femmes mûres.

— N'est-ce pas une autre façon de dire « âgées » ? ne put s'empêcher d'insister Isabella.

— Je… Euh… En fait…

Conal s'esclaffa tandis qu'elle demandait dans un éclat de rire :

— Suis-je âgée et belle ou bien… jeune ?

Richard s'arrêta et l'attira contre lui.

— Peu importe ce que la servante deviendra, lui murmura-t-il. Jamais elle ne sera aussi ravissante, désirable et tentante que toi.

— Dieu, grommela alors Conal, j'aimerais bien que vous arrêtiez, tous les deux !

— Lâche-moi, chuchota alors Isabella à l'oreille de Richard.

Comme il s'exécutait, elle reprit, à haute et intelligible voix :

— Vous êtes jaloux, Conal, un point c'est tout.

Celui-ci fit mine de tendre l'oreille.

— Je vous demande pardon ?

— Il y a, dans votre entourage, une femme qui remuerait ciel et terre pour vous. Mais vous ne l'avez jamais demandée en mariage.

Le géant agita la main comme s'il chassait une mouche.

— Vous aussi ?

— Vous ne pouvez exiger qu'elle vous attende toute sa vie, Conal.

Comme il faisait mine de s'éloigner, elle haussa la voix.

— Continuez comme vous le faites et, un jour, quelqu'un vous la volera à votre nez et à votre barbe.

— Et ce jour-là, renchérit Richard en se portant, à sa grande surprise, à son secours, il sera malheureux comme les pierres.

— Je suggère donc que, pour son bien, on l'aiguillonne un peu.

— Est-ce un ordre ? demanda Conal en se retournant.

Isabella fronça les sourcils en tournant la tête vers Richard.

— Est-ce un ordre, lord Dunstan ?

— Oui.

— Et voilà, conclut-elle alors. Vous avez votre réponse, Conal.

— Très bien. Je ne manquerai pas d'en tenir compte.

— Une réaction… rapide agréerait sûrement votre lord.

— Oui, milady.

Ils s'engagèrent dans le dernier tournant menant à la maisonnette de la sage-femme. Comme Conal se dirigeait vers Marguerite qui l'attendait sur le seuil, Isabella posa la main sur le bras de Richard.

— Peut-être devrions-nous les laisser seuls.

Il acquiesça de la tête.

— J'ai un point à voir avec le père Paul. Et comme l'église se trouve à deux pas…

— Dans ce cas, je vous accompagne, dit-elle.

— Attends-moi un instant.

Richard alla rejoindre Conal, sans doute pour lui donner quelques instructions, tandis que Marguerite en profitait pour venir la saluer.

— Je sais que cela remonte à plusieurs semaines, lui dit-elle, mais j'espère que vous n'avez plus aucun effet du poison qui avait été mis dans votre vin médicinal.

— Conal vous a dit ?

— A l'instant.

— J'ai survécu. Ma dignité, en revanche, a été plutôt malmenée.

Marguerite eut un rire indulgent.

— Ne vous inquiétez pas, je suis sûre que tout le monde a déjà oublié. Dans le cas contraire, ce n'est pas grave. Nous tombons tous malades un jour ou l'autre.

— Tout de même, répliqua-t-elle très vite, j'ai été très souffrante, et…

— Isabella ?

Richard venait de l'appeler sans brusquerie. Elle se souvint qu'il devait voir le frère Paul et prit congé de Marguerite en lui promettant de revenir vite.

Richard s'arrêta devant l'église.

— J'en ai pour trois minutes. Préfères-tu m'attendre ici ou entrer avec moi ?

— Je peux attendre ici, si tu penses que je suis en sécurité.

— J'en suis certain. Cependant, si quelque chose n'allait pas, il faudrait immédiatement m'appeler. Tu sais faire cela, n'est-ce pas, crier mon nom ?

Elle le poussa vers la porte avec un petit sourire.

— Disparais…

Lorsqu'il fut entré dans l'église, elle serra son manteau autour d'elle en frottant doucement sa joue contre la fourrure du col et longea l'édifice. La grille du cimetière était entrouverte. Elle la poussa et alla s'asseoir sur un banc placé sous un arbre au centre du petit enclos.

En regardant autour d'elle, elle s'aperçut que les deux tombes les plus proches étaient celles de la femme de Richard et de sa fille. Elle frissonna. Pourtant, l'idée de changer de place ne l'effleura pas. Leurs fantômes venaient parfois hanter Richard. Pourquoi ne soutiendrait-elle pas la vue de leurs noms pendant quelques minutes ? Surtout après l'avoir obligé, à cause de sa maladresse, à revivre son douloureux passé.

Elle se pencha en avant pour lire les inscriptions gravées dans la pierre. La tombe de la première femme de Richard portait la simple inscription : *Agnès de Dunstan*, ainsi que la date de sa mort.

Sur celle de sa fille, on lisait *Lisette, fille aimée de R. Dunstan.*

Elle fronça les sourcils. Quelque chose n'allait pas. Sa fille était *aimée* mais pas sa femme ? Et pourquoi Lisette n'était-elle pas dite fille de R. *et* A. Dunstan ?

Un bruit de pas la tira de ses réflexions. Richard se dirigeait vers elle.

— Cela a été rapide, remarqua-t-elle.

Il hocha la tête, s'assit à son côté et lui prit la main.

Lorsqu'il entrelaça ses doigts aux siens en les serrant fort, elle se maudit intérieurement. Pourquoi était-elle entrée dans ce cimetière ? Richard lui avait pourtant dit qu'il n'en avait que pour quelques minutes. Elle aurait dû savoir qu'il la trouverait là.

— Nous pouvons y aller, si tu veux, proposa-t-elle très vite.

— Non.

Il desserra ses doigts et lâcha sa main pour sortir de sous son manteau un parchemin roulé.

— Tiens, c'est pour que tu le gardes.

— Qu'est-ce que c'est ?

— Nous ignorons ce qu'il adviendra quand ton père sera là. Lui ou ton frère peuvent très bien me passer leur épée à travers le corps sans sommation.

— Non, Richard ! Je ne les laisserais pas faire !

Il eut un sourire triste.

— Si j'étais à la place de ton père, je m'assurerais avant d'agir que tu ne te trouves pas dans les parages.

Il ponctua sa remarque d'un petit baiser sur ses lèvres et ajouta :

— Ça va aller… Après tout, je peux très bien mourir dans mon sommeil. Quoi qu'il en soit, ceci te revient et c'est normal.

Il tapota le parchemin.

— C'est notre contrat de mariage. Garde-le précieusement.

Elle le glissa sous son manteau avec l'intention de le caler sous la large ceinture de sa robe.

— Non, lis-le d'abord.

Elle le déroula et trouva trois pages de parchemin. La première portait tous les renseignements sur l'identité des mariés ainsi que la date et le lieu de la cérémonie.

La deuxième était la liste de ce que Richard gagnait en l'épousant. Cette liste se réduisait à un seul mot : le nom d'Isabella. Pas de dot ni d'or. Pas de terres ni quelques richesses que ce soit.

Elle fronça fortement les sourcils. Aucun contrat de mariage n'était jamais rédigé de la sorte. Il était même si incongru qu'elle se demanda s'il pouvait vraiment être considéré comme valable.

L'intitulé de la dernière page était la liste de ce qu'elle gagnait en épousant Richard. Cette page aussi était brève. Et ne comportait que deux lignes :

*L'ÎLE DE DUNSTAN AVEC TOUTES SES RICHESSES, SES ENTREPÔTS,
SA FLOTTE DE NAVIRES, SES CONSTRUCTIONS ET SES TERRES.*

— Richard !

Sidérée, elle lui tendit les parchemins pour les lui rendre, mais il ne bougea pas.

Stupéfaite de ce qu'il avait fait, frappée d'une brusque et sincère timidité, elle s'écria :

— Récupère ce document. Tu prendras ta décision définitive quand mon père arrivera !

— Non, c'est toi qui vas le conserver. Ce contrat est parfaitement légitime. Les richesses que je te lègue m'appartiennent, à moi et non à l'île de Dunstan. Je suis donc absolument libre d'en faire ce que je veux.

Elle secoua la tête.

— Devenir la propriétaire de Dunstan… Te rends-tu compte que je ne peux prendre une responsabilité pareille ? Comment pourrais-je protéger tes biens et ta flotte de navires éparpillés sur la mer ! Si quelque chose t'arrivait, je pourrais perdre tout ce que toi, ton père et son père avant lui avez mis tant de soin, d'efforts et d'années à édifier.

Comme il ne répondait pas, elle répéta :

— Reprends ce document. Quand et pourquoi, mon Dieu, as-tu fait une chose pareille ?

— Je l'ai fait avant d'aller à Warehaven pour t'enlever. Et parce que, à l'époque déjà, cet arrangement me semblait juste vis-à-vis de toi. Tu me donnais la possibilité de venger ma femme et ma fille, tandis que je te léguais toutes mes possessions en cas décès.

Isabella resta éberluée et, cela ne lui arrivait presque jamais, sans voix.

— Aujourd'hui, poursuivit-il, cette décision me paraît encore plus justifiée. Tu as déjà tant donné à Dunstan et à mon peuple.

— En faisant nettoyer les pièces de vie du château ? répliqua-t-elle avec effronterie. Ce n'est pas grand-chose. De plus, c'est pour moi que je l'ai fait. Prétendre le contraire serait mentir.

— Peu importe. Pour personnel qu'il ait pu être, ton acte a permis à mes hommes de se rappeler qu'ils étaient des êtres civilisés et non des sauvages. Quant aux femmes, elles ont retrouvé l'envie de réintégrer ce château qu'elles avaient fini par délaisser tant il était devenu inhospitalier. Grâce à toi, elles l'ont même fait revivre.

Isabella hocha la tête avec un grand sourire.

— Elles ont été merveilleusement actives et utiles.

— Elles se sont tout de même chargées de travaux qui ne leur incombaient pas. Monter sur des échelles, déplacer de lourdes tapisseries…

— Je n'avais pas de bras masculins à ma disposition. Il fallait bien que je me débrouille autrement.

— A qui la faute ?

— A toi.

Elle marqua un temps et ajouta :

— Et à moi.

Il lui caressa la main.

— Crois-moi, Isabella, grâce à notre contrat de mariage, tu

seras en sécurité même si je meurs. Conal et Matthew veilleront sur toi. Ils te protégeront, se battront pour toi, tandis que les hommes obéiront à tes ordres. La plupart d'entre eux sont des gens bien. Parfois un peu rudes, mais totalement dévoués.

— J'aurais préféré que tu puisses discuter de tout cela avec mon père. Du reste, je suis sûre qu'il n'accepterait pas un cadeau aussi fou de ta part. Le marché est trop inégal.

— Encore une fois, Isabella, l'île de Dunstan et toutes ses richesses m'appartiennent. J'en fais ce que je veux et n'ai de comptes à rendre à personne à ce sujet.

Elle comprit que continuer à argumenter ne servirait à rien. Il avait beau dire, cela ne la libérait pas de son impression de prendre la place de ses parents dans cette négociation et de s'en sentir gênée.

— Dis-moi une chose, Richard. Avais-tu signé le même contrat avec Agnès ?

— Non.

Il la considéra gravement.

— Nous sommes ici devant ce qui reste d'elle et je déclare solennellement que je répondrai à toute question que tu voudras me poser.

— Je voudrais surtout que cette histoire soit derrière nous, répondit-elle en détournant le regard.

Car il avait vu juste : une foule de questions qu'elle n'osait pas lui poser se bousculaient en elle. Mais n'avait-il pas déjà donné plus que sa part aujourd'hui ? Et comment se faisait-il qu'il sache si bien lire dans ses pensées ? Elle laissa aller sa tête contre son épaule.

— Ces inscriptions sur les tombes me paraissent étranges…

— Comment cela ?

— Richard, si je te demande quelque chose au sujet de ta femme, me répondras-tu honnêtement ?

— Bien sûr, je viens de te le dire. A toi plutôt de te préparer à entendre les réponses que je te ferai.

Elle hocha la tête. Etait-elle préparée ? Probablement pas mais, pour que le passé soit rendu au passé, elle se devait de demander une chose précise :

— L'as-tu aimée ?

— Oui, de tout mon cœur.

Ne l'avait-il pas prévenue de ne pas poser les questions dont elle ne serait pas prête à entendre les réponses ? Refusant d'écouter, elle s'était lancée, tête baissée. Il n'était donc en rien responsable de la douleur qui lui vrillait maintenant le cœur, ni de son impossibilité à déglutir, presque à respirer. Elle ferma les yeux.

Il l'entoura de son bras et l'attira vers lui.

— Je l'ai aimée de tout mon cœur jusqu'à ce que j'apprenne que cet amour n'était qu'une illusion, une chanson de troubadours que seuls les fous dans mon genre peuvent prendre pour la réalité.

— Comment en es-tu arrivé à penser cela ?

— Elle ne m'a jamais aimé. Lorsque j'ai appris qu'elle en aimait un autre, il était hélas trop tard. Elle ne m'a épousé que parce que son père ne jugeait pas l'autre homme digne d'elle. Pour parler clairement, il avait besoin d'or, et sans délai. Aussi les désirs de sa fille sont-ils passés au second plan.

— La plupart des gens n'ont pas la possibilité de choisir la personne qu'ils épousent, remarqua-t-elle avec justesse.

Elle sourit en songeant qu'elle, en revanche, avait eu cette possibilité. Pourquoi l'avait-elle gâchée ? En ne se décidant pas, elle avait obligé ses parents à choisir pour elle un homme qu'elle n'aimait pas et qui ne l'aimait pas non plus. Et, en fin de compte, elle s'était trouvée contrainte à un mariage avec un homme qui l'avait enlevée et que, malgré tout, elle chérissait à présent.

— Il est vrai que pour ainsi dire personne ne choisit. Cependant, en ce qui concerne Agnès, elle avait choisi son amant des mois avant de se trouver forcée à ce mariage de raison avec moi.

Il hocha lentement la tête en direction de la tombe de l'enfant.

— Lisette n'était pas ma fille.

Le choc empêcha Isabella de répondre. Elle réfléchit très vite à toute cette ignominie. Le père d'Agnès avait contraint sa fille à un mariage tout en sachant qu'elle en aimait un autre. C'était une vile action, mais elle n'était pas réprimée par la loi. En revanche, donner naissance à l'enfant d'un homme tout en étant mariée à un autre était légalement pire qu'un adultère. Cet acte condamnait non seulement la femme, mais aussi l'enfant, à un opprobre éternel.

Elle avait d'ailleurs entendu parler de familles ayant sacrifié en secret de tels enfants après leur naissance.

— Elle porte néanmoins ton nom, remarqua-t-elle avec douceur.

— Evidemment. Pourquoi lui aurais-je fait payer pour ce que sa mère avait fait ? Elle n'était responsable de rien. Et puis, lorsqu'elle est née, j'avais un besoin fou d'aimer et de chérir quelqu'un…

Il la considéra avec attention.

— Voilà pourquoi tu ne dois pas imaginer une seule seconde que je ne connais pas tes besoins ni tes désirs profonds, Isabella.

— Et Agnès ? demanda-t-elle doucement.

— Oh ! Au début, elle mentait très bien. Elle était douce, aimante et attentionnée à mon égard.

— Comment as-tu découvert qu'elle mentait ?

— Quelque chose sonnait parfois un peu faux dans son comportement. Rien de très visible. Un regard étrange par-ci, un baiser distrait par-là, un tressaillement à mon contact… Au bout d'un certain temps, pourtant, je suis devenu plus attentif à cette espèce de nervosité qu'elle manifestait en ma présence et j'ai fini par intercepter l'une des lettres qu'elle prétendait écrire chaque mois à son père.

— Son père n'était pas son véritable correspondant, je présume.

— En effet. La missive s'adressait à son amant. Agnès lui parlait de l'enfant qu'elle portait comme du sien, racontait combien ma présence lui était insupportable, à quel point mon contact et mes baisers la rendaient malade. Elle lui livrait, pour finir, une quantité importante d'informations au sujet de Dunstan pour qu'il puisse organiser une attaque de l'île et m'y succéder.

Isabella resta de nouveau tétanisée. Qu'un être puisse descendre tellement bas était pour elle aussi inimaginable qu'incompréhensible.

— Je suis désolée, Richard…

Beaucoup de choses s'éclaircissaient tout à coup. Il avait été déçu, trahi. Dans ces conditions, comment aurait-il pu avoir foi en l'amour ?

— Que s'est-il passé ensuite ?

— Rien que de très attendu. Elle a pleuré, juré que tout était fini avec son amant, promis de s'amender. Et j'ai été assez idiot pour la croire. J'étais aussi très jeune…

— Tu lui as accordé une nouvelle chance ?

— Bien sûr. Et puis Lisette est née. Il ne s'est rien passé de particulier pendant plusieurs mois, jusqu'au jour où une nouvelle missive de son amant est parvenue sur mon bureau au port.

Isabella écarquilla les yeux.

— Ils avaient recommencé à s'écrire !

— Ils n'avaient jamais cessé, corrigea-t-il avec amertume. Et ils se moquaient ouvertement de ma crédulité. Leur facilité à me duper était pour eux un inépuisable sujet de raillerie. Mais j'ai découvert pire. Depuis quelque temps, elle lui faisait parvenir de l'or.

— Ton or…

— En effet, car elle n'en possédait pas. Et cet or, ai-je appris ce même jour, servait à construire un navire et à louer les services des hommes qui viendraient me tuer. Moi mort, elle aurait épousé son amant et ils auraient pris ensemble le contrôle de l'île en tant que lord et lady Dunstan.

— Mon Dieu… Lui as-tu parlé de cette nouvelle missive que tu avais interceptée ?

— Oui. Et c'est lors de cette seconde confrontation qu'elle s'est enfin montrée sous son vrai jour. Elle a déversé son venin, m'avouant toute la haine qu'elle me vouait, qu'elle vouait à l'île, à mes hommes, à mes navires… Rien ne trouvait grâce à ses yeux. Tout ce à quoi je tenais le plus était traîné dans la boue.

— Et Lisette ?

— Agnès savait que j'aimais profondément cette petite et que je me moquais complètement qu'elle ne soit pas de mon sang. Je l'avais accueillie dans mon cœur. Je la nourrissais, l'élevais, la protégeais. Je me considérais comme son père et elle était devenue ma fille à part entière. Au point que j'ai fini par la prendre avec moi. Je l'emmenais à la nuit tombée et nous allions dormir sur l'un de mes navires.

— Tu te reproches de ne pas avoir été là lorsque Agnès a été assassinée. Pourquoi ?

— Parce que j'avais refusé de signer une demande de divorce

qui m'aurait obligé à renoncer à Lisette et qu'Agnès était donc demeurée ma femme. Même si nous ne nous aimions pas, elle était sous ma responsabilité et il était par conséquent de mon devoir de la protéger.

Elle lui prit la main.

— Il commence à faire froid, rentrons au château.

Comme elle se levait, il regarda les deux tombes.

— Sais-tu quelle est la pire horreur dans cette épouvantable histoire ?

Elle s'appuya avec lassitude contre lui.

Ce qu'elle venait d'entendre ne suffisait donc pas ?

— Non…

— Le père de Lisette, l'homme qui prétendait aimer Agnès et qu'elle affirmait aimer, est aussi celui qui les a tuées.

Isabella sentit ses jambes se dérober sous elle.

Comme si elle sortait de son corps, elle se vit tomber au ralenti aux pieds de Richard.

Chapitre 18

Un démon la pourchassait. Doté de puissantes mâchoires et d'yeux luisants, il l'avait presque rattrapée et allait se jeter sur elle.

— Non ! hurla Isabella.

Elle se redressa dans son lit, haletante.

— Chut, tout va bien…

Des mains douces l'aidèrent à s'étendre de nouveau.

Richard…

Elle se lova contre lui.

— Nous ne sommes plus dans le cimetière ? Comment sommes-nous arrivés là ?

Il sourit.

— Ignorerais-tu que tu es légère comme une plume ?

— Tu m'as portée !

— Bien sûr ! Imagines-tu une seule seconde que j'aurais pu te laisser par terre, inanimée, dans le cimetière ?

Des bribes de leur conversation lui revinrent alors à la mémoire, puis davantage, jusqu'à ce qu'elle se rappelle tout.

Elle se redressa alors une nouvelle fois.

— Oh ! Richard, je suis désolée ! Comment peux-tu encore supporter de me regarder ? Tu dois tellement me mépriser à présent !

— Pour quelle raison te mépriserais-je ?

Il passa le bras autour de son cou.

— Tu n'as rien fait de mal. Et tu n'es en aucun cas responsable des actes de Glenforde.

Comme elle secouait obstinément la tête, il lui caressa tendrement les épaules.

— Ne te tourmente pas avec tout cela, Isabella.

Elle releva la tête. Ses yeux noisette, habituellement si bienveillants, lançaient des éclairs.

Ils n'étaient plus que deux fentes quand elle déclara :

— Je veux que tu le fasses mourir lentement et que tu le découpes en morceaux au fur et à mesure.

Il secoua la tête en soupirant.

— Toi, tu as trop écouté mes hommes relater leurs faits de guerre…

— J'ai agi comme tu me le conseillais, en prêtant l'oreille aux commérages. Or, qui fait plus de commérages que les hommes ?

— Personne, en effet. Je n'ai aucun argument à opposer à cela.

Sur ces mots, il la fit se recoucher, s'étendit à côté d'elle et se dressa sur un coude pour la regarder.

— Comment te sens-tu ?

— Comme une idiote qui est stupidement tombée en pâmoison il y a une heure.

Il enroula une boucle de ses cheveux autour de son doigt.

— Pourquoi es-tu si sévère envers toi-même ?

Elle haussa une épaule.

— Je ne m'évanouis jamais. C'est la première fois que cela m'arrive.

— Tu en es certaine ?

— Oui. Pourquoi ?

— J'ai donné sa nuit à Conal pour qu'il puisse la passer auprès de sa Marguerite. De son côté, Matthew doit être relevé pour aller régler des problèmes sur les quais. Je vais donc devoir veiller personnellement sur toi.

— Ne peux-tu le faire d'ici ?

Il rit.

— Non, je serais trop… distrait.

— S'il te plaît, Richard, dit-elle en lui posant doucement la main sur la joue.

Il la lui saisit et l'embrassa.

— Ce sera mieux si nous attendons.

— Attendre quoi ?

— Que toute cette histoire soit terminée.

— Mais… dans quel but, pour l'amour de Dieu ?

— Si quelque chose tourne mal, Isabella, je préfère ne pas devoir te laisser avec un enfant en train de grandir en toi.

Elle retira sa main de la sienne et le saisit par la manche de sa tunique.

— Je suggère que tu oublies immédiatement ce qui te fait douter de ta victoire. Autrement, tu vas t'attirer la défaite.

Elle riva son regard au sien.

— M'entends-tu ?

Il battit des paupières puis détacha ses doigts de sa manche.

— Je t'entends parfaitement, mais rappelle-toi une chose : je n'ai pas besoin de toi pour savoir comment me battre.

— Alors peut-être de quelqu'un d'autre…, répliqua-t-elle sans la moindre trace de peur.

Il se leva brusquement et la regarda d'un air sévère.

— Aurais-tu une raison particulière de vouloir me mettre en colère ?

— Pour quelle raison voudrais-je que tu sois en colère ? Je le suis personnellement assez pour deux, crois-moi. Mon seul but est de te faire raisonner de manière plus juste.

Il montra son épée posée à terre.

— Elle est ma complice et je sais parfaitement m'en servir.

— Heureuse de te l'entendre dire.

— Je ne t'ai pas attendue pour gagner mes combats et accumuler les victoires, rétorqua-t-il en criant avant de se diriger vers la sortie.

— Tant mieux ! repartit-elle aussi fort. J'en suis heureuse pour toi !

Il ouvrit brusquement la porte et cria par-dessus son épaule en l'imitant :

— Tant mieux ! Tant mieux !

Comme il sortait dans un fracas de porte claquée, elle s'assit vivement, saisit son gobelet d'eau qui se trouvait près du lit et le lança contre la porte. De l'autre côté, un poing s'abattit deux fois sur le battant.

Elle se laissa alors aller en arrière contre ses oreillers, ferma les yeux et compta tout haut dans le silence de la pièce :

— Un… deux…

La porte claqua de nouveau. Elle retint un sourire. Il était revenu.

— Autre chose…, l'entendit-elle dire tandis qu'il traversait la chambre et s'asseyait près d'elle.

Elle se redressa et l'entoura aussitôt de ses bras.

— Laquelle ?

— Comment savais-tu que je n'étais pas vraiment en colère ?

— A ton regard et au fait que tu te mettes à crier. Quand tu es en colère, tu ne cries jamais. Tu restes au contraire d'un calme très agaçant. Mais… je pourrais te retourner la question… Comment as-tu deviné que je n'essayais pas vraiment de te mettre en colère ?

Il se pencha vers elle et lui passa doucement le bout de la langue sur les lèvres.

— Parce que tu n'avais aucune raison de vouloir que je te quitte.

Elle soupira.

— Dois-tu vraiment rester tout seul, assis par terre dans le couloir par un froid pareil ?

— Tu me donnes une idée, répondit-il en se frappant le front comme s'il était traversé par une illumination. Si je demandais à la jeune servante aguicheuse de venir me tenir compagnie ?

Elle le tira par les cheveux.

— Essaie un peu…

En guise de réponse, il lui reprit les lèvres et la caressa jusqu'à ce qu'elle commence à gémir doucement.

Il la serra alors avec une légèreté retrouvée.

— Je dois vraiment y aller, à présent. Et je dois rassurer Matthew. Il nous a entendus crier et s'est manifestement inquiété. Me voir sortir de la chambre en claquant la porte puis y entrer de nouveau n'a pas dû arranger les choses.

— Il faudrait que Matthew cesse d'être sérieux tout le temps…

— Je ne manquerai pas de le lui dire.

Elle le libéra.

— Va-t'en, je t'ai assez vu.

— Si tu as besoin de moi, tu sais où me trouver.

— Bonne nuit, Richard.

Ce fut Hattie en train de siffler comme un pinson qui la sortit de son sommeil.

Isabella cligna les yeux. Sa nouvelle amie venait, en tirant le rideau, de faire entrer une lumière aveuglante.

— Vous êtes réveillée ! s'exclama-t-elle en posant la robe de chambre d'Isabella au pied du lit. Cela tombe bien. Lord Richard a fait apporter un grand coffre. Ses hommes l'ont déposé près de la porte.

Elle repoussa sa couverture de fourrure et s'assit au bord du lit. Une odeur étrange lui parvint aux narines et fit gargouiller son estomac.

— D'où vient cette odeur ?

— Quelle odeur ? demanda Hattie en reniflant.

Isabella ne put la renseigner. Son estomac se convulsait. Elle porta la main à sa bouche. On ne pouvait pas l'avoir de nouveau empoisonnée, puisqu'elle n'avait encore rien absorbé !

Du reste, la pièce ne tournait pas autour d'elle et sa bouche n'était pas sèche.

Elle jeta un regard alentour et vit la nourriture qui l'attendait dans la petite alcôve.

— Qu'est-ce que c'est que ça ? demanda-t-elle d'un air dégoûté.

A peine avait-elle posé la question qu'une idée incroyable lui traversa l'esprit. Son évanouissement de la veille, son écœurement de ce matin…

Non, c'était impossible.

Enfin… pas tout à fait, puisqu'ils avaient déjà fait l'amour ensemble, mais néanmoins très improbable compte tenu du fait que cela ne s'était pas produit plus de trois fois — une, la nuit où elle avait été empoisonnée, la deuxième et la troisième à la période de Noël. Cela ne pouvait suffire à…

Hattie s'employait à présent à poser les mets du petit déjeuner sur la table.

— Regardez-moi ce beau pain encore chaud ! Le fromage va beaucoup vous plaire. Il y a aussi du porridge et…

Elle s'interrompit pour regarder Isabella et, soudain, sourit.

— Dieu du ciel ! Serait-il possible que vous perdiez ce stupide pari ? Qu'un enfant naisse avant l'été ?

La main devant la bouche, Isabella secoua la tête avec l'espoir que cela suffirait à détromper Hattie.

De plus, si les calculs qu'elle venait de faire rapidement étaient bons, l'enfant arriverait au début de l'automne, ce qui ferait perdre les parieurs…

Hattie coupa un morceau de pain, remplit un gobelet d'eau, et lui apporta le tout.

— Mangez tranquillement cela. Je vais appeler Marguerite pour qu'elle vous apporte de la racine de gingembre.

Isabella émietta le pain.

— Cela ne peut pas arriver maintenant…, murmura-t-elle, un peu perdue.

Puis, comme Hattie se dirigeait vers la porte, elle ajouta :

— Attendez… Qui monte la garde devant ma porte ?

— Conal.

— Alors pas un mot de tout cela à lui ni à quiconque, du reste.

— Pourquoi, milady ? demanda Hattie en revenant vers le lit.

— Parce que je veux être celle qui apprendra la nouvelle à Richard un peu plus tard, après qu'il…

Ignorant si Hattie connaissait exactement les intentions de Richard, elle s'interrompit.

— Qu'il aura rencontré Glenforde ?

— Oui, répondit-elle en soupirant, soulagée de ne pas devoir inventer un mensonge.

— Je comprends votre raisonnement.

— Merci.

— Dans ce cas, lady Isabella, espérons que cette rencontre se fera vite, car vous ne pourrez garder votre secret très longtemps.

Isabella hocha la tête. Si elle attendait vraiment un enfant, la dernière chose qu'elle désirait était garder la nouvelle secrète. Elle avait même envie de l'annoncer au monde entier.

Elle jeta un coup d'œil vers le coffre que les hommes de Richard avaient apporté, s'habilla en hâte, et s'en approcha, impatiente d'en découvrir le contenu.

Il était maintenu fermé par des lanières de cuir qu'elle délaça. Puis elle souleva le couvercle… avant de le laisser retomber avec un petit cri de surprise. Bien qu'elle ait juste entraperçu le contenu du coffre, elle était stupéfiée. Elle s'assit devant, le rouvrit délicatement.

Des tissus finement tissés et des étoffes magnifiques étaient pliés à l'intérieur. Certains avaient été soigneusement décolorés au soleil et d'autres teints dans de somptueux tons verts et roses. Il se trouvait là de quoi habiller cinq personnes.

A l'époque où elle avait songé à emprunter à Richard un peu d'argent pour se confectionner des robes, jamais elle n'aurait imaginé qu'elle posséderait un jour un tel trésor.

Elle posa le premier tissu contre sa joue. Jamais elle n'aurait non plus pensé qu'il existait un tissu aussi doux.

Lorsqu'elle eut sorti du coffre toutes les étoffes, elle découvrit un paquet emballé séparément. Elle le posa sur ses genoux pour l'ouvrir. Sous l'emballage en cuir, elle en découvrit un second, beaucoup plus fin. Elle le déplia précautionneusement et cligna les yeux, éblouie par l'étoffe aux soyeux reflets vert émeraude qu'il contenait.

Elle fit venir Hattie d'un geste.

— Dites-moi, Hattie… Voyez-vous ce que je vois ?

Elle osait à peine toucher le tissu de peur de l'abîmer et se contenta de l'effleurer du bout des doigts.

De son côté, Hattie le saisit entre le pouce et l'index, ferma les yeux pour mieux se concentrer, les rouvrit et décréta :

— C'est de la soie.

— Fantastique ! Mais que suis-je censée faire avec une quantité pareille ?

— Une robe, je suppose.

— Une robe de soie !

En quelles occasions pourrait-elle porter un vêtement pareil ?

Jamais elle n'avait possédé une telle merveille. Du reste, jamais elle n'en avait eu besoin. Ses parents eux-mêmes avaient-ils possédé de la soie comme celle-là un jour ?

Elle se leva en portant précautionneusement la pièce d'étoffe et l'étendit sur son lit. Elle était encore plus grande que ce qu'elle avait cru et pouvait aisément permettre de faire deux robes. Ou une robe pour elle et une tunique pour Richard.

Comme la soie était dénuée de tout ornement, elle pourrait la décorer comme bon lui semblait. Elle en considéra la trame attentivement ; elle était de si bonne qualité qu'elle supporterait aisément n'importe quel galon ou feston.

— Regardez, lady Isabella ! dit Hattie en sortant du coffre de magnifiques coupons.

Tous prébrodés. Cela lui ferait gagner un temps inestimable.

Au fond du coffre, elle ne fut pas étonnée de trouver tout un nécessaire à couture : épingles et aiguilles, en passant par deux cisailles, des grandes destinées à découper le tissu et des plus petites réservées aux fils de soie. Sans compter un assortiment de fils de lin de toutes les couleurs.

Quel beau cadeau ! Beaucoup trop beau pour elle. Apparemment, les pavillons marchands et entrepôts de Richard recelaient, comme ceux de Warehaven, des biens aussi chers que précieux destinés à être vendus ou troqués dans différents ports. Avec ce commerce de tissus, dont la soie, aussi rare que recherchée, Richard faisait vivre son île. Comment, donc, accepter son offre ?

Elle passa doucement la main sur la soie et la porta à sa joue. La tentation était de plus en plus grande. En faisant très attention à ne pas perdre un seul morceau des étoffes dont elle disposait, elle se ferait fort de confectionner, pour elle et pour Richard, des vêtements qui dureraient des années, l'assurant ainsi qu'il ne s'était pas privé d'une partie de son stock pour rien.

Sa décision était prise. Elle regarda autour d'elle.

Pour commencer, il lui fallait aménager un endroit pour coudre. Dans une pièce comme celle-ci, il était parfaitement concevable de créer un espace dédié à ce qui allait devenir sa principale occupation pendant plusieurs semaines.

— Hattie, demande à deux hommes d'apporter une table, des bancs, et de les poser…

Elle désigna la fenêtre.

— Là.

— Ce ne sera pas nécessaire.

— Au contraire, c'est la meilleure place !

Hattie alla vers la porte.

— Venez, milady, dit-elle en lui faisant signe de la suivre.

Intriguée, Isabella la suivit dans le couloir.

Au lieu de tourner comme d'habitude à droite, Hattie tourna à gauche, dépassa la première porte et s'arrêta devant celle du fond qu'elle ouvrit en grand.

Isabella resta à l'extérieur.

— Que faites-vous, Hattie ? Richard a ordonné que personne n'entre dans ces deux pièces.

Derrière elle, la voix de Conal se fit entendre.

— Lord Richard a changé d'avis hier soir. Plusieurs personnes ont passé la nuit à débarrasser la pièce et à la nettoyer. Je suis d'ailleurs surpris que le bruit ne vous ait pas réveillée.

Elle entra d'un pas mal assuré. La pièce, qui comportait une fenêtre de plus que sa chambre, était très claire. Entre les deux croisées se trouvaient deux fauteuils rembourrés et équipés d'un repose-pied. Au milieu, une petite table ronde.

Des rideaux calfeutraient l'entrée d'une alcôve, et un banc garni de coussins longeait le mur.

Tout était impeccablement propre et le sol brillait comme s'il venait d'être poli.

— Est-ce que cela suffira ? demanda Conal.

— Oh oui, c'est parfait.

— Tant mieux. Ah ! j'entends approcher les serviteurs avec la table et les bancs !

Il ne leur fallut pas longtemps pour installer la table à tréteaux et aller chercher le coffre dans sa chambre. Pour la plus grande joie d'Isabella, deux cuisinières montèrent en même temps lui demander si elle les autorisait à venir l'aider pendant leurs moments de repos.

Coudre était l'un de leurs passe-temps favoris auquel elles avaient rarement l'occasion de s'adonner.

Elle accepta leur offre avec d'autant plus de plaisir que tout faire seule se serait révélé, elle le savait, une tâche sans fin qui l'aurait facilement menée à l'hiver prochain.

La lumière avait déjà pâli quand elle s'aperçut que l'après-midi avait cédé la place à la soirée. Presque toute la journée, qu'elle n'avait pas vu passer, avait été consacrée à prendre des mesures, couper et épingler.

Elle repoussa son siège, se leva et s'étira avant de quitter sa petite pièce de couture avec l'intention de se rendre dans la grande salle. On avait besoin de son aide pour le dîner.

Conal montait la garde dans le couloir. Elle s'arrêta devant lui.

— Je ne vous ai jamais dit merci.

Il déplia lentement son grand corps et secoua la tête. Quelques mèches de sa rebelle chevelure rousse retombèrent sur son front.

— A quel propos ?

— Pour avoir aidé à la création de la petite salle de couture. Et aussi pour veiller sur ma sécurité. J'y suis très sensible.

— Vous êtes la femme de Richard, il est normal que je veille sur vous.

— Peut-être, mais je vous remercie quand même. L'heure du repas approche, donc à tout à l'heure en bas.

Elle descendit les marches presque en sautillant. Pour la première fois depuis lui sembla-t-il des lustres, elle se sentait heureuse.

— Lady Isabella ?

Surprise de rencontrer là le père Paul, qui ne quittait guère son église, elle s'arrêta au bas de l'escalier. Elle ne l'avait pas revu depuis Noël et trouva sa présence insolite.

— Père Paul, puis-je vous aider ? Désirez-vous vous joindre à nous pour le dîner ?

— Non, non. Je voulais juste savoir si vous aviez eu l'occasion de regarder votre contrat de mariage.

— Oh oui…

Il avait probablement été aussi choqué qu'elle.

— … Et je vous assure qu'il sera bientôt modifié.

— Je me doutais de votre réaction. Il y a quelques détails dont j'aurais voulu m'entretenir avec vous, cela ne prendra qu'une minute.

Elle indiqua de la main la table et les sièges déjà installés.

— Certainement. Asseyons-nous ici quelques instants.

Il fronça les sourcils.

— Je préférerais un endroit plus isolé. Il fait doux, dehors. Si nous sortions quelques instants ? Nous serions ainsi à l'abri des oreilles indiscrètes.

Un regard par-dessus son épaule apprit à Isabella que Conal n'était pas là. Or, Richard lui avait recommandé de ne faire confiance qu'à lui et à Matthew. Le père Paul ne faisait pas partie de la très courte liste, aussi se demanda-t-elle s'il était avisé de quitter le château en sa compagnie.

— Je ne suis pas censée quitter le château sans Conal, et j'ignore ce que penserait Richard d'une initiative contraire à ses consignes.

— Votre hésitation est très compréhensible, mais je suis sûr que Conal n'est pas loin. Du reste, j'ai une idée qui va vous rassurer tout de suite.

Il héla de la main l'un des hommes de Richard.

— S'il vous plaît, mon brave, lorsque Conal descendra, dites-lui que j'ai emmené lady Isabella un instant dehors. Il nous trouvera facilement, puisque nous resterons devant la porte.

Puis il se tourna de nouveau vers elle.

— Etes-vous rassurée, à présent ?

Quelque chose lui conseilla de répondre non, mais il semblait si sincère ! Et puisque l'un des hommes de Richard savait où elle était, il n'y avait plus aucun risque.

— Soit, allons-y.

Elle se dirigea vers la haute porte et l'ouvrit. La température était douce, en effet, même avec la brise qui soufflait de la mer, car les innombrables petites cours intérieures du château étaient protégées du vent.

Le père Paul arriva à sa hauteur. Contrairement à ses affirmations, au lieu de s'arrêter derrière la porte, il poursuivit son chemin.

— L'endroit n'est-il pas assez discret pour vous, père Paul ? demanda-t-elle sans le suivre.

Il revint sur ses pas et désigna d'un mouvement de la tête un groupe de femmes qui bavardaient non loin.

— Je ne veux pas qu'elles risquent d'entendre des choses qui ne regardent que la lady de Dunstan.

Elle fronça les sourcils. Quelque chose, manifestement, inquiétait le père Paul, et il ne voulait pas remettre à plus tard le moment de le lui apprendre.

— Très bien,

Avant de le suivre, et pour s'assurer que les femmes n'avaient pas entendu que le père Paul se méfiait d'elles, elle leur jeta un rapide coup d'œil. C'est alors qu'elle reconnut non loin, dans l'ombre, la silhouette de Matthew. Il posa aussitôt son index devant ses lèvres. Sa demande silencieuse était claire : ne signaler sa présence à personne. Le choc la fit trébucher. Dieu du ciel ! Pas le prêtre… Le père Paul ne pouvait être l'homme qui cherchait à la tuer ! Lui, un homme de Dieu ? Non, c'était impossible.

— Vous venez ?

Il se dirigeait vers la poterne dont la herse était levée.

— Oui, oui, j'ai trébuché. Cela m'arrive assez souvent.

— Cela n'a rien d'étonnant. Le sol n'est jamais correctement nivelé, dans ces misérables courettes oubliées de Dieu.

Isabella arqua un sourcil. A l'inverse du prêtre, ces petites cours la ravissaient tant qu'elle avait prévu d'y planter des rosiers dès l'arrivée du printemps. Comme ceux que Marguerite cultivait dans le jardin de son petit cottage. Les roses grimperaient le long du mur, et alors…

Elle leva les yeux, imaginant déjà le résultat, et les écarquilla soudain en croisant le regard vert émeraude du garde qui se tenait sur le mur.

Ou du moins de l'homme habillé en garde, car elle l'avait immédiatement reconnu.

Elle baissa la tête et s'efforça de ne manifester aucune émotion. Si ce soir quelqu'un mourait à Dunstan, l'expression parfaitement résolue de son mari lui disait clairement que ce ne serait pas elle.

— Venez, milady, nous allons discuter ici, dit le père Paul en la prenant par le coude pour l'entraîner en direction de la poterne.

Malgré elle, ses jambes s'étaient mises à trembler. Autant, sans doute, par crainte du père Paul que du courroux plus que probable de Richard.

Comme elle faisait un mouvement brusque pour dégager son bras, le prêtre resserra son emprise et siffla avec force.

Un homme surgit alors de l'ombre avec deux chevaux. Le père Paul la poussa vers le cavalier. Au moment où celui-ci l'attrapait par le poignet, elle reconnut le diacre. Les deux ecclésiastiques de Dunstan étaient donc impliqués dans cette affaire !

— Non ! hurla-t-elle. Lâchez-moi !

Dans l'espoir qu'ainsi l'homme ne pourrait pas la hisser sur sa monture, elle se laissa pendre de tout son poids.

A son cri, la lourde herse de la porte principale se mit à grincer. On était en train de la descendre. Le père Paul, de son côté, avait enfourché le second cheval et les deux montures se rapprochaient de l'issue.

Puis, soudain, la petite cour qui, quelques secondes plus tôt, était encore vide, se retrouva envahie d'hommes en armes.

Le diacre lâcha Isabella et sortit frénétiquement une flèche de son carquois.

Dès qu'elle fut libre, elle courut se mettre à l'abri des cavaliers et des sabots des chevaux.

Tétanisé, le père Paul lâcha ses rênes et ne bougea plus. Ses épaules s'affaissèrent. Presque en même temps, une main attrapa Isabella par le bras et la poussa vers Conal.

— Regagne immédiatement notre chambre, dit la voix de Richard.

— Richard, je…

Sans lui accorder un regard, il rejoignit le prêtre tandis que Conal la faisait pivoter sur ses talons et la poussait vers le château.

Comme elle refusait d'avancer, il soupira.

— Allez-vous marcher de vous-même comme une femme ou devrai-je vous porter comme un sac de grains ?

— Vous oseriez me faire subir cet affront devant tout le monde ?

— J'oserais, oui.

Elle démarra en trombe vers le château, non sans lui avoir crié :

— Vous êtes aussi mauvais que lui !

— Non, je suis pire. Parce que je me moque de votre petit cœur tendre.

Lorsqu'ils furent dans la grande salle, il lui posa la main dans le dos et la poussa vers l'escalier. Tous les yeux se fixèrent sur elle, et elle aurait juré entendre chaque personne présente se demander ce qu'elle avait bien pu faire.

Elle garda cependant la tête haute, apparemment indifférente à la curiosité générale, et monta l'escalier d'un air altier.

Conal ouvrit la porte de sa chambre, s'effaça pour la laisser entrer et dit :

— Je ne vous conseille pas de vous prosterner devant lui. Cela ne pourrait qu'ajouter à sa colère.

Là dessus, il se retira.

L'air abasourdi, elle fixa la porte fermée. Se prosterner, elle ? La connaissait-il donc aussi mal ? Jamais elle ne s'était prosternée devant quiconque, et elle n'avait pas l'intention de commencer. S'expliquer honnêtement était la seule méthode qu'elle connaissait. Pour autant, Richard comprendrait-il le dilemme qui avait été le sien avec le père Paul ? Ce n'était pas sûr.

Pour s'occuper le corps et l'esprit, elle plia du linge en attendant sa venue sans s'arrêter une minute, jusqu'à ce qu'elle reconnaisse son pas dans le couloir.

Son cœur se mit aussitôt à battre la chamade, mais ses mains ne tremblaient pas, ce qui la rassura. Quand il en allait ainsi, cela signifiait que, même si elle était émue, elle maîtrisait correctement ses émotions.

La porte claqua. Isabella sursauta et se retourna d'un bloc.

Les sourcils de Richard étaient si froncés qu'ils formaient une ligne presque horizontale au-dessus de ses yeux. Elle recula instinctivement d'un pas, puis de deux, jusqu'à ce que sa retraite soit arrêtée par le mur.

— Je n'avais pas le choix, expliqua-t-elle immédiatement. Il s'est débrouillé pour que la situation paraisse parfaitement normale et que je ne puisse refuser d'accéder à sa demande.

Comme Richard ne semblait pas écouter, elle pointa le doigt vers lui.

— Comment aurais-je pu deviner quoi que ce soit puisque tu ne m'avais même pas dit que tu le soupçonnais ?

Sans répondre, il se débarrassa de son manteau et le jeta sur le lit. Puis il retira sa tunique de garde aux armes de l'île et la laissa tomber à terre.

— Il m'avait assuré que nous resterions juste devant la porte, reprit-elle sans renoncer à le raisonner.

Il la saisit, la plaqua contre le mur et, avant qu'elle n'ait pu ajouter quoi que ce soit ni même reprendre son souffle, lui prit les lèvres pour un baiser qui faillit la faire s'évanouir.

Il avait le visage froid et ses doigts, qui délaçaient sa robe, étaient glacés, mais son baiser… son baiser était… était si brûlant !

Elle trembla au contact de l'air sur ses épaules à présent dénudées. Leurs souffles, leurs langues se mêlèrent, elle gémit doucement tandis qu'il lui répondait par un grognement sourd et finissait de la débarrasser de sa robe. Puis il la souleva et la déposa, nue, sur le lit.

Malgré le brasero, l'air était frais, mais elle eut à peine le temps de le sentir. Richard lui avait écarté les jambes et anéantissait ses pensées par la douceur de ses lèvres.

Elle enfouit la main dans ses cheveux en gémissant.

— Richard… je t'en prie !

Elle voulait davantage que la délicieuse torture qu'il lui infligeait. Elle voulait ne faire plus qu'un avec lui.

Il vint sur elle, l'attrapa par le menton et la dévisagea.

Saisie par l'éclat de son regard vert et la ligne dure de sa bouche, elle lui caressa la joue.

— Quoi ?

— Tu as été merveilleuse, murmura-t-il.

Elle ferma les yeux sans comprendre ce qui lui valait un tel compliment, alors qu'il la serrait contre lui et la pénétrait.

— J'ai eu si peur que, au moment fatal, tu perdes le contrôle de toi-même et de la situation…

Elle l'étreignit passionnément tandis que s'exprimaient enfin ses larmes et ses rires. Des rires libérateurs tant elle avait craint sa colère, mais des larmes aussi parce qu'il ne lui avait pas dit qu'il l'aimait et ne le ferait probablement jamais. Pourtant, son cœur à elle débordait d'amour pour lui.

A la façon dont il lui fit l'amour, elle eut pourtant la certitude qu'il n'était pas aussi détaché qu'elle le croyait. Peut-être que, en l'écoutant bien, elle entendrait son cœur lui faire en silence l'aveu que ses lèvres taisaient.

Alors, plus désireuse que jamais de le sentir en elle, elle enroula les jambes autour de sa taille.

Richard était incapable de se rappeler avoir jamais autant désiré une femme que celle qui était la sienne aujourd'hui. Pourtant, il savait que le poids de ce qu'il vivait en ce moment l'empêchait d'être aussi doux et tendre qu'il l'aurait voulu.

Cela faisait en effet plusieurs jours qu'il avait commencé à surveiller très attentivement le prêtre dont les incessantes allées et venues lui avaient vite fait comprendre qu'il tramait quelque chose.

Et les heures qu'il avait passées à s'inquiéter pour Isabella avaient fait naître en lui le besoin vital de la voir et de la sentir s'abandonner entre ses bras.

A la manière dont ses jambes le serraient et dont son bassin se mouvait à la rencontre du sien, il sut qu'elle était en train d'accéder au plaisir. Il se maîtrisa pour ne pas gâcher cet instant magique.

Il ne faisait pas chaud dans la chambre, mais Isabella avait le corps brûlant et sa chaleur se communiquait doucement à lui.

Etre peau contre peau ne lui suffirait bientôt plus, il avait besoin de plus. Pourrait-il parvenir à se fondre davantage lorsqu'il faisait l'amour avec elle ?

Troublé par cette exigence nouvelle qu'il comprenait mal, il se sentit toucher le paradis quand elle rejeta la tête en arrière en criant.

*
* *

Ils restèrent longuement enlacés, leurs cœurs cognant à l'unisson, puis elle rit doucement :

— Sens comme ils battent fort. Cela ne doit pas être bon pour eux…

— Si je dois mourir de cette façon, répliqua-t-il, au moins j'aurai le sourire aux lèvres pour rencontrer le Créateur.

Il lui caressa le front.

— As-tu reçu le coffre de tissus ?

— Oui.

Elle retira doucement la main de la sienne et s'assit.

— C'est un magnifique cadeau, mais avais-tu besoin de m'en envoyer autant ? Tu as dû entamer ta réserve, et…

Comprenant tout de suite où elle voulait en venir, il l'interrompit.

— J'ignorais que j'avais besoin de quelqu'un pour s'occuper de gérer mes réserves de marchandises.

— Mais…

— Non, Isabella, nous n'avons pas le temps. Cette nuit est peut-être notre dernière nuit.

— Pourquoi dis-tu cela ?

— Le navire de ton père est en vue des côtes.

— Seulement le navire de mon père ?

— Oui.

Elle le regarda, perplexe.

— Quelque chose ne va pas. Pas du tout. Mon père ne peut venir libérer la petite-fille d'un roi sans une armée à ses côtés. As-tu vérifié qu'il n'y avait aucun vaisseau dans la petite baie ?

Il lui jeta un regard sévère.

— Non, j'ai oublié de vérifier le point le plus vulnérable de mon île !

Elle leva la main en signe d'apaisement.

— Pardonne-moi. Bien sûr que ta baie est gardée et que tu as vérifié. Que vas-tu faire ?

— Je ne peux pas faire grand-chose avant que l'équipage ait débarqué.

— Je pense que tu n'as rien à craindre de mon père.

Et, avant qu'il imagine qu'elle avait tout oublié de la situation, elle précisa :

— Lui et toi allez évidemment échanger quelques horreurs et autant de coups, mais dès qu'il me saura saine et sauve, il écoutera la voix de la raison. Même s'il n'aime pas cela, il le fera.

— Je vois..., fit-il avec une moue sarcastique. Et pendant que nous nous disputerons le plus aimablement du monde, ses hommes mettront mon île à feu et à sang et détruiront ma flotte. Tout cela ne me rassure pas du tout.

— Non, ses hommes ne brandiront pas leur épée tant qu'il ne leur aura pas ordonné de le faire. Et il ne leur ordonnera pas de le faire tant qu'il ne saura pas comment je vais. Ce serait risquer ma vie et jamais il ne s'y résoudra. Pour lui aussi bien que pour ma mère.

Richard allait répondre quand des clameurs et un bruit de bataille se firent entendre.

Il se rua vers la fenêtre pour retirer le rideau de cuir qui la protégeait.

Des flèches enflammées volaient par-dessus les remparts et avaient déjà mis le feu à l'une des dépendances.

On frappa violemment à la porte. Richard fit signe à Isabella de se couvrir avant de répondre :

— Entrez !

Conal se précipita dans la chambre.

— Nous sommes attaqués !

— Ne les laisse pas mettre le feu partout. Fais ouvrir immédiatement les grilles et va à leur rencontre.

Conal ressortit aussitôt et cria ses ordres avant d'avoir atteint le bas de l'escalier tandis que Richard se rhabillait en hâte.

— Penses-tu qu'il s'agisse de ton frère ? demanda-t-il à Isabella.

Elle secoua la tête.

— Jamais de la vie. Mon père ne risquerait pas la vie de son fils aussi stupidement.

Elle réfléchit intensément, les sourcils froncés, et ajouta :

— Je ne comprends pas comment il a pu prendre les commandes d'un navire royal, mais je parierais qu'il s'agit de Glenforde.

— Nous allons le savoir très vite, répondit Richard. Un navire ne peut transporter que quarante hommes au maximum. Facile pour les miens, donc, d'en venir à bout.

— Ils sont armés, très bien protégés, et déterminés à aller jusqu'au bout.

— Cela ne change rien au fait que nous sommes beaucoup plus nombreux. J'y vais. Ne sors d'ici sous aucun prétexte.

Il glissa son épée dans son baudrier tout en se dirigeant vers la porte.

— Et barricade-toi derrière moi.

Chapitre 19

Isabella s'extirpa du lit et s'habilla en toute hâte.

La robe mal lacée et les cheveux en désordre, elle ouvrit la porte sans faire de bruit et passa discrètement la tête à l'extérieur pour écouter.

Le bruit des épées qui s'entrechoquaient allait en s'affaiblissant, comme si les hommes cessaient peu à peu de se battre.

Elle referma la porte aussi doucement qu'elle l'avait ouverte et alla jusqu'à la fenêtre. Là aussi, la clameur s'apaisait.

Impossible de rester ici sans savoir. Elle retourna à la porte et, cette fois, se glissa sans faire de bruit dans le couloir et fit quelques pas vers l'escalier avant de s'arrêter. En bas, deux hommes discutaient. Le premier argumentait tandis que le second paraissait vouloir l'aiguillonner.

Elle n'avait pas besoin des les voir pour savoir que le premier, avec sa voix grave et profonde, était son mari. Mais qui était l'autre ?

Le dos plaqué contre le mur, elle fit quelques pas de plus vers l'escalier.

— Donne-moi ma femme, Dunstan !

Elle dut se mordre la lèvre pour ne pas hurler.

Glenforde était arrivé avant son père. Quelque chose, décidément, n'allait pas du tout. Ainsi qu'elle l'avait expliqué à Richard, jamais son père n'aurait confié le commandement de l'un de ses navires — ou même de sa plus petite barge — à un homme ne faisant pas partie de ses équipages. Jamais. De même ne doutait-elle pas un seul instant qu'il serait venu en personne à Dunstan. Déléguer n'était pas dans ses habitudes et, pour cette affaire en particulier, il n'aurait jamais permis que quelqu'un agisse à sa place.

Il fallait qu'elle descende. Alors qu'elle s'apprêtait à s'engager dans l'escalier, elle songea à sa robe mal lacée et à ses cheveux en désordre. Non, impossible d'apparaître dans une tenue aussi négligée. Glenforde penserait immédiatement que Richard la maintenait prisonnière ou, pire, qu'il avait fait d'elle une catin.

— Psst…

Dans l'ombre, de l'autre côté de l'escalier, Hattie venait d'attirer son attention.

Isabella pointa le doigt vers la porte de sa chambre. L'ancienne nourrice hocha la tête et la rejoignit. Elles gagnèrent la chambre d'Isabella dans un silence absolu. Dès qu'elles furent entrées, Hattie barricada la porte tandis qu'Isabella se dirigeait rapidement vers son coffre à vêtements.

Il ne contenait pas grand-chose : la robe qu'elle portait le jour de son enlèvement, qui avait été abîmée et qu'il faudrait remettre en état, et une autre qui était toute froissée. Restait la verte qu'elle avait portée à Noël.

— Dommage que vous n'ayez pas vos vêtements d'apparat.

— Surtout pas, Hattie. La dernière chose que je voudrais est faire croire à Glenforde que je me suis apprêtée pour lui. Or, ce prétentieux aurait tôt fait de le penser.

La tunique que Richard avait laissée tomber à terre attira soudain son regard. Elle la ramassa et sortit la robe verte du coffre.

— Cela ira très bien.

— Mais… pourquoi cette tunique de garde ?

— Pour les couleurs, Hattie ! Pour les couleurs de Dunstan !

— Il est certain que cela risque de beaucoup agacer Glenforde.

— Et c'est le but. Aidez-moi.

Avec l'aide de Hattie, elle revêtit la robe et la tunique en un rien de temps.

Puis elle s'assit sur un petit banc et se passa un linge humide sur le visage tandis que Hattie peignait sa magnifique chevelure et la rassemblait en une tresse qui lui frôlait les reins. Elle la noua par des rubans verts et bleus parfaitement assortis à la tunique de garde et… aux couleurs de l'île.

Son appartenance à Dunstan serait ainsi plus que visible : Evidente.

Elle se leva et ne put s'empêcher de rire devant le résultat. Cette tunique d'homme était beaucoup trop grande pour elle et lui tombait jusqu'aux genoux.

Hattie prit alors les choses en main. Elle lui ceignit la taille d'une ceinture dorée et fit adroitement blouser la tunique pour atteindre un résultat parfait.

Lorsque ce fut fait, elle mit la main dans sa poche et en sortit un minuscule objet.

— Vous pourriez vouloir porter ceci, dit-elle en le lui tendant.

— Qu'est-ce que c'est ?

Hattie n'eut pas besoin de répondre. Elle venait de reconnaître l'alliance qu'elle avait jetée à la tête de Richard le soir de leur mariage.

— Où l'avez-vous trouvée ?

— Lord Richard me l'a glissée dans la main tout à l'heure, avant de descendre. Il a dit que le choix vous revenait.

Parce qu'il pensait toujours qu'elle avait le choix ? se dit Isabella.

Après avoir passé l'alliance à son annulaire gauche, elle regarda Hattie et demanda simplement :

— Prête ?

— Non. Mais comme il n'y a aucun moyen de remettre cet affreux moment à plus tard…

Sur ces mots, Hattie lui emboîta le pas en se tordant les mains et en secouant la tête.

Isabella fit de son mieux pour ignorer l'appréhension qu'elle éprouvait. Elle s'arrêta un instant en haut de l'escalier pour poser la main sur son estomac qui protestait, prit une profonde inspiration, puis descendit les marches avec une souveraineté digne à la fois de la lady de Dunstan et de la fille du lord de Warehaven.

— Je ne vous le répéterai pas. La chienne de Warehaven est à moi.

— Je suis sûre que Cecilia ne serait pas d'accord, déclara-t-elle en atteignant la dernière marche.

Avec un calme souverain, elle venait de désigner nommément la chienne préférée de son père. Une chienne de chasse qui avait mordu à deux reprises Glenforde jusqu'au sang. Et ce n'était sûrement pas pour rien. Pourquoi n'avait-on pas tenu compte de l'attitude révélatrice de l'animal ?

Les deux hommes se tournèrent d'un même mouvement pour la regarder.

Les paupières de Richard s'abaissèrent lentement tandis que les coins de sa bouche s'étiraient en un sourire qui lui donna envie de courir se jeter dans ses bras.

Les yeux de Glenforde, en revanche, se plissèrent d'une manière qu'elle reçut comme un outrage.

Il fit un pas vers elle.

— Dieu soit loué, chère Isabella ! Nous nous sommes tellement inquiétés pour vous !

— « Nous » ?

Ses yeux firent le tour de la grande salle.

— Je ne vois personne ici à part vous. Comment vous êtes-vous donc débrouillé pour arriver avant mon père ?

Glenforde haussa les épaules.

— Le gouvernail de son navire s'est cassé, et je n'avais pas la patience d'attendre qu'il soit réparé. Aussi suis-je venu ici aussi vite que possible. Oh ! Isabella, j'avais tellement hâte de vous revoir !

Entendre, pour la seconde fois, son prénom sortir de la bouche de cet assassin lui donna envie de le bâillonner sur-le-champ.

De plus, elle ne croyait pas un mot de cette histoire de gouvernail. Son père faisait toujours régulièrement et méticuleusement contrôler ses navires. Or, un gouvernail ne se cassait pas tout seul.

Comme elle ne disait rien, Glenforde fit un nouveau pas vers elle.

Elle serra les poings.

Heureusement, Conal vint se placer à son côté et lui offrit son bras.

— Milady.

Elle parvint à ne pas écarquiller les yeux devant sa manifestation parfaitement inhabituelle de courtoisie et à demander en retour d'une voix pareillement aimable :

— Comment vont le village et les hommes ?

— Le village est intact. Un homme est mort, et il y a un blessé. Marguerite s'occupe de lui.

Sur ces mots, il la mena à Richard et se campa derrière eux.

Elle plongea son regard dans celui de Richard.

Il lui pressa discrètement les doigts avant de poser la main sur son bras droit. Puis, se penchant vers elle, il lui murmura à l'oreille :

— Ne vous avais-je pas dit de rester en haut ?

A son tour, elle plaça la main gauche sur la sienne tout en faisant tourner son alliance avec son pouce pour qu'il la remarque.

— Ma place est ici, répartit-elle entre ses dents.

Après quoi, avec un regard aux tables et aux bancs renversés, elle lui demanda à haute et intelligible voix :

— Qu'avez-vous fait de ma salle ?

Comme il ne répondait pas, Conal se pencha légèrement vers elle.

— Elle a connu quelques désagréments, milady.

Glenforde, qui n'avait pas perdu un seul de leurs échanges, la détailla de la tête aux pieds.

— Vous semblez être… entière.

— Bien sûr. Pourquoi en serait-il autrement ?

— Parce que vous avez été enlevée et rendue captive ! J'étais d'ailleurs mortellement inqu…

Elle ne voyait plus l'utilité de continuer cette mascarade.

— Epargnez-nous vos mensonges, s'il vous plaît. Tout le monde, dans cette pièce, sait parfaitement que j'ai été prise comme appât pour vous attirer jusqu'ici. Or, vous y êtes…

— J'y suis, en effet, répondit Glenforde en poursuivant son examen. Et vous aussi, mais habillée de *ses* couleurs et jouant avec *son* alliance. Dites-moi, est-il aussi bon amant que moi ?

Sentant le bras de Richard se crisper, elle eut envie de lui crier de ne pas écouter ces mensonges, mais il fallait poursuivre la confrontation avec Glenforde.

— Puisque je n'ai jamais partagé votre lit, je ne saurais établir de comparaison.

— Vous le pourrez quand nous serons mariés.

— Je le suis déjà.

Entouré d'une partie de ses hommes qui rêvaient de voir Richard mort, Glenforde tira son épée de son fourreau et déclara :

— Dans ce cas, il faut d'abord que je fasse de vous une veuve.

Richard eut envie de lui rire au nez, mais il devait d'abord veiller à ce qu'Isabella soit en sécurité.

Aussi, alors qu'elle s'apprêtait à répondre, intervint-il.

— C'est assez.

Et il la poussa vers Conal qui se posta devant elle pour la protéger.

Elle émit un son réprobateur, mais il l'ignora. C'était à lui, maintenant, de finir de régler cette histoire.

Après avoir frappé du plat de la main sur son épée pendant le long de sa jambe, il déclara :

— Puisque nous avons des témoins, Glenforde, les vôtres et les miens, et qu'ils sont réunis, pourquoi ne vous expliqueriez-vous pas devant tout le monde ?

Il voulait l'obliger à une confession publique, l'amener à avouer ses vilenies et le mal qu'il avait fait sur l'île, avant de lui percer le cœur.

— C'est vous qui m'avez trahi le premier, Dunstan !

— Vraiment ? Demandons à votre frère ce qu'il en pense. Sa version diffère beaucoup de la vôtre. Je suis sûr qu'il aimerait les confronter.

Comme il terminait sa phrase, Matthew poussa le père Paul dans la grande salle.

Isabella et Hattie poussèrent un petit cri de surprise. Cela expliquait tout ! Richard avait été trahi par l'homme à qui tout le monde avait accordé sa confiance depuis son arrivée à Dunstan sept ans plus tôt, après qu'Agnès avait réclamé la présence d'un prêtre à plein temps. Quand elle avait avancé le nom d'un ecclésiastique qu'elle connaissait personnellement, Richard avait tout naturellement accepté sa proposition. Et cet homme n'était autre que le frère de Glenforde !

Richard pointa son arme vers le père Paul.

— Allez-y, racontez à tout le monde comment c'est moi qui ai trahi Glenforde…

— Ce n'est pas vous, milord…

Le prêtre baissa la tête et reprit :

— Quand vous avez appris que votre femme était amoureuse d'un autre, il était trop tard.

— Qui a aidé Agnès à demeurer en contact avec son amant ?

— Moi.

— Qui leur a arrangé des rencontres pour qu'ils puissent partager des moments d'intimité alors que je me trouvais en mer ?

— Moi.

— Et maintenant, nous direz-vous pourquoi vous vous êtes rendu coupable de toutes ces trahisons ?

— Parce que, comme vous l'avez découvert, Glenforde est mon frère.

— Cela suffit !

Glenforde venait de pousser son frère pour prendre sa place.

— Je peux m'expliquer moi-même.

Richard eut un sourire tout miel.

— Vos explications seront les bienvenues, croyez-moi.

— Combien d'hommes avez-vous déjà tués, Dunstan ? demanda-t-il en dirigeant son épée vers Richard.

Celui-ci fit un rapide pas de côté.

— En dehors des champs de bataille, aucun n'est jamais mort de ma main.

— Vous avez participé à tant de combats que je doute que vous puissiez vous les rappeler tous avec la précision nécessaire pour affirmer une chose pareille sans risque de vous tromper !

Richard haussa les épaules. Puis, comme s'ils s'étaient concertés, les deux hommes se rapprochèrent du centre de la grande salle.

— De toute façon, j'essaie d'oublier combats et batailles.

— Il y en a une dont je suis sûr que vous vous rappelez : la bataille de Northallerton.

Richard sentit son estomac se contracter. Oui, il se la rappelait. C'était lors de cette bataille qu'il avait ôté des vies pour la première fois. Pendant presque deux heures, les adversaires s'étaient affrontés d'homme à homme. Guerriers de son île contre soldats du roi David. Beaucoup étaient tombés, ce jour-là. Cela remontait à des années. Pourquoi en reparler aujourd'hui ?

Glenforde brandit brusquement son épée, mais il esquiva avant de bloquer son arme avec la sienne. Les lames glissèrent l'une contre l'autre jusqu'à la garde. Les deux hommes se retrouvèrent face à face.

— Vous rappelez-vous comment vous avez vomi après avoir décapité un homme ?

Richard fit un bond en arrière comme s'il venait de voir un serpent. Malheureusement oui, il se souvenait très bien de cela aussi.

Ce jour-là, il avait tué des hommes.

C'était la première fois, et il en gardait un souvenir amer…

— Non !

La voix du père Paul venait de résonner dans la grande salle.

— C'est lui qui a tué Alan ?

— Oui, répondit Glenforde tandis que ses lèvres se retroussaient en un rictus mauvais. Notre frère est mort à cause du goût de cet homme pour le sang.

— Quel goût pour le sang ? répliqua aussitôt Richard. Nous venons de dire que nous nous trouvions sur un champ de bataille ! J'attaquais et je me défendais comme tous les combattants présents ce jour-là. Comme tous les soldats !

Glenforde se rua sur lui.

— Alan avait à peine vingt ans !

— Et moi, j'en avais seize.

— Sa femme venait d'avoir un enfant et son mari n'est jamais revenu.

Sur cette remarque, Glenforde leva son épée et l'abattit vivement. Mais Richard était déjà hors de portée.

— Et pendant que vous rentriez chez vous pour épouser ma promise, j'ai dû m'occuper de mon frère, mon frère que je vous avais vu tuer, pour rapporter son corps à sa femme et à leur enfant.

Même si cette histoire expliquait la rage folle de Glenforde contre lui, elle ne justifiait pas ce qu'il avait fait subir à Agnès et à Lisette.

— Si je comprends bien, dit alors Richard, au lieu de vous en prendre à moi et de me rechercher pour que nous réglions cette affaire en combat singulier, vous avez préféré assouvir votre vengeance sur une femme et une petite fille innocentes…

— Innocentes ?

Glenforde avait hurlé le mot d'une voix criarde qui heurta les oreilles de tous les témoins de la scène.

Puis il revint vers Richard en faisant sauvagement tournoyer son épée.

Celui-ci sut habilement l'éviter.

— Saviez-vous qu'Agnès attendait un nouvel enfant ? demanda-t-il en dardant sur lui un regard mauvais.

Non, Richard n'en savait rien. Mais, sans montrer sa surprise, il répondit très vite :

— En tout cas, ce n'était pas le mien.

— Ni le mien. Elle a d'ailleurs pris beaucoup de plaisir à me le répéter, même après que j'ai eu compris à quel point elle se moquait de moi.

— Si je comprends, rétorqua Richard, vous avez été choqué qu'elle ait un nouvel amant et avez trouvé cela suffisant pour la violer et la cribler de coups de poignard ?

La lame de Glenforde siffla dans l'air. Richard l'esquiva sans peine.

— Non. Elle était déjà morte quand je l'ai violée.

Aucun homme digne de ce nom ne pouvait avoir une réaction aussi atroce. Demander à son amante infidèle des explications, même au prix d'une épouvantable scène ? Oui. La quitter ? Oui. La violer et la tuer ? Jamais.

— Si encore, pendant ce temps, la petite morveuse s'était tue, poursuivit-il impitoyablement, peut-être lui aurais-je laissé la vie sauve. Mais non ! Elle s'est mise à hurler et à vous appeler au secours avec le risque que cela représentait d'ameuter toute l'île.

Sur ces mots, Glenforde se rua sur lui à la vitesse de l'éclair en visant son cou.

Mais Richard esquiva avec son agilité habituelle et lui donna un violent coup de poing en plein visage.

— Lisette n'était qu'une petite fille sans défense ! cria-t-il.

— Qu'est-ce que cela peut vous faire, puisque ce n'était pas la vôtre !

Il ne fut pas dupe. Glenforde essayait de le rendre assez enragé pour le déconcentrer. Eh bien, il n'entrerait pas dans son jeu.

Et, en effet, Glenforde n'avait pas fini. Il avait plus que jamais la volonté d'en découdre. Il hurla en désignant Isabella :

— Tout comme cette femme n'est pas à toi ! Ou du moins elle ne le sera plus très bientôt, puisque tu seras mort !

Il s'esclaffa avant d'ajouter :

— J'ai hâte de lui apprendre comment devenir une bonne petite femme bien obéissante…

Richard plissa les yeux. Il enverrait Glenforde en enfer avant que celui-ci puisse s'autoriser à toucher le moindre cheveu d'Isabella.

— Propos bien vantards, de la part d'un lâche…

— Lâche ? hurla Glenforde.

Il saisit son épée à deux mains.

— Je vais te montrer si je suis un lâche !

La lame passa si près que Richard sentit le souffle de l'air qu'elle déplaça contre son visage. Le cri d'Isabella lui parvint en même temps.

Quand Glenforde fit une nouvelle tentative et le manqua une nouvelle fois, Richard décida qu'il était grand temps d'en finir avec lui avant qu'il déverse sa folie rageuse sur quelqu'un d'autre dans la grande salle. Et aussi avant que, fatigué, lui-même commette une erreur fatale.

Il écarta les pieds, trouva un équilibre parfait et provoqua Glenforde avec un petit signe de main qui, il n'en doutait pas, allait décupler sa fureur.

— Viens, allez… Il est temps pour toi de rejoindre ton Agnès bien-aimée.

— Wade, non !

Le père Paul s'interposa soudain entre eux, dans une folle tentative d'éviter, par sa mort, celle de son frère.

Glenforde avait déjà levé son épée. Elle retomba sur le prêtre qui s'effondra, mort avant d'avoir touché le sol.

Sans marquer la moindre pause, Glenforde brandit de nouveau son épée, visant Richard. Il fit tournoyer son arme et se rua sur lui, portant coup sur coup.

Puis, soudain, il commit une erreur fatale en quittant son

adversaire des yeux pour regarder Isabella. Richard en profita pour porter un coup d'estoc.

Glenforde comprit trop tard que son heure était venue.

— Elle a été mienne…, eut-il le temps de murmurer en regardant Richard dans les yeux.

Puis il s'abattit sur le sol.

Richard posa un pied sur son torse, libéra son épée et la lança à travers la pièce, après quoi il baissa les yeux vers le mort. Pourquoi n'éprouvait-il aucune satisfaction ? Pourquoi ne se sentait-il pas merveilleusement soulagé, maintenant que justice était enfin faite ? Et pourquoi, au lieu de cela, ne ressentait-il que de la culpabilité ?

Et de la honte.

Les derniers mots de Glenforde résonnaient encore dans sa tête : « Elle a été mienne. »

Oui, Agnès avait été sienne. Et peut-être Isabella aussi.

— Richard…

Un contact doux, une voix tendre pénétrèrent l'épais brouillard dont il se sentait maintenant prisonnier. Mais il n'avait pas envie de parler à Isabella avant d'avoir décidé ce qu'il devait faire.

Sans la chercher des yeux, il traversa la grande salle et rejoignit Conal.

— Fais-la sortir d'ici.

— Richard !

Il l'entendit crier tandis que Conal l'entraînait vers l'escalier.

— Richard, je t'en prie, je t'aime.

Il entendit la fin de sa déclaration au moment où il sortait.

« Je t'aime »… Mais que savait-elle de l'amour ? Bien sûr, il lui avait appris ce qu'étaient le désir et le plaisir. Mais pas l'amour.

Comment aurait-il pu le lui apprendre, puisque lui-même n'y croyait pas ?

Elle, en revanche, y croyait. Soudain, cette certitude changea tout pour lui. Oui, ce n'était pas parce qu'il ne croyait pas en l'amour qu'il devait l'empêcher de le trouver. Au contraire, car elle méritait plus que toute autre de trouver ce bonheur dont elle rêvait tant.

Puisqu'elle était petite-fille de roi, Rome accepterait probablement d'annuler son mariage et de l'autoriser à se remarier avec un homme capable de lui apporter ce que lui-même était inapte à lui offrir.

Son cœur se serra à cette pensée, mais il s'interdit de se laisser aller. Rendre à Isabella sa liberté était à présent ce qu'il pouvait faire de mieux pour elle.

Ce qu'il *devait* faire.

Isabella s'assit au bord de son lit et recommença à attendre comme elle venait de le faire pendant presque toute la nuit. Pourquoi Richard ne venait-il pas ?

Qu'avait-elle fait pour le jeter dans une telle colère ?

Bien sûr, avec ses hommes, il avait dû rassembler les membres de l'équipage arrivé sur le navire volé par Glenforde et les placer sous bonne garde, puis évacuer les deux corps de la grande salle. Mais cela ne pouvait avoir pris tout ce temps !

Un coup frappé à sa porte la fit sursauter.

— Entrez.

Conal et Matthew entrèrent. Ni l'un ni l'autre ne paraissaient avoir veillé comme elle pendant toute la nuit. Et s'ils étaient un peu fatigués, ils semblaient surtout tristes et désemparés…

— Lady Isabella, les navires de votre père atteindront l'île dans moins d'une heure. Vous devez aller l'attendre sur le port.

Elle se leva vivement. Cela faisait si longtemps qu'elle attendait ce moment. Et il était enfin arrivé !

— Richard me rejoindra là-bas ?

— Non. C'est moi qui vous escorterai.

Matthew baissa les yeux, l'air terriblement ennuyé.

— Vous devez rassembler les affaires que vous désirez emporter à Warehaven. Deux servantes vont venir vous aider dans cette tâche.

Elle eut l'impression que son cœur se transformait en morceau de glace.

— La seule chose que je veuille emporter d'ici est Richard.

— Isabella, cela n'arrivera jamais…

Conal venait de prendre la parole.

— Il veut que vous partiez.

— Ne pourrait-il se donner la peine de me l'annoncer lui-même ? demanda-t-elle en essayant de dominer la panique qui s'emparait d'elle. Et d'ailleurs où est-il ?

Les deux hommes se regardèrent. Finalement, Conal s'écarta d'un pas.

— Dans sa chambre privée.

Elle se dirigea vers la porte. Comme elle arrivait à hauteur des deux hommes, Matthew lui toucha l'épaule.

— Il ne changera pas d'avis.

En le regardant, elle se rendit compte que sa vision était brouillée et s'éloigna en espérant qu'il s'agissait d'un effet de la colère qui l'habitait et non de larmes.

— J'ai droit à une explication !

Aucun des deux hommes ne chercha à la retenir.

Les servantes qu'on lui avait envoyées la croisèrent à mi-chemin dans le couloir. Elle s'arrêta juste le temps de leur dire :

— Prenez le coffre le plus petit. Vous y mettrez mes vêtements et le tissu. C'est tout.

Car elle ne voulait rien d'autre. Seulement les vêtements qu'elle avait portés et le tissu que Richard avait choisi pour elle et lui avait offert. Elle s'en servirait pour l'enfant.

Elle ne frappa pas avant d'entrer mais poussa directement la porte qu'elle ne prit pas la peine de refermer, puis traversa la pièce pour ouvrir la porte du fond.

Richard voulut se lever de son lit en la voyant, mais elle se dirigea vers et lui posa les mains sur les épaules, le contraignant à rester assis.

— Qu'est-ce qui te prend ? lança-t-elle en le regardant bien en face.

— Et toi ? Pourquoi réagis-tu de la sorte ? Après tout, tu vas rentrer chez toi. N'est-ce pas ce que tu voulais ?

Son intonation sarcastique était en contradiction avec la colère contenue qui se lisait dans ses yeux verts. De toute évidence, quelque chose n'allait pas. Richard pouvait être sarcastique ou en colère. Mais pas les deux à la fois.

— Non. Et tu le sais très bien. Nous étions même d'accord pour faire un enfant quand tu te serais expliqué avec Glenforde.

— J'ai changé d'avis.

— Tu as quoi ?

— Changé d'avis.

Elle posa les mains sur ses hanches.

— Richard, que se passe-t-il ici ?

— Rien de plus que ce que j'avais planifié depuis le début. Ta présence à Dunstan a permis d'attirer Glenforde. Maintenant qu'il est mort, tu es libre de partir.

— Et si je ne veux pas partir ?

— Dans ce cas, je demanderai à Matthew de te faire embarquer de force sur le navire de ton père. Tu ne resteras pas ici.

Elle s'agenouilla devant lui, s'assit sur ses talons, et chercha son regard.

— Qu'ai-je fait, Richard ?

Il lui effleura très vite la main.

— Tu n'as rien fait, Isabella.

Il avait prononcé son prénom doucement, distinctement, comme s'il en chérissait chaque syllabe.

— Je t'aime.

— Tu ignores ce qu'est l'amour.

En soupirant, il se leva, la fit se lever à son tour et l'attira contre lui.

— Mais un jour, loin de moi, tu sauras.

Elle s'abattit contre son torse.

— Ne m'éloigne pas de toi, je t'en prie !

Ses bras se refermèrent sur elle. Après l'avoir serrée un long moment, il la lâcha et s'écarta d'elle.

— Ne vois-tu pas que c'est le plus beau cadeau que je puisse te faire ? L'amour t'attend peut-être quelque part, Isabella, mais ce n'est pas ici.

— Nous sommes mariés, répondit-elle.

Quelques mèches lui frôlaient les joues. Il les repoussa avec délicatesse.

— Tu sais aussi bien que moi que ta famille peut faire annuler ce mariage. Ne t'inquiète pas. Un jour, cet épisode de ton existence ne sera plus qu'un rêve… ou un cauchemar que tu pourras oublier.

— Mais…

— Je ne veux pas en entendre davantage.

Sur ces mots, il se dirigea vers la porte et s'arrêta un instant sur le seuil.

— Va. Le navire de ton père sera bientôt au port.

— Richard, dit-elle en tendant la main vers lui, attends ! Je…

Ce n'était pas possible ! Il allait rester, écouter ce qu'elle voulait ajouter !

Mais il passa la porte, quittant à la fois la chambre et sa vie.

Chapitre 20

— Lady Isabella, vos parents désirent vous dire un mot.

Isabella jeta un coup d'œil à la servante venue la chercher pour qu'elle ait avec ses parents une énième et inutile discussion.

Parler de son avenir semblait être devenu tout ce qu'ils étaient capables de faire.

Or, elle n'avait pas d'avenir. Pourquoi ne l'admettaient-ils pas une bonne fois pour toutes ? Mariée à un homme qui ne voulait plus d'elle, enceinte et donc sans plus aucune possibilité de se voir accorder le divorce, quel futur lui restait-il ?

— Venez-vous, milady ?

Elle soupira.

— Dites-leur que je descends les rejoindre dans quelques instants.

Malheureusement, toutes ces discussions ne l'aidaient en rien à dissiper le brouillard dans lequel elle vivait depuis un mois.

Depuis qu'elle avait quitté Dunstan.

— Isabella !

Ce fut par un grognement qu'elle répondit à l'appel de sa mère qui venait de résonner dans l'escalier.

Après avoir pris une profonde inspiration, elle se dirigea vers la grande salle. Si elle ne répondait pas à la convocation de ses parents, c'était eux, elle le savait, qui viendraient la chercher.

L'une des deux sentinelles du poste de guet la salua en la voyant passer. Habituellement, ces sentinelles ne prenaient leurs fonctions qu'en cas de danger d'attaque imminente. Le reste du temps, les postes de guet étaient informés de ce qui se passait par des messagers à cheval dont c'était la seule et unique tâche.

Un peu inquiète, elle rejoignit ses parents assis à la grande table.

— Pourquoi les vigies ont-elles été mandées ? demanda-t-elle, sourcils froncés. Y a-t-il un problème ?

Son père balaya la question d'un geste.

— Aucun. Je suis juste un peu inquiet parce que l'un des messagers à cheval s'est dérouté ce matin et a rejoint son poste en retard.

— Oh !

Elle s'assit.

— Vous vouliez me voir ?

— Oui, répondit sa mère en tapotant une missive posée devant elle sur la table. Nous avons reçu des nouvelles de Matilda.

— Que dit-elle, cette fois, mère ?

— Il semble qu'aucune demande de divorce ne soit nécessaire. Le père Paul n'était pas prêtre.

Devant l'air stupéfait de sa fille, lady de Warehaven précisa :

— Il n'avait pas encore été ordonné et n'était donc pas habilité à administrer le sacrement du mariage.

Isabella eut envie de rire, mais elle savait que ses rires se transformeraient sûrement en larmes car sa situation n'avait vraiment rien de drôle. Sa tristesse était simplement si abyssale qu'elle essayait, parfois, d'en rire. Un faux prêtre pour un mariage forcé… cela dépassait l'entendement. Mais une chose au moins était sûre : Richard n'avait pas été complice de cette mascarade. Même si elle le connaissait finalement peu, elle le savait incapable d'une telle fourberie.

Elle considéra attentivement son père.

— Nous pouvons donc aussi faire annuler le contrat de mariage que Richard a rédigé.

— Tu dois songer à l'enfant, répondit-il en posant les coudes sur la table. Voilà pourquoi je rejoins ta tante qui estime que, malgré tout, ton mariage est valide. Pour qu'il n'y ait aucun doute sur la question, elle a d'ailleurs l'intention de s'emparer de l'île de Dunstan. Pour le bien de ton enfant bien entendu.

— Non !

Isabella s'était levée d'un bond.

— Elle ne peut pas faire cela !

— Matilda peut faire absolument tout ce qu'elle veut. En quoi cela pourrait-il te concerner, du reste ?

— Il n'aurait rien.

— Qui n'aurait rien ?

Comme elle ne répondait pas, sa mère se pencha vers elle.

— L'enfant aurait tout, au contraire. Il serait à l'abri pour sa vie entière.

— Richard. Richard n'aurait plus rien.

Lord Warehaven la dévisagea en fronçant sévèrement les sourcils.

— Après ce qu'il t'a fait subir en t'enlevant, puis en te faisant un enfant et en te répudiant, c'est exactement ce qu'il mérite d'avoir : rien ! A sa place, je serais même reconnaissant au ciel d'avoir eu la vie sauve.

Isabella secoua la tête. La voix de son père avait pris un ton menaçant, mais cela ne l'impressionna pas. Elle défendrait Richard jusqu'au bout.

— Il n'a pas fait cet enfant tout seul, père… De plus, nous nous pensions mariés.

Lord Warehaven frappa la table du plat de la main.

— Tu défends ce chien ?

— Ce chien, comme tu l'appelles, est le père de mon enfant.

A peine avait-elle fini sa phrase que sa mère intervint avec la volonté manifeste de ne pas laisser la discussion s'envenimer.

— Oui, eh bien heureusement, Matilda et ton père vont veiller à ce que cette situation ne perdure pas.

Isabella hoqueta. Non, ils n'avaient tout de même pas l'intention de la remarier !

— Je n'épouserai personne.

— Tu portes un enfant, Isabella, et tu dois songer à son avenir. Plus tu te marieras vite, mieux ce sera.

— Père, je refuse catégoriquement de…

— Inutile d'user de ce ton avec moi, ma fille ! Tu vas m'écouter, à présent. Je sais ce que c'est qu'être un enfant illégitime car j'en suis un. Mais je suis celui d'un roi. Malheureusement pour lui, l'enfant que tu portes ne pourra pas se prévaloir de cette origine royale.

Il l'observa gravement et ajouta :

— Comment crois-tu qu'on le considérera et qu'on le traitera, s'il n'a pas de père ?

— Et qui croira que l'enfant que je mettrai au monde peut être celui de l'homme que je n'aurai épousé que six mois plus tôt ?

— Cela n'a aucune importance du moment que cet homme est assez puissant et assez riche pour empêcher les bavardages.

Comme elle secouait la tête d'un air affligé, sa mère posa la main sur la sienne.

— Que t'a donc fait cet homme, Isabella ? Pourquoi ne parviens-tu pas à l'oublier ? Ce démon, ce voleur qui m'a privée de toi…

— Mère…

Elle s'arrêta et essaya désespérément de ne pas se mettre à sangloter. Depuis son retour, tant de discussions s'étaient ainsi terminées dans les larmes !

Elle déglutit.

— Mère, je… il…

Les émotions la submergeaient, elle ne pouvait plus les contenir. Se laissant glisser à genoux sur le sol devant sa mère, elle posa la tête dans ses genoux.

— Je l'aime, maman.

Lady Warehaven lui caressa doucement les cheveux puis lui releva la tête.

— Enfant, pourquoi ne l'as-tu pas dit plus tôt ?

— Parce que cela n'aurait rien changé. Vous pouvez me marier douze fois si vous voulez, mon cœur n'appartiendra jamais qu'à ce… larron, ce manant qui m'a enlevée !

Elle entendit son père repousser sa chaise et le vit approcher. Il posa la main sur sa tête.

— Est-ce l'homme que tu as choisi ?

— Oui. Oui ! Mais moi, je ne suis pas la femme qu'il a choisie…

Ses parents échangèrent un regard qu'elle ne put déchiffrer avant que son père déclare :

— J'ai besoin de réfléchir à tout cela à tête reposée.

Elle secoua la tête.

— Oh ! père, il n'y a rien que vous puissiez faire !

— Il est possible que ce soit vrai. Ou pas. Le temps le dira.

L'un des gardes de son père entra alors dans la grande salle. Il venait requérir quelques instants de son attention.

Isabella n'entendit pas ce qu'ils se murmurèrent, mais leur échange fut trop court pour être d'une réelle importance.

Le garde repartit et lord Warehaven revint vers la table. Il échangea de nouveau un étrange regard avec sa mère puis se pencha vers elle pour lui glisser quelques mots à l'oreille.

Que se passait-il ? Isabella commençait à être vraiment perdue. Ses parents avaient une idée derrière la tête, c'était évident, mais laquelle ?

Hélas ! leur poser la question ne servirait à rien. Elle les connaissait trop bien… Ils ne lui répondraient pas.

Sa mère lui tapota l'épaule.

— Donnons à ton père le temps qu'il demande pour sa réflexion. Nous reparlerons de tout cela un peu plus tard. En attendant, accompagne-moi dans la cuisine. Tu es restée assez longtemps à te morfondre dans ta chambre. Je veux que tu me montres ce que tu as appris sur la manière d'administrer un château.

Elle se leva et la suivit tandis que son père gagnait sa chambre privée.

Lorsqu'elles arrivèrent dans la cuisine, lady Warehaven regarda les bouquets d'herbes accrochés aux poutres.

— Isabella, s'il te plaît, va chercher un peu de romarin et peut-être aussi quelques brins de lavande dans le petit abri du jardin.

Isabella effleura le bouquet de romarin pendu au-dessus d'elle.

— Pourquoi en faut-il davantage ?

Ce fut la cuisinière qui répondit :

— Je voudrais essayer de nouvelles recettes.

Avec un hochement de tête, elle alla vers la porte de derrière. Alors qu'elle s'apprêtait à sortir, sa mère la rappela :

— Passe d'abord par ta chambre pour chausser tes bottines, s'il te plaît. Il fait encore humide, dehors, et tu vas salir tes mules.

Obéissante, elle fit demi-tour et se dirigea vers l'escalier.

*
* *

Isabella coupa par le mur d'enceinte. C'était bon de se retrouver dehors, même pour quelques minutes. L'air était délicieusement rafraîchissant, et elle aimait le sentir contre ses joues.

Elle salua le garde et se dirigea vers le petit abri où les jardinières faisaient pousser les herbes.

Sa sœur lui manquait. Dès le lendemain de l'enlèvement de leur fille aînée, lord et lady de Warehaven avaient vécu dans une telle terreur que l'on enlève aussi leur cadette qu'ils avaient immédiatement envoyé Béatrice au nord avec Jared et Léa.

Aujourd'hui, Isabella déplorait son absence. A cause de cela, elle n'avait personne à qui parler ni se confier, personne capable de comprendre à quel point elle se sentait seule et égarée.

A peine avait-elle ouvert la porte du petit abri qu'une main se plaqua sur sa bouche.

La terreur lui fit écarquiller les yeux, mais son hurlement resta dans sa gorge.

— Eh bien, eh bien…, dit doucement une voix masculine dans son dos. Qu'avons-nous donc là ?

Puis, ignorant superbement ses vaines tentatives pour le repousser, il ajouta :

— Qu'est-ce que la progéniture de Warehaven vient donc faire toute seule ici ?

Il se serra contre elle. Isabella sentit son cœur contre son dos… reconnut son souffle dans son cou…

— Loin du château… Sans escorte ni protection… Tttt… Ce n'est guère prudent…

Un grand sourire s'épanouit sur les lèvres d'Isabella tandis qu'il retirait sa main. Sa voix grave et profonde l'avait plongée dans une sorte d'ivresse qui apaisait ses nerfs tendus tout en faisant courir du feu dans ses veines.

Elle se laissa aller contre lui et profita de ce qu'il relâchait un instant son étreinte pour se retourner entre ses bras. Là, elle retrouva son havre de paix qu'elle savoura de toute son âme.

Ses paupières s'abaissèrent lentement. L'odeur familière de

Richard était le parfum le plus enivrant du monde, et le rythme sourd de son cœur la plus délicieuse des musiques.

Au bout d'un moment, elle dut cependant le repousser pour se libérer de lui et du retour en force de toutes ces émotions qu'elle avait cru ne plus jamais pouvoir ressentir.

Il fallait qu'elle sache où il en était, où *elle* en était. Tout de suite.

— Que fais-tu ici ? demanda-t-elle en plongeant ses yeux noisette dans les siens.

Il sourit.

— Je crois que nous ne nous étions pas tout dit en nous quittant.

Elle étrécit les yeux. S'il croyait s'en tirer ainsi…

— Je t'ai trouvé au contraire extrêmement clair. Mon rôle dans ton île était terminé et tu n'avais plus besoin de moi. Alors…

Refusant de s'humilier en versant des larmes devant lui, elle se détourna et s'écarta de lui. Il ne fallait pas qu'il sache tout le mal qu'il lui avait fait.

Mais il la saisit par le poignet comme s'il craignait qu'elle s'enfuie et la fit se retourner.

— Je veux t'emmener quelque part, Isabella.

— Encore ? Tu as l'intention de m'enlever une seconde fois ?

— Enlever ma propre femme ?

Il sourit.

— Cela me paraît difficile.

— Nous ne sommes pas mariés, Richard. Ton prêtre n'avait jamais été ordonné.

Elle s'avança pour le regarder de plus près. Puis, bien qu'elle sût parfaitement à quoi s'en tenir, elle ne put résister à la tentation de l'agacer un peu ni au besoin de se faire rassurer.

— Mais tu étais probablement au courant.

— De quoi m'accuses-tu, à présent ?

— N'aurait-ce pas été le stratagème parfait ? Me faire croire que nous étions mariés pour m'attirer dans ton lit puis, une fois ton histoire avec Glenforde réglée, me renvoyer dans mes pénates au motif contraire.

— Tu as une haute opinion de moi, on dirait…

— Richard, je…

— D'abord, Isabella…

Il avait prononcé son prénom de cette manière si spéciale qui la mettait chaque fois en émoi.

— Je ne pense pas que j'aurais eu besoin de t'épouser pour te prendre, car tu n'aurais pas eu la force de m'en empêcher quand j'en aurais eu envie et chaque fois que j'en aurais eu envie.

Horrifiée de comprendre à quel point il avait raison, elle tapa du pied.

— Tu… tu es un mauvais garçon !

— Ensuite, même si je suis un mauvais garçon, un larron, un manant, tout ce que tu voudras, je ne suis pas assez fourbe pour avoir planifié tout cela moi-même et avec une telle précision.

Elle fit une petite moue.

— C'est vrai. Tu n'as pas assez de…

Il lui posa un doigt sur les lèvres.

— Attention. Tu risques de dire une chose que tu regretterais ensuite…

Ce disant, il tendit, sans qu'elle en comprenne la raison, la main vers la gauche.

A sa grande surprise, elle vit alors apparaître Matthew.

— Sir Matthew ! Cela me fait plaisir de vous voir.

— Et à moi aussi, lady Isabella, répondit-il en remettant une cape à Richard. Comment allez-vous ?

— Bien… Jusqu'à il y a quelques minutes.

— Si vous avez fini…, dit alors Richard en s'éclaircissant la voix.

Après que Matthew eut disparu dans l'ombre, Richard la recouvrit de la cape. Il ferma les pans avec une broche et lui rabattit la capuche sur la tête.

— Une fois de plus, donc, dit-elle en lui jetant un regard grave, tu me déguises pour pouvoir me faire passer la grille incognito…

— Non. C'est juste pour assurer que l'enfant reste bien au chaud.

Elle lui saisit le bras, stupéfaite.

— Tu es au courant…

— Bien sûr.

— Qui te l'a dit ?

— Conal.

Evidemment. Il avait dû apprendre la nouvelle par Marguerite qui elle-même l'avait apprise par Hattie. Les rumeurs circulaient toujours aussi bien à Dunstan…

— Cet enfant est le tien.

Il fit brusquement un pas en arrière comme si ces cinq mots essayaient de l'attaquer.

— Pourquoi dis-tu cela ?

— Je ne veux pas que tu croies que j'ai eu une relation avec un autre homme.

— Ne fais pas la sotte, Isabella, cela ne te va pas.

Ce n'était pas ce qu'elle essayait de faire. Simplement, elle avait pensé à Agnès, à Lisette, et il était devenu primordial pour elle qu'il sache de qui était cet enfant. Cela ne lui importait-il vraiment pas ?

Il lui posa la main sur la joue tandis qu'elle le regardait, la gorge serrée. Il lui avait tant manqué ! La douceur de ses caresses, la lumière de ses yeux…

— Isabella, je sais que tu es une femme honorable et fidèle. Ma confiance en toi est absolue et, si d'aucuns ont pu essayer de la faire vaciller, cela n'a jamais duré et ne se reproduira de toute façon plus. Je ne crains donc pas que tu aies partagé la couche d'un autre homme.

Lorsqu'il retira les doigts de sa joue, elle eut envie de pleurer, et lui saisit aussitôt la main.

— Viens, nous avons beaucoup de choses à nous dire.

Il la mena vers les grilles. Matthew ouvrait le chemin.

— Mon père sait-il que vous êtes là ? demanda-t-elle en avisant l'absence de sentinelle sur la tour devant la grille principale.

— Ecoute, Isabella, je suis arrivé hier en vue des côtes de Warehaven par le sud-ouest. Or, compte tenu de la rapidité de ton père et de sa diligence, je suis absolument sûr qu'il savait depuis des heures que j'approchais de son île. S'il m'a laissé faire sans bouger — mieux, s'il m'a laissé accoster dans son port en toute liberté —, ce n'est donc pas sans raison.

Une pensée terrible la traversa.

— Tu ne veux pas dire que vous aviez tout planifié ?

— Bien sûr que non ! D'ailleurs, je ne l'ai même pas vu.

Elle le considéra d'un air inquiet.

— Ce n'est pas non plus lui qui t'envoie, n'est-ce pas ?

L'éclat de rire de Richard fit tourner plusieurs têtes.

— Imagines-tu vraiment un seul instant ton père qui m'enverrait tandis que, de mon côté, je m'exécuterais comme un dévoué serviteur ? Tu vois bien que cela ne tient pas debout une seule seconde.

— Mes parents sont parfois si…

— Voyons, Isabella, il aurait fallu qu'ils me fassent parvenir une missive me dictant ce que je devais faire et que je suive toutes leurs consignes. Tu ne peux pas penser cela… Tu es bien au-dessus de ce genre de pensées. Je suis venu ici de mon plein gré et n'ai aucun problème avec cela.

Elle hocha la tête. Même si elle le croyait quand il affirmait être venu de lui-même, les échanges de regards entre ses parents, la venue du garde de son père pendant qu'ils discutaient tous trois dans la grande salle ainsi que le curieux manège des gardes, tout donnait à penser qu'ils étaient au courant. Manifestement, ils avaient fait une longue enquête et, en dernier lieu, ils avaient attendu qu'elle déclare ouvertement son amour pour lui.

Malgré cela, ils disaient vouloir la marier avec un autre pour qu'il devienne le père de l'enfant de Richard.

— Ils ont planifié mon avenir.

— Grand bien leur fasse. J'espère que toi et ton mari serez très heureux ensemble.

Elle le considéra fixement. S'il n'était pas là pour s'excuser et la ramener avec lui sur son île, pour quelle raison était-il venu ?

Son cœur battait la chamade quand elle lui demanda :

— Pourquoi es-tu venu ?

— Pour parler, Isabella. Ne te l'ai-je pas clairement dit tout à l'heure ?

— Tu m'as repoussée hors de ton île et de ta vie. Qu'y aurait-il à ajouter ?

A son grand désespoir, elle sentit qu'elle perdait de nouveau pied. Dieu du ciel, elle était lasse de ces espoirs déçus qui ne lui donnaient plus envie que de tomber à genoux et de fondre en larmes !

Elle éclata en sanglots. Richard la prit contre lui, la berça entre ses bras et lui chuchota à l'oreille :

— Nous avons beaucoup de choses à nous dire, et nous allons cheminer tranquillement jusqu'à mon navire où nous serons parfaitement tranquilles pour parler.

Elle posa la tête contre son épaule, heureuse de pouvoir s'en tenir là.

Pour le moment.

Lorsqu'ils eurent rejoint le port, Richard la fit monter à bord de son vaisseau et l'emmena jusqu'à la partie privée du navire.

— Attends-moi un instant, je reviens tout de suite.

Elle l'entendit ordonner à ses hommes de débarquer et à Matthew de monter la garde autour du navire.

Puis il revint la voir.

Une étrange timidité s'empara soudain d'elle. Que dire ? Qu'allait-il sortir de cette étrange situation ?

Elle étudia la nouvelle cabine de Richard, beaucoup plus spacieuse. De la nourriture était disposée sur la table près du lit, et le couvert était mis. Les deux fauteuils à haut dossier qui se trouvaient de part et d'autre de la table rapetissaient l'espace de manière étrange. Des chandelles à la flamme dansante dispensaient une douce lumière.

Il prit un coussin sur le lit, le plaça contre le dossier de l'un des sièges et tendit la main à Isabella.

— Viens t'asseoir et manger quelque chose.

— Je n'ai pas faim.

Au lieu d'insister, il la souleva dans ses bras et la déposa d'office dans l'un des fauteuils avant de s'installer dans celui d'en face.

— Moi, si.

Sur ces mots, et comme s'il n'avait pas d'autre souci dans l'existence, il attrapa une pomme et commença à la découper en lamelles avec le petit couteau posé sur son écuelle. Il réserva ensuite le même sort à une poire. Le tout sans cesser de regarder son vis-à-vis, mais sans rien révéler de ses pensées.

A sa mâchoire légèrement crispée, elle comprit néanmoins qu'il était un peu en colère. Quelle raison pouvait-il avoir de l'être ?

— Me diras-tu bientôt ce qui te rend furieux ? demanda-t-elle, incapable de supporter ce silence plus longtemps.

Il posa son fruit, la considéra sévèrement et pointa le bout de son couteau vers elle.

— Pourquoi ne m'as-tu pas dit que tu portais mon enfant ?

C'était donc cela qui l'avait brusquement mis d'aussi mauvaise humeur !

— J'ai essayé.

— Quand ?

— Le jour où tu m'as renvoyée de Dunstan.

— Faux. Je ne t'ai pas renvoyée de Dunstan. Je t'ai envoyée chez toi pour retrouver tes parents. Et faux, tu n'as pas essayé de me le dire.

— Si, mais tu m'as coupé la parole.

— Ah, au moment où je quittais ma chambre privée et que tu as dit : « Richard, attends… »

— Oui.

— Il est vrai que nous te savons tous deux beaucoup trop timide pour insister, me rappeler quand j'ai eu refermé la porte, voire courir après moi…

C'était en effet ce qu'elle aurait pu faire. Dû faire ?

— Cela aurait-il changé quelque chose ?

— Au fait que tu restes à Dunstan ? Non.

— Dans ce cas, pourquoi était-ce aussi important ?

— J'avais le droit de savoir, c'est tout.

Elle ferma les yeux, inspira profondément, les rouvrit et se pencha en avant.

— Richard, qu'est-ce que tout cela signifie ?

— Je dois décider de l'avenir de mon enfant.

— Ton enfant !

Choquée et inquiète, elle se laissa de nouveau aller en arrière.

— Ton enfant ? répéta-t-elle.

— Oui, mon enfant, l'héritier de Dunstan.

— Il s'agit de notre enfant.

— Tu es petite-fille de roi. A ce titre, ton avenir est assuré où que tu te trouves. En revanche, je te rappelle que l'avenir de ce petit ou de cette petite restera toujours l'île de Dunstan.

— Et moi je te rappelle que je suis sa mère.

Elle se pencha de nouveau vers lui et posa les coudes sur la table.

— Et ta femme.

— Isabella, tu mérites mieux que ce que je saurai jamais te donner.

Elle ne comprenait plus. Qu'avait-il précisément en vue ? La croyait-il vraiment supérieure à lui ? Il fallait mettre les choses au point immédiatement.

— Ne vois-tu pas, poursuivit-il, que ton père peut te trouver un mari capable de t'offrir tout ce dont tu auras besoin et que je ne m'y opposerai pas ?

Il marqua une légère pause et ajouta :

— Mais, en ce qui concerne l'enfant, jamais je ne tolérerai qu'il fasse l'objet de la moindre tractation.

Elle le considéra attentivement avant de demander :

— Si je comprends bien, cela ne te dérange pas que j'épouse un autre homme à partir du moment où tu prends l'enfant ?

L'hésitation de Richard fut à peine perceptible, mais elle la remarqua quand même.

— Tu dois faire ce qui est nécessaire pour assurer ton bonheur.

Elle sentit son cœur partir au galop et un intense sentiment de soulagement se propager en elle. Si intense qu'elle crut défaillir. Les mots de Richard ne comptaient guère et ne signifiaient en fait pas grand-chose. Seuls comptaient la manière dont il avait hésité et ce léger vacillement au fond de ses yeux émeraude. Oui, cela seul disait tout ce qu'elle avait besoin de savoir.

Mais s'autoriserait-il à manifester cette fragilité cachée qui lui permettrait de sonder le fond de son cœur ? Elle fronça les sourcils, comprenant qu'elle devait l'aider de toutes ses forces à y parvenir. Et elle ne devrait pas songer aux souffrances qui risquaient de découler de cette quête. Pour elle ou pour lui…

Elle se leva et gagna la porte.

— Peut-être as-tu raison… Je dois prioritairement assurer mon avenir, puisqu'il est évident que tu ne t'en soucies pas.

Quelque chose, derrière elle, tomba lourdement sur le sol.

— Comprends-moi, Isabella, dit-il dans son dos.

Elle répondit sans se retourner :

— Je te comprends, Richard. Et même très bien. Une fois que tu as eu assouvi ta vengeance, ton cœur n'avait plus de place pour moi. Du reste, je dois reconnaître que tu avais été très clair là-dessus dès le début.

— Non, tu te trompes…

La profonde tristesse qu'elle perçut dans sa voix lui donna envie de se retourner, mais elle ne bougea pas, attendant qu'il dise ce qu'ils avaient tous deux besoin d'entendre.

— Lorsque j'ai vu le corps de Glenforde à terre, poursuivit-il, je n'ai ressenti aucune satisfaction. Rien du soulagement que j'avais tant anticipé. J'ai alors compris que l'esprit de revanche n'habitait plus mon cœur parce que ce cœur était trop empli de toi pour autoriser un sentiment aussi vil que la vengeance à y occuper la moindre place.

Elle dut se retenir à la porte pour ne pas se retourner et se jeter dans ses bras.

— Tu m'as pourtant rejetée.

— Je porte malheur à tous ceux que j'approche ! Je ne voulais pas que tu sois touchée aussi. Pas toi…

— T'apitoyer sur toi-même te va très mal, repartit-elle, soudain un peu déçue.

Car ses explications et sa façon de s'accuser ne pouvaient lui suffire. C'était d'excuses dont elle avait besoin. Pour l'enfer dans lequel il l'avait jetée.

Elle se retourna. A présent, elle le pouvait. Même, elle aurait eu du mal à poursuivre cette conversation sans le regarder.

Un cri de stupéfaction lui échappa.

Le bruit sourd qu'elle avait entendu derrière elle n'était pas celui d'un objet tombé à terre, mais de Richard lui-même lorsque ses genoux avaient heurté le sol. Il la regardait, les yeux brillants, de petites mèches de cheveux lui balayant le front. Son visage était très pâle.

— Je suis désolé, Isabella. Terriblement désolé de tout ce que je t'ai fait subir ! Jamais je n'aurais dû t'utiliser de la sorte. Dis-moi que tu comprends, je t'en prie, et ce que je dois faire pour réparer le tort que je t'ai fait. Je voudrais tant t'offrir le meilleur !

Même s'il ne lui avait pas dit « je t'aime », il s'était excusé et elle était certaine que le jour viendrait où il saurait et oserait prononcer ces mots magiques qu'elle attendait tellement.

Mais, pour le moment, sa réponse la mettait en émoi et ses genoux à terre étaient la preuve suprême de son amour.

Elle alla vers lui.

— La seule chose que je veuille en ce monde, c'est toi. Tu es mon but unique et tout ce que je voudrai jamais. Est-ce que ces désirs qui sont les miens ne te touchent pas ? Penses-tu réellement qu'un autre mari pourrait effacer cette envie que j'ai de toi dès que tu me touches ? Qu'il apprécierait de sentir que j'en désire un autre chaque fois que nous partagerions la même couche ? Crois-tu vraiment qu'un grand château empli de serviteurs et de coffres débordant d'or pourra jamais remplacer l'amour que j'ai trouvé sur ton île ?

Il l'entoura de ses bras et posa la tête sur son ventre.

— Je ne saurai peut-être jamais te donner tout ce que tes parents pourraient t'offrir, murmura-t-il.

— Oh ! on dirait leurs discours sur la façon dont je devrais me comporter, et sur ce que je devrais faire ou pas ! Crois-moi, mon amour, tu possèdes toutes les qualités requises. Warehaven se trouve sous la régence de ma mère, pas de la mienne. Et maintenant que j'ai eu un avant-goût de ce que cela signifie, je tiens absolument à ne pas déléguer mon pouvoir si je deviens la lady de ton château. Quant aux colères et aux éclats de voix de mon père, je dois dire que…

Elle lui passa la main dans les cheveux, le serra très fort contre lui et sourit.

— … Je préfère de loin les tiens.

— Cela signifie-t-il que tu peux me pardonner et acceptes de revenir chez nous ?

— Personne ne pourrait m'en empêcher, dit-elle en lui prenant la main pour le faire se relever.

Un bruit de bottes approchant de la cabine se fit alors entendre.

— Je crois que nous avons de la compagnie, déclara-t-elle, un peu gênée, parce qu'elle avait deviné de qui il s'agissait.

— Cela ne me dérange pas, répondit Richard alors que la porte s'ouvrait.

— J'espère bien, jeune homme.

Isabella rit en voyant entrer son père.

— Père, je voudrais vous présenter mon mari, Richard Dunstan.

Puis elle se tourna vers Richard.

— Ce guerrier ronchon est mon père, Randall FitzHenry Warehaven.

Celui-ci les considéra l'un après l'autre avant de s'enquérir :

— Vous êtes donc le larron qui a enlevé ma fille puis l'a rejetée ?

Richard acquiesça de la tête.

— Oui, milord.

— Qu'avez-vous à dire ?

— Que si j'avais à choisir je referais tout ce que j'ai fait ces derniers mois, milord. Sans la moindre hésitation.

Isabella voyait bien que son père faisait de son mieux pour paraître en colère, et qu'il n'y parvenait pas vraiment. Conscient de son échec, il tenta alors de prendre l'air choqué. Avec un sourire amusé, elle laissa aller sa tête contre l'épaule de son mari, et de la manière la plus tendre.

— Donnez-lui un moment, père, murmura-t-elle. Pour qu'il s'habitue…

Warehaven marmonna quelque chose puis finit par sourire.

— Venez, dit-il. Il me paraît urgent de revoir cette farce qu'a été votre mariage et de trouver un vrai prêtre.

Chapitre 21

Isabella regardait le soleil se lever juste devant sa fenêtre. Richard avait passé les deux derniers jours à planifier les détails du mariage et du contrat avec son père. Ils commençaient tôt le matin et finissaient tard le soir.

Il s'était vu allouer une chambre dans l'aile est du château, avec ordre de ne se rendre sous aucun prétexte dans l'aile ouest où résidait celle qui était déjà sa femme mais allait le redevenir.

Isabella avait donc peu eu l'occasion de le voir, et à peine de lui parler.

La cérémonie était prévue pour aujourd'hui. Etant donné le grand nombre de gens censés y assister, sa mère avait décidé d'utiliser l'église du village plutôt que la chapelle du château.

Bientôt, Richard, Conal et les autres se rassembleraient à l'extérieur de l'église. S'ils ne s'y trouvaient pas déjà…

Et ils ne seraient pas les seuls. A sa grande joie, elle avait découvert que Marguerite, Hattie, quelques servantes ainsi que d'autres personnes de Dunstan avaient fait le voyage jusqu'à Warehaven.

L'attitude de Richard depuis son arrivée lui avait révélé qu'il avait débarqué à Warehaven assez confiant en elle, en lui, et en eux deux pour que ce second mariage ait pu s'organiser en quelques jours.

Pour ajouter encore à sa joie, elle avait appris qu'un autre mariage serait célébré quand ils rentreraient à Dunstan. En honnête homme, Conal avait enfin décidé de se déclarer et de prendre Marguerite pour épouse.

— Tu guettes l'arrivée de quelqu'un ? lui demanda sa mère en entrant dans la pièce.

— Non, je réfléchissais. Est-ce que le père Bartholomé est prêt ?

— J'en suis sûre, répondit lady Warehaven.

Elle posa sa cape sur un banc.

— Viens, nous allons te parer, à présent.

— Oui, mère.

Quelques instants plus tard, sa mère l'aidait à revêtir sa robe. Quand ce fut terminé, elle prit sa fille dans ses bras.

— Tu vas tellement me manquer !

— Je serai plus près de Dunstan que Jared ne l'est en résidant à Montreau.

— Ce n'est pas pareil. Tu es ma fille, Isabella.

— Oh ! maman ! Vous avez bien décidé de venir me voir à la fin de l'été, n'est-ce pas ?

— Ma fille, je ne manquerais la naissance de ton enfant pour rien au monde.

Etait-ce dû au fait d'avoir à peine parlé à Richard depuis deux jours alors qu'il se trouvait tout près, de porter un enfant, de devoir bientôt quitter Warehaven, ou de savoir qu'elle allait se marier de nouveau, toujours est-il qu'Isabella éclata tout à coup en sanglots.

— Je suis heureuse, maman, mais j'ai en même temps si peur !

Sa mère eut un petit rire doux.

— Le contraire serait surprenant.

Elle lui caressa doucement la joue.

— Tu es forte et en bonne santé, Isabella. Richard sera près de toi. Ton père et moi serons aussi près de toi. Tout se passera bien, tu verras.

— Excusez-moi, répondit Isabella en s'essuyant les yeux. Je me sens si… pleurnicharde en ce moment… Vous ne trouvez pas ?

Sa mère lui souleva gentiment le menton.

— Je n'ai rien remarqué. A présent, sèche tes yeux. Sinon, ton père et ton mari vont penser que je tourmente ma fille…

— Cela va déjà mieux, certifia Isabella en riant.

— Bien. Je vais aller m'assurer que ton père est prêt à partir pour l'église. Nous t'attendons en bas.

*
* *

Isabella passa la main sur la soie verte de sa robe. Marguerite, Hattie, sa mère et elle avaient travaillé sans relâche pour confectionner, à partir du précieux tissu, une robe pour elle et une tunique pour Richard. Les deux vêtements étaient également bordés de galons d'un bleu profond.

Elle jeta un dernier regard à sa chambre et sourit.

Cette nuit avait été la dernière où elle avait dormi seule…

Son père l'attendait au bas des marches. Il lui prit la main.

— Es-tu prête ?

— Oui, père.

Jamais elle ne l'avait autant été.

— Ta mère est déjà partie pour l'église.

— Alors, allons la rejoindre.

Lord Warehaven la mena vers la courette la plus proche. Un cheval les attendait.

En voyant l'animal, Isabella eut une brève hésitation. Elle tourna la tête vers son père.

— Faut-il vraiment…

Il ne la laissa pas terminer sa question.

— Lorsque nous nous sommes mariés, ta mère et moi n'avons eu droit qu'à une cérémonie très rapide, presque précipitée. Plus tard, nous n'avons pu assister au mariage de ton frère avec Léa. La réponse à ta question va donc de soi : oui, Isabella, il faut vraiment passer aujourd'hui par les traditions de notre île.

Sans plus discuter, elle le laissa lui apporter son aide pour monter l'animal enrubanné.

Ce fut donc accompagnée à pied par son père qui tenait les rênes de sa monture qu'elle arriva devant l'église du village.

Il l'aida à descendre, la conduisit jusqu'à la porte de l'église, la plaça à la gauche de Richard qui était déjà arrivé ainsi que tous les invités, puis se glissa entre eux comme le voulait la coutume.

Ils se dirigèrent ensuite tous vers l'autel où les attendait le père Bartholomé. Lord Warehaven lui donna l'assurance que rien n'empêchait les futurs époux de se marier et qu'il donnait son consentement à sa fille pour épouser Richard.

Le prêtre les bénit et les invita à signer le document légal. Cette fois, Isabella s'y employa avec un empressement qui n'eut d'égale que sa joie.

Puis Richard tendit au père Bartholomé les deux anneaux d'or pour qu'il les bénisse.

Il prit ensuite la main gauche d'Isabella et glissa l'alliance à son annulaire en prononçant la phrase rituelle :

— Par cet anneau, *je te marie*.

Il avait parlé d'une voix ferme et ses mains n'avaient pas tremblé quand il s'était exécuté.

Lorsque vint le tour d'Isabella, elle se sentit submergée par une émotion qui lui noua la gorge. Ce fut donc en frissonnant qu'elle passa l'anneau d'or au doigt de Richard et d'une petite voix émue qu'elle déclara :

— Par cet anneau, *je te marie*.

Et lorsqu'ils s'agenouillèrent devant l'autel pour la bénédiction du prêtre, de gros sanglots s'échappèrent de sa gorge.

Sa mère avait beau prétendre n'avoir rien remarqué, Isabella savait très bien que jamais elle n'avait versé autant de larmes ni aussi souvent. Elle qui avait toujours su garder le contrôle de ses émotions et ne pas se conduire comme une pleurnicheuse, ne se reconnaissait plus. Quand retrouverait-elle ce caractère bien trempé dont elle était si fière ?

Richard la ramena à la réalité en la poussant discrètement du coude. Leurs regards se croisèrent, et elle puisa dans le sien la force qui lui manquait.

Lorsque la cérémonie fut terminée et qu'ils quittèrent l'église, elle remarqua que tous les hommes de Richard arboraient un ruban de soie vert et bleu autour du bras. Elle détailla son mari et réalisa que lui aussi en portait un. Si elle ne l'avait pas encore remarqué, c'était parce qu'il était du même tissu que sa tunique.

Elle posa doucement la main dessus.

— Où as-tu trouvé tout ce tissu pour faire des rubans ?

Il secoua la tête.

— J'ai aussi mes secrets. Et je ne vais tout de même pas tous te les dévoiler, femme !

Elle retint un sourire.

— Tu as raison. Les petits secrets sont faits pour être bien gardés…

Plus tard, après le banquet, Isabella sortit discrètement de la grande salle. Entre les invités de Warehaven et ceux de Dunstan, le château grouillait de monde. A la grande joie de sa mère, d'ailleurs.

Quant à elle, malgré son plaisir de voir autant de gens rassemblés, elle avait l'impression que l'espace s'était resserré et étouffait un peu.

— Viens…

Richard était arrivé derrière elle et avait refermé les bras autour de sa taille.

— … Montons.

Elle se libéra.

— Non. Nos amis et nos gens sont venus exprès de Dunstan. Nous nous devons de rester.

— Isabella, je vois bien que tu ne te sens pas très bien. De plus, ta mère vient de m'ordonner de t'emmener, et je n'ai pas le droit de lui désobéir.

— Je peux me débrouiller seule.

— Cela ne fait de doute pour personne et je n'ai jamais prétendu le contraire, mais je n'ai pas pour autant l'intention de te laisser filer sans moi.

— Je n'étais pas en train de filer !

Il s'approcha tout près et lui murmura :

— Mais moi, j'aimerais beaucoup que nous le fassions. Au cas où tu l'aurais oublié, c'est la soirée de mon mariage et j'ai l'horrible intention avouée de séduire ma femme, pour peu qu'elle y consente.

Elle rit doucement à son invite si charmeuse et si charmante.

— Oh ! Et qu'as-tu exactement l'intention de faire ?

— Eh bien… Pour commencer, je pense l'embrasser jusqu'à ce qu'elle doive s'agripper à moi pour ne pas perdre l'équilibre.

Elle frémit.

— Et puis ?

Cette fois, il la prit dans ses bras, l'attira contre lui, puis il la fit lentement reculer avec lui vers l'escalier.

— J'envisage de lui retirer ses chausses l'une après l'autre en prenant le temps de laisser traîner mes mains sur ses jambes fuselées. Je m'arrêterais juste pour embrasser ses chevilles, je remonterais jusqu'à ses genoux, et mes lèvres poursuivraient leur chemin jusqu'à ses cuisses si tentantes…

— Mmm, cela semble horriblement délicieux. Ensuite ?

— Je déferais les lacets de sa robe et glisserais mes mains sur la partie supérieure de son corps pour en sentir la merveilleuse chaleur sans cesser de lui ôter ses vêtements jusqu'au dernier.

— Mais alors… Elle se retrouverait nue !

Isabella le provoquait du sourire et du regard tout en sentant son cœur s'emballer. La description de Richard était si évocatrice…

— Nue, oui. Brûlante de désir et assoiffée de plaisir. Et aussi totalement à ma merci.

Le souffle coupé, elle demanda :

— Que ferais-tu alors avec elle ?

— Je caresserais et goûterais sa chair aux endroits les plus intimes jusqu'à ce qu'elle crie mon nom encore et encore, et s'abandonne avec toute la sauvagerie dont elle est capable. J'attendrais qu'elle me supplie et qu'elle soit à bout de résistance.

Isabella eut l'impression qu'elle allait défaillir de désir. Pour autant, elle ne voulait pas encore se rendre.

— Et après ?

Il répondit avec un soupir rauque :

— Juste avant de la faire mienne, je lui dirais que j'ai enfin trouvé ce que je craignais de ne jamais pouvoir trouver, ce qui m'avait échappé jusqu'à ce jour, ce grâce à quoi je me sens enfin complet, enfin moi-même.

— De quoi s'agit-il ?

— De l'amour, Isabella. Je dirais à ma femme à quel point je l'aime et à quel point il m'est devenu impossible d'imaginer la vie sans elle à mon côté.

Avec la certitude que tout ce qu'elle avait voulu et désiré, tout ce dont elle avait toujours rêvé se trouvait maintenant réalisé, elle plongea son regard dans ses yeux d'émeraude.

Il ne cilla pas.

Posant alors doucement la main sur sa joue, elle murmura en retour :

— Et elle te répondrait que son vœu le plus cher est de garder à jamais ton cœur près du sien.

LES HISTORIQUES

HARLEQUIN

Retrouvez en février,
dans votre collection

LES HISTORIQUES

Par un soir de bal, de Margaret McPhee - N°698

La vie d'Emma a bien changé depuis que sa fortune familiale a été perdue. Jamais elle n'aurait cru devoir un jour servir dans une taverne et cacher ses origines nobles ! Heureusement, elle peut y voir chaque soir Ned Stratham, un mystérieux client qui n'hésite pas à la défendre contre les brutes qui lui manquent de respect. Aussi est-elle sans voix quand le revoit des semaines plus tard à un bal, au beau milieu de la haute société londonienne. Bien plus riche qu'il ne le prétendait…

Pacte avec l'ennemi, de Blythe Gifford - N°699

Cécile de Losford est prête à tout pour empêcher la princesse Isabelle, dont elle est la dame de compagnie, de se compromettre avec sire de Coucy, un noble français. A-t-elle déjà oublié que les Français étaient leurs ennemis, il y a à peine quelques mois ? Pour sauver la princesse du scandale qui la menace, Cécile prend sur elle et sollicite le chevalier Marc de Morel, un proche de Coucy, pour qu'il l'aide à empêcher cette union… au risque de se perdre elle-même dans les bras du séduisant chevalier.

La tentation d'un lord, d'Ann Lethbridge - N°700

PASSION DANS LES HIGHLANDS - TOME 3

Si Logan Gilvry ignore le nom de cette brune aux yeux sombres, dont la beauté le subjugue dès le premier regard, il sait en revanche que ce n'est pas une femme pour lui. Jamais il ne se laisserait aller à fréquenter une courtisane ! Pourtant, sous le masque de la séductrice apparaît peu à peu une femme douce, fragile, prisonnière de sa situation. Une femme qu'il va tout faire pour libérer de ses chaînes…

La fille cachée du comte, de Carol Townend - N°701

CHEVALIERS DES TERRES DE CHAMPAGNE - TOME 2

Claire est sous choc lorsqu'elle apprend qu'elle n'est pas une enfant abandonnée, comme elle l'a toujours cru, mais la fille d'un comte, enlevée au berceau ! Elle doit à présent partir retrouver son père en Bretagne, sous l'escorte de sire Arthus, l'homme qui lui a révélé sa véritable identité. Un homme si troublant et élégant que Claire en frissonne… Elle aimerait tant se considérer comme son égale, mais un nouveau nom suffira-t-il à effacer son lourd secret ?

LES HISTORIQUES

Scandale à Greystone Manor, de Mary Nichols - N°703

Jane est déterminée à se rendre à Londres pour mener à bien son projet d'orphelinat. Et tant pis si le seul chaperon disponible est Mark Wyndham, le fiancé de sa sœur. Un homme estimable, de bon conseil, pour qui elle a toujours éprouvé le plus grand respect… et qui éveille en elle un trouble qu'elle a passé sa vie à combattre.

La dame de feu, de Margo Maguire - N°704

Keelin n'en croit pas sa chance, d'avoir trouvé un lord anglais qui accepte de protéger son oncle malade. Elle peut à présent s'en remettre à lui et retourner en Irlande, à son clan. Mais malgré cette bonne nouvelle, retrouver l'homme qu'elle doit épouser là-bas ne lui apporte pas la joie escomptée. Est-ce à cause des sentiments inavouables qu'elle commence à éprouver pour Marcus ?

L'épée et la rose, d'Anne Herries - N°705

A LA COUR D'ALIÉNOR - TOME 3

Alain de Banewulf, c'est le nom du héros qui a sauvé Katherine d'une troupe de brigands au retour de la Terre Sainte, et qui l'a escortée jusqu'en Angleterre. Elle était déjà éperdue de reconnaissance en arrivant saine et sauve au château de Banewulf, mais elle exulte de joie lorsqu'elle apprend qu'il souhaite l'épouser. Hélas, Katherine a peu de temps pour savourer son bonheur. Car son oncle la kidnappe pour s'approprier sa fortune… Alain parviendra-t-il à la sauver une nouvelle fois ?

OFFRE DÉCOUVERTE !

Vous souhaitez découvrir nos collections ? Recevez **2 romans gratuits* et 2 cadeaux surprise !** Une fois votre colis de bienvenue reçu, si vous souhaitez continuer à recevoir nos romans, cela se fera automatiquement. Vous recevrez alors chaque mois vos romans inédits en avant première.

Vous n'avez aucune obligation d'achat et cette offre est sans engagement de durée !

*1 roman gratuit pour les collections Nocturne, Best-sellers Policier et sexy.

☛ COCHEZ la collection choisie et renvoyez cette page au
Service Lectrices Harlequin – BP 20008 – 59718 Lille Cedex 9 – France

Collections	Références	Prix colis France* / Belgique*
❑ **AZUR**	ZZ5F56/ZZ5FB2	6 romans par mois 27,25€ / 29,25€
❑ **BLANCHE**	BZ5F53/BZ5FB2	3 volumes doubles par mois 22,84€ / 24,84€
❑ **LES HISTORIQUES**	HZ5F52/HZ5FB2	2 romans par mois 16,25€ / 18,25€
❑ **BEST SELLERS**	EZ5F54/EZ5FB2	4 romans tous les deux mois 31,59€ / 33,59€
❑ **BEST POLICIER**	XZ5F53/XZ5FB2	3 romans tous les deux mois 24,45€ / 26,45€
❑ **MAXI****	CZ5F54/CZ5FB2	4 volumes multiples tous les deux mois 32,29€ / 34,29€
❑ **PASSIONS**	RZ5F53/RZ5FB2	3 volumes doubles par mois 24,04€ / 26,04€
❑ **NOCTURNE**	TZ5F52/TZ5FB2	2 romans tous les deux mois 16,25€ / 18,25€
❑ **BLACK ROSE**	IZ5F53/IZ5FB2	3 volumes doubles par mois 24,15€ / 26,15€
❑ **SEXY**	KZ5F52/KZ5FB2	2 romans tous les deux mois 16,19€ / 18,19€
❑ **SAGAS**	NZ5F54/NZ5FB2	4 romans tous les deux mois 29,29€ / 31,29€

*Frais d'envoi inclus

**L'abonnement Maxi est composé de 4 volumes Hors-Série

N° d'abonnée Harlequin (si vous en avez un) |_|_|_|_|_|_|_|_|_|

Mme ❑ Mlle ❑ Nom : ____________________

Prénom : ____________________ Adresse : ____________________

____

Code Postal : |_|_|_|_|_| Ville : ____________________

Pays : ____________________ Tél. : |_|_|_|_|_|_|_|_|_|_|

E-mail : ____________________

Date de naissance : ____________________

❑ Oui, je souhaite recevoir par e-mail les offres promotionnelles des éditions Harlequin.
❑ Oui, je souhaite recevoir par e-mail les offres promotionnelles des partenaires des éditions Harlequin.

Date limite : 31 décembre 2015. Vous recevrez votre colis environ 20 jours après réception de ce bon. Offre soumise à acceptation et réservée aux personnes majeures, résidant en France métropolitaine et Belgique, dans la limite des stocks disponibles. Prix susceptibles de modification en cours d'année.Conformément à la loi Informatique et libertés du 6 janvier 1978, vous disposez d'un droit d'accès et de rectification aux données personnelles vous concernant. Par notre intermédiaire, vous pouvez être amenée à recevoir des propositions d'autres entreprises. Si vous ne le souhaitez pas, il vous suffit de nous écrire en nous indiquant vos nom, prénom et adresse à : Service Lectrices Harlequin BP 20008 59718 LILLE Cedex 9. Service Lectrices disponible du lundi au vendredi de 8h à 17h : 01 45 82 47 47 ou 33 1 45 82 47 47 pour la Belgique.